En la cripta

H. P. Lovecraft

En la cripta

Alianza editorial
El libro de bolsillo

Título original: *The Dunwich Horror and Others - The Best Supernatural Stories of H. P. Lovecraft*
Traducción de Aurelio Martínez Benito

Primera edición en «El libro de bolsillo»: 1980
Tercera edición: 2013
Cuarta reimpresión: 2024

Diseño de colección: Estrada Design
Diseño de cubierta: Manuel Estrada

Reservados todos los derechos. El contenido de esta obra está protegido por la Ley, que establece penas de prisión y/o multas, además de las correspondientes indemnizaciones por daños y perjuicios, para quienes reprodujeren, plagiaren, distribuyeren o comunicaren públicamente, en todo o en parte, una obra literaria, artística o científica, o su transformación, interpretación o ejecución artística fijada en cualquier tipo de soporte o comunicada a través de cualquier medio, sin la preceptiva autorización.

© Alianza Editorial, S. A., Madrid, 1980, 2024
 Calle Valentín Beato, 21
 28037 Madrid
 www.alianzaeditorial.es

PAPEL DE FIBRA
CERTIFICADA

ISBN: 978-84-206-7607-4
Depósito legal: M. 12.871-2013
Printed in Spain

Si quiere recibir información periódica sobre las novedades de Alianza Editorial, envíe un correo electrónico a la dirección: alianzaeditorial@anaya.es

Índice

- 9 En la cripta
- 24 Las ratas de las paredes
- 59 El color surgido del espacio
- 111 La música de Erich Zann
- 126 El grabado en la casa
- 141 La llamada de Cthulhu
- 195 Aire frío
- 210 El ser en el umbral
- 256 El Terrible Anciano

En la cripta*

No hay nada más absurdo, a mi juicio, que la convencional asociación de lo sencillo y lo saludable que parece impregnar la psicología de las multitudes. Mencione usted, por ejemplo, un bucólico escenario yanqui, un desmañado y corpulento empresario de una funeraria de pueblo y un lamentable percance relacionado con una tumba, y a ningún lector corriente se le ocurrirá esperar otra cosa que un sabroso, aunque grotesco, acto de comedia. Y, sin embargo, Dios sabe bien que la prosaica historia que la muerte de George Birch me autoriza a contar, tiene ciertos aspectos al lado de los cuales empalidecen nuestras más dramáticas tragedias.

Birch sufrió una crisis y traspasó su negocio en 1881, pero jamás, si podía evitarlo, hablaba de lo que le sucedió. Tampoco lo hizo su anciano médico, el doctor Da-

* Título original: *In the Vault*, 1925.

vis, que murió hace años. Decíase que la postración y conmoción que padecía se debían a un desgraciado resbalón a consecuencia del cual Birch permaneció encerrado durante nueve horas en la cripta del cementerio de Peck Valley, de la que logró salir sólo tras arduos y calamitosos procedimientos mecánicos. Pero si bien ello era indudablemente cierto, había otros aspectos más oscuros que Birch solía confiarme en los delirios que seguían a sus borracheras ya en los últimos años de su vida. Confiaba en mí porque era su médico, y porque probablemente sentía la necesidad de desahogarse con alguien tras la muerte de Davis. Birch era soltero y no tenía ningún familiar.

Hasta 1881 Birch, que pasaba por ser uno de los individuos más insensibles y primitivos que imaginarse cabe, estuvo al frente de la funeraria de Peck Valley. Los métodos que he oído atribuirle resultarían increíbles hoy día, al menos en la ciudad. Y hasta el mismo Peck Valley se habría estremecido un tanto de haber conocido la permisiva ética de su artista de pompas fúnebres en materias tales como la propiedad de la valiosa «mortaja», oculta bajo la tapa del ataúd, y el desparpajo de que hacía gala al adaptar los miembros que no se veían de sus inertes clientes en cajas no siempre calculadas con la más sublime precisión. En una palabra, Birch era un tipo desmañado, insensible e indeseable desde el punto de vista profesional; pero, por mi parte, sigo creyendo que no era mala persona. Era, evidentemente, un hombre tosco de carácter y en su trabajo, sin consideración, descuidado y aficionado a la bebida, como demuestra su absurdo accidente, y carente de ese mínimo de imaginación que hace que el ciudadano medio se mantenga dentro de los límites que fija el decoro.

No sé por dónde empezar la historia de Birch, pues no tengo práctica en esto de la narración. Supongo que habría que comenzar en aquel frío mes de diciembre de 1880 en que la tierra se heló y los operarios que trabajaban en el cementerio se encontraron con que no podían cavar más fosas hasta la primavera. Por fortuna, el pueblo era pequeño y el índice de mortalidad bajo, de forma que no fue difícil dar a los inanimados clientes de Birch un refugio temporal en la única y ya algo anticuada cripta del cementerio. Con aquel tiempo tan crudo, el dueño de la funeraria se volvió aún más letárgico, hasta el punto de sobrepasar su natural desidia. Jamás había construido ataúdes más endebles y destartalados, ni se había preocupado menos de la oxidada cerradura de la puerta de la cripta, que él abría y cerraba de golpe con la mayor indiferencia.

Al fin llegó el deshielo de la primavera, y las tumbas fueron laboriosamente dispuestas para las nueve silenciosas presas de la Parca que aguardaban turno en la cripta. Birch, aunque temiendo las molestias propias del traslado y el enterramiento, se puso manos a la obra una desapacible mañana de abril, pero, tras depositar un único cadáver en su morada perpetua, tuvo que interrumpir su tarea antes del mediodía debido a que la intensa lluvia que caía parecía irritar a su caballo. Era aquél el cuerpo de Darius Peck, el nonagenario anciano, cuya sepultura no estaba lejos de la cripta. Birch interrumpió su tarea pensando continuar al día siguiente con el viejo Matthew Fenner, cuya sepultura se hallaba también cerca; pero lo cierto es que dejó todo empantanado por espacio de tres días, pues no volvió al trabajo hasta el quince, día de Viernes Santo. No siendo hombre supersticioso, no prestó la menor atención a la fecha... aunque a partir de aquel día se negó siempre a hacer nada importante en ese fatídico sexto día de la semana. Sin duda alguna, la vida de George Birch cambió mucho a raíz de aquella noche.

Así pues, la tarde de aquel viernes 15 de abril Birch se dirigía a la cripta con el caballo y el carro para trasladar el cadáver de Matthew Fenner. Posteriormente admitiría que no estaba del todo sobrio, aunque todavía no se había entregado en serio a la bebida con la que luego trató de olvidar ciertas cosas. Se encontraba algo mareado y lo suficientemente despreocupado como para aburrir a su sensible caballo, el cual, tras sufrir un fuerte tirón de riendas al llegar a la cripta, se puso a relinchar, a piafar y a sacudir la cabeza, de manera similar a aquella otra ocasión en que se irritó, al parecer, por causa de la lluvia. Si bien el día era claro, se había levantado un fuerte viento, y Birch se alegró de hallarse a cubierto mientras abría la puerta metálica y entraba en la cripta construida en la ladera. A cualquiera otra persona no le habría gustado aquella húmeda y hedionda estancia en la que podía verse un total de ocho ataúdes colocados sin orden ni concierto; pero, en aquel entonces, Birch carecía de la menor sensibilidad, y lo único que le preocupaba era colocar cada ataúd dentro de su respectiva sepultura. No había olvidado aún el escándalo que se armó cuando los familiares de Hannah Bixby, que deseaban trasladar su cadáver al cementerio de la ciudad en que ahora residían, encontraron el ataúd del juez Capwell debajo de su lápida.

Apenas había luz, pero Birch tenía buena vista y no cometió el error de coger el ataúd de Asaph Sawyer, aunque era muy similar. En realidad, había construido aquel ataúd para Matthew Fenner, pero finalmente lo desechó, por demasiado tosco y endeble, en un rapto de extraño sentimentalismo suscitado por el recuerdo de la amabilidad y generosidad con que le había tratado el anciano cuando se había arruinado cinco años atrás. Para el anciano Matt hizo lo mejor que podía salir de sus manos, pero su espíritu ahorrativo le impulsó a guardar el ataúd desechado, que habría de utilizar posteriormente cuando murió Asaph Sawyer de fiebres malignas. Sawyer no era un hombre que cayera bien a la gente y eran muchas las historias que circulaban sobre su casi inhumano espíritu de venganza y su extraordinaria memoria para recordar ofensas reales o imaginarias. Birch no sintió ningún escrúpulo al adjudicarle aquel ataúd hecho tan a la ligera y que ahora apartaba de su camino en su búsqueda del féretro de Fenner.

Nada más reconocer el ataúd de Matt una ráfaga de viento cerró la puerta de golpe dejándole sumido en una oscuridad aún más profunda que la hasta entonces reinante. A través del estrecho dintel sólo pasaban unos tenues rayos y por el conducto de ventilación que tenía encima prácticamente ninguno, por lo que se vio obligado a andar irreverentemente a tientas para no tropezar con las alargadas cajas en su camino hacia el picaporte de la puerta. En medio de esta fúnebre iluminación tiró del oxidado picaporte, intentó forzar las planchas metálicas y se preguntó por qué aquella puerta se había vuelto de pronto tan recalcitrante. Rodeado de aquella luz crepuscular comenzó a percatarse de lo que le ocurría y se puso a gritar, como si su caballo, que había quedado fuera, pudiera hacer otra cosa que no fuera relinchar a modo de indiferente respuesta. El hecho es que el viejo picaporte estaba roto, con lo que el negligente dueño de la funeraria quedó encerrado en la cripta, víctima de su falta de previsión.

El suceso debió acaecer hacia las tres y media de la tarde. Birch, flemático por temperamento a la vez que eminentemente práctico, no siguió gritando mucho más; se puso a buscar a tientas unas herramientas que recordaba haber visto en un rincón de la cripta. No parece que le intimidara lo más mínimo el horror y lo increíblemente absurdo de la situación en que se encontraba; ahora bien, el simple hecho de estar encerrado allí tan lejos de los sitios por donde discurría la vida diaria, le resultaba de todo punto exasperante. Su trabajo de aquel día se había visto lamentablemente interrumpido, y a menos que la fortuna llevara hasta aquellos parajes a algún caminante sin rumbo fijo, se vería obligado a pasar allí la noche como mínimo. Tras dar pronto con el montón de herramientas y escoger un martillo y un cortafríos, Birch volvió a la puerta después de pasar por encima de los ataúdes. El aire comenzó a viciarse, pero no le dio importancia a este detalle mientras forcejeaba, medio a tientas, con el herrumbroso metal del picaporte. Habría dado cualquier cosa por tener una linterna o un cabo de vela, pero, a falta de ambos, hurgaba a oscuras con la mejor intención.

Cuando tras muchos esfuerzos vio que el picaporte no cedía, al menos ante aquellas escuálidas herramientas y en tan precarias condiciones, Birch miró a su alrededor en busca de otras posibles salidas. La cripta había sido excavada en una ladera de la colina, por lo que el estrecho conducto de la ventilación que había en la parte superior discurría a lo largo de varios pies de tierra, y en consecuencia no cabía pensar en encontrar una salida por allí. Ahora bien, encima de la puerta había un montante en forma de hendidura, empotrado en la fachada de ladrillo, que cualquier trabajador diligente que se lo propusiera podría agrandar; así que posó largo tiempo sus ojos en el montante mientras se devanaba los sesos buscando la forma de llegar hasta él. En la cripta no había nada parecido a una escalera, y los nichos mortuorios que se encontraban a los lados y en la parte posterior, a los que rara vez se tomó la molestia de recurrir Birch, no facilitaban la subida al vano que había encima de la puerta. Los ataúdes eran los únicos escalones en potencia para llegar hasta el dintel, y mientras consideraba esta posibilidad daba vueltas a la cabeza sobre cuál sería el mejor modo de colocarlos. Bastaría con tres ataúdes superpuestos, se decía, para poder llegar hasta el montante; claro que con cuatro se las arreglaría mejor. Las cajas eran prácticamente iguales, y podían apilarse una encima de otra. Así que se puso a hacer cábalas sobre la forma más estable de disponer los ocho ataúdes para construir una plataforma escalable de cuatro. Mientras hacía sus cálculos, no pudo menos de desear que los elementos de su proyectada escalera hubieran sido construidos más a conciencia. Si tenía la suficiente imaginación como para desear que estuvieran vacíos, es ya cosa que admite fundadas reservas.

Finalmente, decidió formar una base de tres cajas paralelas a la pared, sobre la que colocaría dos pisos de dos cada uno y en la cúspide una sola caja a modo de plataforma. Así dispuestas, la ascensión podría hacerse con un mínimo de dificultades, y alcanzaría la altura deseada. Aunque, bien pensado, sería preferible utilizar sólo dos cajas en la base para sostener la superestructura, dejando una libre para colocarla en la cúspide en caso de que se requiriera una altura aún mayor para salir de allí. Así que el prisionero se puso manos a la obra en la oscuridad, levantando los indolentes restos mortales con muy escaso ceremonial mientras su Torre de Babel en miniatura crecía peldaño a peldaño. Algunos de los ataúdes empezaron a astillarse debido a la torpeza con que los manejaba, por lo que Birch resolvió dejar para el final el sólido féretro del anciano Matthew Fenner, al objeto de que sus pies pudieran descansar sobre una superficie lo más segura posible. Dada la semipenumbra que reinaba en el lugar tenía que confiar en el tacto para localizarlo, y acabó encontrándolo de forma casi accidental, pues, como si hubiese sucedido en virtud de una extraña volición, tropezó en él con las manos tras colocarlo inadvertidamente junto a otro en el tercer piso.

Terminada al fin la torre, y tras una pausa para dar descanso a los brazos durante la cual permaneció sentado en el peldaño inferior de su tétrico artilugio, Birch subió con precaución, armado de sus herramientas, hasta situarse a la altura del estrecho montante. Los bordes eran de ladrillo y no parecía haber duda de que no le costaría mucho abrirlo lo suficiente como para permitir el paso de su cuerpo. Al descargar los primeros martillazos, el caballo se puso a relinchar en un tono tal que lo mismo podría tomarse como si le estuviera animando que como si se burlara de él. Ya fuese lo uno o lo otro, no dejaba de tener cierta lógica, pues la inesperada resistencia de la aparentemente ligera mampostería constituía sin duda una sardónica apostilla a la vanidad de las esperanzas mortales, y la fuente de una tarea cuya realización era merecedora de los mayores estímulos.

Cayó la noche y Birch seguía enfrascado en sus esfuerzos por salir de aquel lugar. En gran medida tenía que confiar en el tacto, pues unas recién formadas nubes ocultaban la luna; y aunque los progresos eran aún lentos, se animaba a la vista de sus avances en las partes superior e inferior del orificio. Estaba convencido de que estaría fuera para la medianoche, aunque una característica suya era que sus pensamientos no se veían enturbiados por fantasmales apreciaciones. Libre de toda reflexión que pudiera inquietarle sobre la hora, el lugar y la compañía que tenía bajo sus pies, golpeaba con filosófico talante la resistente mampostería, jurando cuando una esquirla le saltaba a la cara y riéndose cuando otra llegaba hasta el cada vez más alborotado caballo que no cesaba de piafar junto al ciprés. Al cabo de un rato el agujero se había agrandado tanto que de cuando en cuando se aventuraba a introducir el cuerpo por él, moviéndose de un lado a otro hasta el punto de hacer tambalear y crujir los ataúdes que tenía debajo. Comprobó que no necesitaba otro ataúd sobre la plataforma para alcanzar la altura requerida, pues el agujero se encontraba exactamente al nivel en que sería factible utilizarlo en cuanto lo permitieran sus dimensiones.

Debían ser al menos las doce de la noche cuando Birch estimó que podía salir ya por el dintel. Cansado y sudoroso a pesar de los frecuentes descansos, descendió de la plataforma y se sentó un rato en la caja inferior con vistas a reunir fuerzas para el esfuerzo final y dar el salto al exterior. El hambriento animal relinchaba repetida y casi estremecedoramente, y Birch hubiese preferido no oír sus relinchos. Curiosamente no sentía especial júbilo por su inminente liberación, y casi temía el esfuerzo que debía realizar, pues su cuerpo tenía ya esa indolente corpulencia propia del hombre maduro. Mientras volvía a encaramarse en los crujientes ataúdes experimentó en propia carne su voluminoso peso; sobre todo cuando, al llegar al que estaba en la cúspide, oyó aquel exasperante crujido que presagiaba el hundimiento total del entarimado. Al parecer, se había equivocado al creer escoger el ataúd más resistente para la plataforma de apoyo, ya que en cuanto volvió a descansar todo su peso en él, la putrefacta tapa cedió, haciéndole caer dos pies más abajo sobre una superficie que ni siquiera él se atrevió a imaginar. Alterado por el ruido, o quizá por el hedor que impregnaba incluso el aire libre, el caballo dio un chillido demasiado rabioso como para tratarse de un relincho y se abismó frenéticamente en la oscuridad de la noche, mientras el carro traqueteaba salvajemente tras él.

Birch, en la espantosa situación en que se encontraba, estaba ahora demasiado bajo para intentar deslizarse por el orificio abierto en el montante, pero acumuló energías para hacer una tentativa a la desesperada. Agarrándose a los bordes de la abertura, trató de izarse hasta ella, cuando notó que algo extraño se aferraba con fuerza a sus tobillos impidiéndoselo. Al cabo de un momento supo por vez primera aquella noche lo que era el miedo, pues a pesar de todos sus esfuerzos no conseguía librarse de la misteriosa fuerza que tiraba de sus pies. Sentía espantosos dolores, como si de brutales heridas se tratara, en las pantorrillas; y de su mente se había apoderado un torbellino de terror mezclado con una implacable sensación que sugería astillas, clavos sueltos o algún otro atributo de una caja de madera que se rompe. Es posible que gritara. Lo que es seguro es que se puso a patalear y a retorcerse frenética y maquinalmente, mientras que su conciencia quedaba prácticamente eclipsada a causa de un leve desfallecimiento.

El instinto le guió mientras se deslizaba a través del montante, y luego en la operación de arrastrarse que siguió a su sordo batacazo sobre el húmedo suelo. Al parecer, no podía marchar sobre sus pies y la luna, que empezaba a dejarse ver de nuevo, debió presenciar un horrible espectáculo mientras Birch arrastraba sus ensangrentados tobillos hacia la casita del cementerio, con los dedos hundidos en el negro lodo y lanzados a un ritmo frenético, a lo que su cuerpo respondía con aquella exasperante lentitud que se experimenta al verse uno perseguido por los fantasmas en el curso de una pesadilla. Claro que en este caso nadie perseguía a Birch, pues estaba solo y con vida cuando Armington, el guardián del cementerio, respondió a sus débiles arañazos en la puerta.

Armington llevó a Birch hasta el borde de una cama vacía y envió a su hijo Edwin en busca del doctor Davis.

El afligido Birch no había perdido el conocimiento, aunque sí la lucidez, pues no hacía sino murmurar cosas como «¡Oh, mis tobillos!», «¡Suelta!» o «... encerrado en la cripta». Al poco, llegó el doctor con su maletín y le hizo unas cuantas preguntas muy concretas, al tiempo que le desembarazaba de ropa, zapatos y calcetines. Las heridas —ambos tobillos estaban espantosamente lacerados a la altura del tendón de Aquiles— intrigaron sobremanera al anciano doctor, hasta el punto de casi asustarle. Sus preguntas adquirieron un tono más tenso que el propiamente médico y sus manos temblaron mientras curaba los despedazados miembros de Birch, vendándolos rápidamente como si deseara quitarse de encima lo antes posible aquellas heridas.

Para ser Davis un médico de trato impersonal, resultaba muy extraño el tremendo y exhaustivo interrogatorio a que sometió a Birch, pues parecía como si quisiera conocer de labios del extenuado agente de pompas fúnebres hasta el menor detalle de su horrible experiencia. Mostraba un interés harto desmesurado por saber si Birch estaba seguro —lo que se dice absolutamente seguro— de la identidad del ataúd que coronaba la plataforma, cómo lo había escogido, cómo pudo saber en medio de la oscuridad reinante que se trataba del ataúd de Fenner, y cómo se las arregló para distinguirlo del modelo idéntico, aunque de inferior calidad, del malvado Asaph Sawyer. ¿Cómo era posible que cediera con tanta facilidad el resistente ataúd de Fenner? Davis, médico de Peck Valley desde hacía años, había visto a ambos en sus respectivos funerales, e igualmente les había asistido en la enfermedad que les llevó a la tumba. Incluso había llegado a preguntarse, con ocasión del funeral de Sawyer, cómo se las habían arreglado para que el vengativo granjero cupiera todo estirado en una caja tan similar a la del diminuto Fenner.

Tras dos largas horas, el doctor Davis se marchó, después de recomendar a Birch que insistiera en todo momento en que sus heridas habían sido causadas única y exclusivamente por clavos sueltos y trozos de madera astillada.

—¿Qué otra cosa iba a demostrarse o creerse si no? —añadió.

Pero lo mejor sería hablar lo menos posible al respecto, y no consentir que ningún otro médico le viera las heridas. Birch se atuvo a aquella recomendación durante el resto de su vida hasta que un día me lo contó todo, y cuando vi las cicatrices que tenía —por entonces ya antiguas y descoloridas— convine que, desde luego, fue lo más prudente que pudo hacer. Hasta el final de sus días anduvo cojo, pues tenía seccionados los grandes tendones; pero, en mi opinión, la mayor invalidez residía en su alma. Sus procesos mentales, en otro tiempo tan flemáticos y lógicos, habían quedado marcados con una indeleble cicatriz, y era digno de compasión observar su reacción a ciertas alusiones casuales como «viernes», «cripta», «ataúd», y otras palabras de encadenamiento menos lógico. Su espantado caballo enfiló el camino de casa, pero su aterrado juicio nunca llegó a hacer lo mismo. Birch traspasó el negocio, pero en lo sucesivo no hubo momento en que no se viera asediado por algo. Tal vez no fuera sino miedo, tal vez un miedo aliñado con una extraña y tardía especie de remordimiento por su tosquedad de antaño. Su afición a la bebida, evidentemente, no hizo sino agravar su situación, en lugar de aliviarla.

Cuando el doctor Davis dejó a Birch la noche de autos, cogió una linterna y se fue a la vieja cripta del cementerio. La luz de la luna brillaba en los desperdigados trozos de ladrillo y en la decrépita fachada, y el picaporte de la enorme puerta cedió fácilmente a un golpe desde el exterior. Inmunizado tras multitud de desagradables y ya antiguas experiencias en las salas de disección, el doctor entró en la cripta y echó una mirada alrededor, reprimiendo la náusea mental y corporal que le invadió frente al espectáculo que se ofrecía ante sí y el insoportable hedor reinante en la estancia. Lanzó un grito agudo, y al poco emitió un resuello mucho más terrible que cualquier grito imaginable. Luego, salió corriendo en dirección a la casita y quebró todas las reglas de la profesión médica al levantar y sacudir a su paciente, al tiempo que le imprecaba con una serie de estremecedores susurros que restallaron en los aturdidos oídos de Birch como un siseo cargado de vitriolo:

—¡Era el ataúd de Asaph, Birch, tal como suponía! Reconocí su dentadura, a la que le faltaban los incisivos del maxilar superior. ¡Por el amor de Dios, no se le ocurra jamás enseñar a nadie esas heridas! El cuerpo estaba en estado de avanzada descomposición, pero jamás he visto tal expresión de venganza en un rostro... o difunto rostro... Ya sabe lo implacable que era Asaph a la hora de vengarse: consiguió arruinar al viejo Raymond treinta años después del pleito que tuvieron por una cuestión de límites, aplastó bajo sus pies a un perrito que le mordisqueó hará un año en agosto... Era el diablo en persona, Birch, y en mi opinión su estricta observancia del ojo por ojo se ha impuesto al tiempo y a la muerte. ¡Dios mío, qué ira la suya! ¡No me habría gustado nada que la hubiera pagado conmigo!

»¿Por qué lo hizo usted, Birch? Asaph era un verdadero rufián, y no le reprocho por darle un ataúd de desecho, pero una vez más se pasó de la raya. Habría bastado con escatimar algo al hacer el ataúd, pero usted sabía perfectamente que el viejo Fenner era un hombre pequeño.

Jamás se me borrará de la memoria aquel cuadro mientras viva. Birch, usted debió patalear a rabiar, pues el ataúd de Asaph se encontraba en el suelo. Su cabeza estaba aplastada, y todo se hallaba revuelto en su interior. He visto cosas impresionantes, pero nada semejante. ¡Ojo por ojo! ¡Cielos, Birch, usted se lo buscó! Aquel cráneo me revolvió el estómago, pero lo otro fue mucho peor: *¡esos tobillos seccionados con toda limpieza para que pudieran encajar en el desechado ataúd de Matt Fenner!*

Las ratas de las paredes*

El 16 de julio de 1923 me mudé a Exham Priory, después de que el último obrero acabara su tarea. Los trabajos de restauración habían constituido una imponente tarea, pues de la abandonada construcción apenas si quedaba un montón de ruinas, pero por tratarse del lar de mis antepasados no escatimé en gastos. Nadie habitaba la finca desde el reinado de Jacobo I, en que una tragedia de caracteres terriblemente dramáticos, aunque en gran medida incomprensibles, se cernió sobre el cabeza de la familia, cinco de sus hijos y varios criados, y obligó a marcharse de allí en medio de sombras de sospecha y terror, al tercer hijo, mi progenitor por línea paterna y único superviviente del infortunado linaje.

Con el único heredero denunciado por asesinato, la propiedad volvió a manos de la corona, sin que el acusa-

---

* Título original: *The Rats in the Walls*, 1923.

do hiciera el menor intento por excusarse o recuperar la heredad. Trastornado por un horror mayor que el de la conciencia o la ley, y expresando sólo el rabioso deseo de borrar aquella antigua mansión de su vista y memoria, Walter de la Poer, undécimo barón de Exham, marchó a Virginia, en donde se estableció y fundó la familia que, en el siglo siguiente, era conocida por el nombre de Delapore.

Exham Priory quedó abandonado, aunque con el tiempo pasó a formar parte de las propiedades de la familia Norrys y fue objeto de numerosos estudios como consecuencia de su singular arquitectura, consistente en unas torres góticas levantadas sobre una infraestructura sajona o románica, cuyos cimientos a su vez eran de un estilo o mezcla de estilos de época anterior: romano y hasta druida o el címrico originario, si es cierto lo que cuentan las leyendas. Los cimientos eran de aspecto muy singular, pues se confundían por uno de sus lados con la sólida caliza del precipicio desde cuyo borde el priorato dominaba un desolado valle que se extendía tres millas al oeste del pueblo de Anchester.

A los arquitectos y anticuarios les encantaba estudiar esta extraña reliquia de épocas remotas, pero los naturales del lugar la detestaban con todas sus fuerzas. La detestaban desde hacía siglos, cuando aún vivían allí mis antepasados, y la seguían detestando ahora en que, debido a su estado de abandono, la cubría una capa de musgo y mantillo. No llevaba siquiera un día en Anchester cuando me enteré de que descendía de una familia maldita. Pero ya esta semana los obreros han volado por los aires lo que quedaba de Exham Priory, y están atareados en borrar las huellas de sus cimientos. De siempre he conocido la historia, sin aditamentos, de mi linaje familiar, y sé perfectamente que mi primer antepasado americano se trasladó a las colonias envuelto en las sombras de extrañas sospechas. De los detalles, con todo, jamás he sabido nada debido a la reticencia mantenida por generaciones entre los Delapore. Al contrario que los colonos de nuestra vecindad, rara vez nos jactamos de antepasados que batallaron en las Cruzadas o de contar en nuestro linaje con héroes medievales o renacentistas, ni se nos transmitieron otras tradiciones que las que pudieran encerrarse en el sobre lacrado que todo hacendado latifundista dejó a su primogénito antes de estallar la Guerra Civil para su apertura póstuma. Las únicas glorias de las que nos jactábamos en la familia eran las alcanzadas tras la emigración, las glorias de un orgulloso y honorable, si bien un tanto retraído e insociable, linaje de Virginia.

En el curso de la guerra toda nuestra fortuna se perdió y nuestra existencia entera se vio alterada por el incendio de Carfax, residencia de la familia a orillas del río James. Mi abuelo, de edad ya avanzada, pereció entre las llamas del voraz incendio, y con él se quemó el sobre que nos ligaba al pasado. Todavía hoy puedo recordar aquel incendio que presencié con mis propios ojos a la edad de siete años, mientras los soldados federales vociferaban, las mujeres chillaban y los negros daban alaridos y rezaban. Mi padre se había alistado en el ejército y participaba en la defensa de Richmond, y, tras múltiples formalidades, mi madre y yo logramos atravesar las líneas enemigas para unirnos a él.

Cuando terminó la guerra, nos trasladamos al norte, de donde provenía mi madre, y allí crecí, me hice un hombre y, en última instancia, acumulé riquezas como corresponde a todo yanqui emprendedor. Ni mi padre ni yo supimos jamás qué contenía el sobre testamentario destinado a nosotros; además, una vez sumido en el monótono curso de la vida mercantil de Massachusetts perdí todo interés por desvelar los misterios que, sin duda, se ocultaban en el remoto pasado de mi árbol genealógico. ¡Con qué alegría habría dejado Exham Priory a la suerte de sus murciélagos, telerañas y mantillo si hubiera mínimamente intuido lo que escondía tras sus muros!

Mi padre murió en 1904, pero sin ningún mensaje que dejar para mí ni para mi único hijo, Alfred, un muchacho de diez años huérfano de madre. Fue precisamente Alfred quien alteró el orden en que venía transmitiéndose la información familiar, pues, si bien sólo pude hacerle conjeturas en tono burlón sobre el pasado familiar, me escribió contándome algunas leyendas ancestrales del mayor interés cuando, con ocasión de la pasada guerra, fue enviado a Inglaterra en 1917 en calidad de oficial de aviación. Al parecer, sobre los Delapore circulaba una pintoresca y un tanto siniestra historia. Un amigo de mi hijo, el capitán Edward Norrys, del Royal Flying Corps, residía en las proximidades de nuestro solar familiar en Anchester y contaba unas supersticiones campesinas que pocos novelistas podrían llegar a igualar por lo increíbles y demenciales que eran. Norrys, por supuesto, no las tomaba en serio, pero a mi hijo le divertían y le sirvieron de tema para llenar muchas de las cartas que me escribió. Fueron estas leyendas las que finalmente atrajeron mi atención hacia mi heredad trasatlántica, y me decidieron a comprar y restaurar el solar familiar que Norrys mostró a Alfred en todo su pintoresco abandono, al mismo tiempo que se ofrecía a conseguírselo por una suma harto razonable, dado que el actual propietario era tío suyo.

Compré Exham Priory en 1918, pero casi al punto me olvidé de los planes de restauración en que había estado pensando ante el regreso de mi hijo, inválido de las piernas. Durante los dos años que aún vivió me dediqué por entero a su cuidado, dejando incluso la dirección del negocio en manos de mis socios.

En 1921, sumido en la mayor desolación y sin saber qué hacer, apartado de toda actividad laboral y notando ya que la vejez se me venía encima, resolví distraer el resto de mis años ocupado en la nueva posesión. Llegué a Anchester un día de diciembre, hospedándome en casa del capitán Norrys, un joven algo gordo y afable que estimaba mucho a mi hijo, y me ofreció su colaboración en la tarea de acopiar planos y anécdotas en los que inspirarse al emprender las obras de restauración. No sentía la menor emoción en presencia de Exham Priory, un revoltijo de abandonadas ruinas medievales cubiertas de líquenes y acribilladas de nidos de grajos, balanceándose amenazadoramente al borde de un enorme precipicio y sin el menor rastro de suelos o cualquier otro resto de interiores, salvo los muros de piedra de las separadas torres.

Tras formarme poco a poco una idea de cómo debió ser el edificio cuando lo abandonaron mis antepasados tres siglos atrás, me puse a contratar obreros para iniciar las tareas de reconstrucción. En todos los casos me vi obligado a buscarlos fuera de la localidad más próxima, pues los naturales de Anchester profesaban un miedo y una aversión decididamente increíbles hacia aquel lugar. La magnitud del sentimiento era tal que a veces llegaba a contagiar a los trabajadores que venían de otros lugares, siendo ésta la causa de numerosas deserciones. Por lo demás, su alcance se extendía tanto al priorato como a la antigua familia propietaria del mismo.

Ya me había adelantado mi hijo que durante sus visitas al pueblo la gente se mostró un tanto reacia con él por ser un De la Poer, y ahora, por idéntica razón, yo me sentía también sutilmente rechazado hasta que logré convencerles de que apenas sabía nada de mis antepasados. Y aun así, los vecinos del lugar se mostraban huraños conmigo, por cuanto me vi obligado a recurrir a Norrys para recopilar la mayoría de las tradiciones populares que aún seguían circulando sobre el lugar. Lo que aquellas gentes no podían perdonar era, al menos eso creía entender yo, que había venido a restaurar un símbolo que aborrecían con todas sus fuerzas; pues, racionalmente o no, para ellos Exham Priory no era otra cosa que un nido de arpías y hombres lobo.

Reuniendo todas las historias que Norrys recogió para mí y completándolas con lo que habían dicho varios estudiosos que en su día examinaron las ruinas, deduje que Exham Priory se levantaba sobre el lugar ocupado en otro tiempo por un templo prehistórico: una construcción druida, o incluso anterior a dicho período, que debió ser contemporánea de Stonehenge. Casi nadie dudaba de que allí se habían celebrado abominables ritos, y circulaban toda clase de espeluznantes historias sobre el paso de tales ritos al culto de Cibeles posteriormente introducido por los romanos.

En el sótano podían aún verse inscripciones con letras tan inconfundibles como «DIU ... OPS ... MAGNA. MAT...», signo de la Magna Mater cuyo tenebroso culto fue en vano prohibido a los ciudadanos romanos. Anchester había sido campamento de la tercera legión Augusta, tal como atestiguaban numerosos restos, y, según todos los indicios, el templo de Cibeles debió ser una imponente construcción abarrotada de fieles que concelebraban multitud de ceremonias presididas por un sacerdote frigio. Las historias añadían que la caída de la antigua religión no puso fin a las orgías que tenían lugar en el templo, sino que, muy al contrario, los sacerdotes se convirtieron a la nueva fe sin cambiar en lo fundamental sus creencias. Asimismo, se decía que los ritos no desaparecieron con la llegada de los romanos y que algunos sajones se sumaron a lo que quedaba del templo, dándole el perfil característico que habría de distinguirle con el tiempo a la vez que hacían de él el centro de irradiación de un culto temido en la mitad del territorio al que se extendía la heptarquía. Hacia el año 1000 d.C. el lugar aparece mencionado en una crónica como un priorato, esencialmente construido a base de piedra, en el que se albergaba una poderosa y extraña orden monástica, y rodeado de grandes jardines que no precisaban de murallas para mantener alejado al atemorizado populacho. Jamás llegaron a destruirlo los daneses, si bien su suerte debió declinar radicalmente tras la conquista normanda, pues no hubo el menor impedimento para que Enrique III confiriera su propiedad a mi antepasado Gilbert de la Poer, primer barón de Exham, en 1261.

De mi familia no se conservan testimonios adversos antes de esa fecha, pero algo raro debió acontecer por entonces. Ya en una crónica de 1307 hay una referencia a un De la Poer al que se califica de «renegado de Dios», mientras que en las leyendas populares se aprecia un miedo cerval a decir nada del castillo que se erigió sobre los cimientos del antiguo templo y priorato. Los cuentos de viejas que corrían sobre el lugar eran de lo más espeluznantes, más terroríficos si cabe por la tenebrosa reticencia y sombrías evasivas de que hacían gala. En ellos se representaba a mis antepasados como un linaje de demonios junto a los que personajes de la talla de un Gilles de Retz o un Marqués de Sade no pasaban de meros aprendices, y se dejaba intuir veladamente su responsabilidad por las ocasionales desapariciones de aldeanos en el transcurso de varias generaciones.

Los peores de toda la parentela, a tenor de lo que dice la tradición, fueron los barones y sus herederos directos. Al menos, la mayoría de las historias que circulaban se referían a ellos. Si un heredero mostraba inclinaciones más saludables, se decía en ellas, fallecía con toda seguridad a edad temprana y misteriosamente para dejar paso a otro descendiente más en consonancia con el apellido. Los De la Poer parecían profesar un culto propio, presidido por el cabeza de familia y a veces restringido a unos cuantos miembros de la misma. El temperamento más que el linaje era el fundamento de dicho culto, pues en él participaban también quienes ingresaban en la familia por razón de matrimonio. Lady Margaret Trevor de Cornualles, mujer de Godfrey, el hijo segundo del quinto barón, acabó por convertirse en uno de los fantasmas predilectos de los niños de todo el país y en diabólica heroína de un horripilante y antiguo romance que aún se oye en las proximidades de la frontera galesa. Conservada también en los romances, aunque no tan ilustrativa al respecto, merece citarse la espeluznante historia de Lady Mary de la Poer, que al poco de casarse con el barón de Shrewsfield murió asesinada a manos de éste y de su madre, siendo posteriormente absueltos y bendecidos ambos criminales por el sacerdote al que confesaron aquello que no se atreverían a decir en público.

Estos mitos y romances, característicos de la más descarnada superstición, me repelían en extremo. Su persistencia y su asociación a tan larga descendencia de mis antepasados, resultaban especialmente irritantes; en tanto que las acusaciones de hábitos monstruosos recordaban, de manera harto desagradable, el único escándalo conocido de mis inmediatos antepasados: me refiero al caso de mi primo, el joven Randolph Delapore de Carfax, que se fue a vivir con los negros y se hizo oficiante del rito vudú a su regreso de la guerra de México.

Bastante menos me inquietaban las historias que corrían sobre lamentos y aullidos en el valle desolado y barrido por el viento que se abría al pie del precipicio de caliza; así como otras sobre los fétidos hedores que emanaban de las tumbas tras las primaverales lluvias, sobre el torpón y aullador objeto blanco que el caballo de sir John Clave pisó una noche en medio de un solitario campo, o sobre el criado que se había vuelto loco a causa de algo indefinible que vio en el priorato a plena luz del día.

Todo ello no eran sino retazos de historias fantásticas que habían arraigado en el vulgo, y por aquel entonces yo era un escéptico a carta cabal. Los relatos sobre aldeanos desaparecidos no debían desecharse del todo, aun cuando no eran especialmente significativos a la vista de las prácticas medievales. La voraz curiosidad significaba la muerte, y más de una cercenada cabeza se había mostrado en público en los bastiones –de los que, afortunadamente, ya no quedaba huella– que se levantaban en los aledaños de Exham Priory.

Algunas de las historias que corrían eran sumamente pintorescas, hasta el punto de hacerme sentir no haber estudiado más mitología comparada en mi juventud. Así, por ejemplo, aún subsistía la creencia de que una legión de diablos con alas de vampiro se reunía todas las noches en el priorato para celebrar sus rituales aquelarres, legión cuyo mantenimiento alimenticio podía hallar explicación en la desproporcionada abundancia de verduras ordinarias cultivadas en aquellos enormes huertos. La más gráfica de todas las historias que circulaban sobre el lugar era una que relataba la dramática epopeya de las ratas –un insaciable ejército de obscenas alimañas que había surgido en tropel del interior del castillo tres meses después de la tragedia que lo condenó al más absoluto abandono–, una cenceña, nauseabunda y famélica soldadesca que había barrido todo a su paso, devorando aves, gatos, perros, cerdos, ovejas y hasta dos desventurados seres humanos antes de ver acallado su furor. En torno a tan inolvidable plaga de roedores gira todo un ciclo independiente de mitos, pues las alimañas se dispersaron por entre las casas del pueblo suscitando toda clase de imprecaciones y horrores a su paso.

Tales eran las historias que se cernían sobre mí cuando me dispuse a acometer, con la obstinación propia de un anciano, las obras de restauración de mi ancestral solar. No debe creerse, ni siquiera por un momento, que tales historias constituían lo esencial del entorno psicológico en que me desenvolvía. Por otro lado, contaba con el apoyo decidido y constante del capitán Norrys y de los arqueólogos que me rodeaban y asistían en mi tarea. Una vez terminada la obra, algo más de dos años después de iniciada, pude contemplar aquel conjunto de amplias habitaciones, revestidos muros, abovedados techos, ventanas con parteluces y anchas escaleras, con un orgullo que compensaba con creces los cuantiosos gastos que supuso la restauración.

No había detalle medieval que no estuviera diestramente reproducido, y las partes nuevas armonizaban a la perfección con los muros y cimientos originales. El solar de mis antepasados estaba de nuevo en pie, y ahora sólo me quedaba redimir la fama local de la línea familiar que terminaba en mí. Me quedaría a vivir allí permanentemente y demostraría a todos que un De la Poer (pues había adoptado de nuevo la grafía original del apellido) no tenía por qué ser un ser diabólico. Mi confort se vio en parte aumentado por el hecho de que, aunque Exham Priory estaba construido según los cánones medievales, su interior era absolutamente nuevo y se hallaba libre de vetustos fantasmas y nocivas alimañas.

Como ya he dicho, me mudé a Exham Priory el 16 de julio de 1923. Me hacían compañía en mi nueva residencia siete criados y nueve gatos, animal éste por el que siento una especial atracción. Mi gato más viejo, «Nigger-Man», tenía siete años y vino conmigo desde Bolton, en Massachusetts; el resto de los gatos los había ido reuniendo mientras vivía con la familia del capitán Norrys, en el curso de las obras de restauración del priorato.

Durante cinco días nuestra rutina prosiguió en medio de la más absoluta calma, empleando la mayor parte del tiempo en la clasificación de antiguos documentos relativos a la familia. Disponía ya de unas cuantas descripciones muy detalladas de la tragedia final y la huida de Walter de la Poer, que supuse sería lo que encerraba el legajo hereditario perdido en el incendio de Carfax. Al parecer, a mi antepasado se le acusó, con sobrada razón, de matar al resto de los moradores de la casa –salvo cuatro criados cómplices suyos– mientras dormían, unas dos semanas después de un sorprendente descubrimiento que habría de alterar toda su forma de ser, pero que no debió desvelar más que a los criados que colaboraron con él en el asesinato y, seguidamente, huyeron lejos del alcance de la justicia.

Esta degollina premeditada –en total, un padre, tres hermanos y dos hermanas–, fue en gran medida condonada por los aldeanos y con tal negligencia dictaminada por la justicia que su instigador pudo huir –con todos los honores, sin sufrir el menor daño ni tener que disfrazarse– a Virginia. El sentir general que circulaba por el pueblo era que había librado aquellas tierras de la maldición inmemorial que sobre ellas pesaba. Ni siquiera puedo conjeturar cuál fue el descubrimiento que llevó a mi antepasado a cometer tan abominable acción. Walter de la Poer debía conocer desde hacía tiempo las siniestras historias que se contaban sobre su familia, por lo que no creo que el motivo que desató todo proviniera de dicha fuente. ¿Presenciaría acaso algún antiguo y espeluznante rito o se daría de bruces con algún tenebroso símbolo revelador en el priorato o en sus aledaños? En Inglaterra se le tenía por un joven tímido y de buenos modales. En Virginia, parecía más un ser de carácter atormentado y aprensivo que un tipo duro o amargado. De él se decía en el diario de otro aventurero de rancio abolengo, Francis Harley de Bellview, que era un hombre sin par en lo tocante al sentido de la justicia, al honor y la discreción.

El 22 de julio tuvo lugar el primer incidente, el cual, aunque apenas se le prestó atención en aquel momento, adquiere un significado premonitorio en relación con ulteriores acontecimientos. Fue tan poca cosa que casi no se le dio importancia, y apenas pudo advertirse en las circunstancias reinantes, pues debe recordarse que al ser el edificio prácticamente nuevo en su totalidad, salvo los muros, y hallarse atendido por una avezada servidumbre, toda aprensión habría sido absurda no obstante las historias que corrían sobre el lugar.

A poco más que esto se reduce lo que pude recordar *a posteriori*: mi viejo gato negro, cuyo humor tan bien conozco, estaba indudablemente alerta e inquieto en una medida que no concordaba en nada con su habitual modo de ser. Iba de una habitación a otra, dando la impresión de estar intranquilo y preocupado por algo, y olisqueaba constantemente los muros que formaban parte de la estructura gótica. Comprendo perfectamente cuán trillado suena todo esto –algo así como el inevitable perro del cuento de fantasmas, que no cesa de gruñir hasta que su amo ve finalmente la figura envuelta en sábanas–, pero en este caso concreto creo que tiene su importancia.

Al día siguiente, un criado vino a darme cuenta de la inquietud reinante entre los gatos de la casa. Yo me encontraba en mi estudio, una habitación de techo alto y orientada al occidente que había en el segundo piso, con arcos de aristas, artesonado de roble oscuro y una triple ventana gótica que daba al precipicio de roca caliza y desde la que se divisaba el inhóspito valle. Mientras me hablaba el criado, pude ver cómo la forma de azabache de Nigger-Man se arrastraba a lo largo del muro oeste y arañaba el nuevo artesonado que cubría la antigua piedra.

Le dije al criado que debía tratarse de algún extraño olor o emanación procedente de la antigua mampostería, y que, si bien era imperceptible al olfato humano, debía afectar a los sensibles órganos de los felinos a pesar del artesonado que lo recubría. Así lo creía sinceramente, y cuando aquel hombre aludió a la posible presencia de roedores, le dije que en aquel lugar no había habido ratas durante trescientos años, y que difícilmente podrían encontrarse los ratones de la campiña que lo circundaba en tan altos muros, pues nunca se los había visto merodeando por allí. Aquella misma tarde llamé al capitán Norrys, quien me aseguró que le parecía bastante increíble que los ratones del campo infestaran de repente el priorato pues, que él supiera, no había precedentes de nada semejante.

Aquella noche, prescindiendo como de costumbre de la ayuda del mayordomo, me retiré a la cámara de la torre orientada al occidente que me había reservado; a ella se llegaba desde el estudio tras subir por una escalinata de piedra y atravesar una pequeña galería –la primera antigua en parte, la segunda enteramente restaurada. La estancia era circular, de techo muy alto y sin revestimiento alguno, si bien de la pared colgaban unos tapices que había comprado en Londres.

Tras comprobar que Nigger-Man se hallaba conmigo, cerré la pesada puerta gótica y me recogí a la luz de aquellas bombillas eléctricas que tanto se asemejaban a bujías; al cabo de un rato, apagué la luz y me dejé hundir en la taraceada y endoselada cama coronada por cuatro baldaquinos, con el venerable gato en su habitual lugar a mis pies. No eché las cortinas, quedando mi mirada fija en la angosta ventana que daba al norte y tenía justo frente a mí. Un esbozo de aurora se dibujaba en el cielo destacando la siempre grata silueta de las primorosas tracerías de la ventana.

En un momento dado debí quedarme apaciblemente dormido, pues recuerdo claramente una sensación de despertar de extraños sueños, cuando el gato dio un brusco respingo abandonando la serena posición en que se encontraba. Pude verlo gracias al tenue resplandor de la aurora; tenía la cabeza enhiesta hacia delante, las patas delanteras clavadas en mis tobillos y las traseras estiradas cuan largas eran. Miraba fijamente a un punto de la pared situado algo al oeste de la ventana, un punto en el que mi vista no encontraba nada digno de resaltar, pero en el que se concentraban ahora mis cinco sentidos.

Mientras observaba, comprendí el motivo de la excitación de Nigger-Man. Si se movieron o no los tapices es algo que no sabría decir. A mí me pareció que sí, aunque muy ligeramente. Pero lo que sí puedo jurar es que detrás de los tapices oí un ruido, leve pero nítido, como de ratas o ratones escabulléndose precipitadamente. No había transcurrido un segundo cuando ya el gato se había arrojado materialmente sobre el tapiz de matizados colores, haciendo caer al suelo, debido a su peso, la parte a la que se agarró y dejando al descubierto un antiguo y húmedo muro de piedra, retocado aquí y allá por los restauradores, y sin la menor traza de roedores merodeando por sus inmediaciones.

Nigger-Man recorrió de arriba abajo el suelo de aquella parte del muro, desgarrando el tapiz caído e intentando en ocasiones introducir sus garras entre el muro y la tarima del suelo. Pero no encontró nada, y al cabo de un rato volvió muy fatigado a su habitual posición a mis pies. Yo no me había levantado de la cama, pero no volví a conciliar el sueño en toda la noche.

A la mañana siguiente, indagué entre la servidumbre pero nadie había advertido nada anormal, excepto la cocinera, que recordaba el anómalo comportamiento de un gato que dormitaba en el alféizar de su ventana. El gato en cuestión se puso a maullar a cierta hora de la noche, despertando a la cocinera justo a tiempo de verle lanzarse a toda velocidad por la puerta abierta escaleras abajo. Al mediodía me quedé un rato amodorrado y al despertarme fui a visitar de nuevo al capitán Norrys, que mostró especial interés en lo que le conté. Los incidentes extraños –tan raros a la vez que tan curiosos– despertaban en él el sentido de lo pintoresco, y le trajeron a la memoria multitud de recuerdos de historias locales sobre fantasmas. No conseguíamos salir de nuestro estupor ante la presencia de las ratas, y lo único que se le ocurrió a Norrys fue dejarme unos cepos y unos polvos de verde de París que, de vuelta a casa, mandé a los criados colocar en lugares estratégicos.

Me fui pronto a la cama pues tenía mucho sueño, pero mientras dormía me asaltaron atroces pesadillas. En ellas miraba hacia abajo desde una impresionante altura a una gruta débilmente iluminada cuyo suelo estaba cubierto por una gruesa capa de estiércol; en el interior de dicha gruta había un demonio porquerizo de canosa barba que dirigía con su cayado un rebaño de bestias fungiformes y flácidas cuya sola vista me produjo una indescriptible repugnancia. Luego, mientras el porquero se detenía un instante y se inclinaba para divisar su rebaño, un impresionante enjambre de ratas llovió del cielo sobre el hediondo abismo y se puso a devorar a animales y hombre.

Tras tan terrorífica visión me desperté bruscamente a causa de los bruscos movimientos de Nigger-Man, que como de costumbre dormía a mis pies. Esta vez no tuve que inquirir por el origen de sus gruñidos y resoplidos ni por el miedo que le impulsaba a hundir sus garras en mis tobillos, inconsciente de su efecto, pues las cuatro paredes de la estancia bullían de un sonido nauseabundo: el repugnante deslizarse de gigantescas ratas famélicas. En esta ocasión no había aurora que permitiera ver en qué estado se encontraba el tapiz –cuya sección caída había sido reemplazada–, pero no vacilé ni un instante en encender la luz.

Al resplandor de ésta pude ver cómo todo el tapiz era presa de una espantosa sacudida, hasta el punto de que los dibujos, de por sí ya un tanto originales, se pusieron a ejecutar una singular danza de la muerte. La agitación desapareció casi al instante, y con ella los ruidos. Saltando del lecho, hurgué en el tapiz con el largo mango del calentador de cama que había en la habitación, y levanté una parte del mismo para ver qué había debajo. Pero allí no había sino el restaurado muro de piedra, y para entonces ya había remitido el estado de tensión en que se encontraba el gato debido al olfateo de algo anómalo. Cuando examiné el cepo circular que había colocado en la habitación, pude ver que todos los orificios se encontraban forzados, aunque no quedase rastro de lo que debió escaparse tras caer en la trampa.

Naturalmente, ni se me pasó por la cabeza volver a la cama, así que encendí una vela, abrí la puerta y salí a la galería al final de la cual estaban las escaleras que conducían a mi estudio, con Nigger-Man siempre pegado a mis talones. Antes de llegar a la escalinata de piedra, empero, el gato salió disparado delante de mí y desapareció tras el antiguo tramo. Mientras bajaba las escaleras llegaron de repente hasta mí unos sonidos producidos en la gran estancia que quedaba debajo, unos sonidos de tal naturaleza que no podían inducir a equívoco.

Los muros de artesonado de roble bullían de ratas que se deslizaban y se arremolinaban en un inusitado frenesí, mientras Nigger-Man corría de un lado para otro con la irritación propia del cazador burlado. Al llegar abajo, encendí la luz, pero no por ello remitió el ruido esta vez. Las ratas seguían alborotadas, dispersándose en baraúnda con tal estrépito y nitidez que finalmente no me fue difícil asignar una dirección precisa a sus movimientos. Aquellas criaturas, en número al parecer incalculable, estaban embarcadas en un impresionante movimiento migratorio desde inimaginables alturas hasta una profundidad desconocida.

Seguidamente, oí un ruido de pasos en el corredor, y unos instantes después dos criados abrían de golpe la maciza puerta. Rastreaban toda la casa en busca del origen de aquel revuelo que llevó a todos los gatos de la casa a lanzar estridentes maullidos y a saltar precipitadamente varios tramos de escalera hasta llegar ante la puerta cerrada del sótano, donde se agazaparon sin dejar de maullar. Les pregunté a los criados si habían visto las ratas, pero su respuesta fue negativa. Y cuando me volví para llamar su atención a los sonidos que se oían en el interior del artesonado, pude advertir que el ruido había cesado.

Junto con aquellos dos hombres bajé hasta la puerta del sótano, pero para entonces ya se habían dispersado los gatos. Luego, decidí explorar la cripta que había debajo, pero de momento me limité a inspeccionar los cepos. Todos habían saltado, pero no tenían ni un solo ocupante. Contento porque excepto los felinos y yo, nadie más había oído las ratas, me senté en mi estudio hasta que alboreó el día, reflexionando intensamente sobre cuál pudiera ser la causa de todo ello y tratando de recordar todo fragmento de leyenda desenterrado por mí que hiciera referencia al edificio en que habitaba.

Dormí un poco por la mañana, reclinado en el único sillón confortable del gabinete que mi medieval diseño del mobiliario no logró proscribir. Al despertarme llamé por teléfono al capitán Norrys, quien se presentó al cabo de un rato y me acompañó en la exploración del sótano.

No encontramos absolutamente nada que nos llamase la atención, aunque no pudimos reprimir un escalofrío al enterarnos de que la cripta databa de tiempos de los romanos. Todos los arcos bajos y macizos pilares eran de estilo romano; no del estilo degradado de los chapuceros sajones, sino del severo y armónico clasicismo de la era de los césares. Como cabía esperar, las paredes abundaban en inscripciones familiares a los arqueólogos que habían explorado en repetidas ocasiones el lugar; podían leerse cosas del estilo de «p. GETAE. PROP... TEMP... DONA...» y «L. PRAEC... VS... PONTIFI... ATYS...», y otras más.

La referencia a Atys me produjo un estremecimiento, pues había leído a Catulo y sabía algo de los abominables ritos dedicados al dios oriental, cuyo culto tanto se confundía con el de Cibeles. Norrys y yo, a la luz de unos faroles, tratamos de interpretar los extraños y descoloridos dibujos que se veían en unos bloques de piedra irregularmente rectangulares que debieron ser altares en otro tiempo, pero no pudimos sacar nada en claro. Recordamos que uno de aquellos dibujos, una especie de sol del que salían unos rayos en todas las direcciones, fue escogido por los estudiantes para mostrar que no era de origen romano, sugiriendo que los sacerdotes romanos se habían limitado a adoptar aquellos altares que provendrían de un templo más antiguo y probablemente aborigen levantado sobre aquel mismo suelo. En uno de aquellos bloques se advertían unas manchas marrones que me dieron que pensar. El mayor de todos ellos, un bloque que se encontraba en el centro de la estancia, tenía ciertos detalles en la cara superior que indicaban que había estado en contacto con el fuego; probablemente se trataba de ofrendas incineradas.

Tales eran las cosas que se veían en aquella cripta ante cuya puerta los gatos habían estado maullando, y donde Norrys y yo habíamos decidido pasar la noche. Los criados, a quienes se les advirtió que no se preocuparan por los movimientos de los gatos durante la noche, bajaron sendos sofás, y Nigger-Man fue admitido en calidad de ayuda a la vez que de compañía. Juzgamos oportuno cerrar herméticamente la gran puerta de roble –una réplica moderna con rendijas para la ventilación– y, seguidamente, nos retiramos con los faroles aún encendidos a aguardar cuanto pudiera depararnos la noche.

La cripta estaba en la parte inferior de los cimientos del priorato y al fondo de la cara del prominente precipicio que dominaba el desolado valle. No dudaba que aquel había sido el objetivo de las infatigables e inexplicables ratas, aun cuando no sabría decir el motivo. Mientras aguardábamos expectantes, mi vigilia se entremezclaba ocasionalmente con sueños a medio formar de los que me despertaban los inquietos movimientos del gato que, como de costumbre, se encontraba a mis pies.

Pero aquella noche mis sueños no tuvieron nada de agradable; al contrario, fueron tan espeluznantes como los de la noche anterior. De nuevo aparecían ante mí la siniestra gruta en penumbra y el porquero con sus innombrables y fungiformes bestias revolcándose en el cieno, y al mirar a aquellos seres me parecían más cerca y con perfiles más precisos, tan precisos que casi podía ver sus rasgos físicos. Luego, pude ver la flácida fisonomía de uno de ellos... cuando, de repente, desperté, profiriendo tal grito que Nigger-Man dio un violento respingo, mientras el capitán Norrys, que no había pegado el ojo en toda la noche, se echó a reír a carcajadas. Y aún más –o quién sabe si menos– habría reído Norrys de haber sabido el motivo de mi estruendoso grito. Pero ni yo mismo lo recordé hasta pasado un rato: el horror descarnado tiene la virtud de paralizar a menudo la memoria.

Norrys me despertó al empezar a manifestarse el fenómeno. En el curso del referido y espantoso sueño me desveló con una ligera sacudida instándome a que escuchara el ruido de los gatos. ¡Y bien que podía escucharse!, pues al otro lado de la cerrada puerta, al pie de la escalinata de piedra, había una verdadera baraúnda de felinos aullando y arañando en la madera, mientras Nigger-Man, absorto por completo de cuanto pudieran estar haciendo sus congéneres, corría alocadamente a lo largo de los desnudos muros de piedra, en los que pude percibir claramente el mismo ajetreo de ratas deslizándose que tanto me había atribulado la noche anterior.

Un indescriptible terror se apoderó de mí, pues aquellas anomalías no podían explicarse por procedimientos normales. Aquellas ratas, de no ser las criaturas procedentes de un estado febril que sólo yo compartía con los gatos, debían escabullirse y tener su madriguera entre los muros romanos que creí estaban formados por bloques de caliza sólida. A menos, se me ocurrió pensar, que la acción del agua en el curso de más de diecisiete siglos hubiera horadado sinuosos túneles que los roedores habrían posteriormente despejado y ensanchado. Pero aun así, el horror espectral que experimentaba no era menor; pues, en el supuesto de que se tratase de alimañas de carne y hueso, ¿por qué Norrys no oía su repugnante alboroto?, ¿por qué me instó a que observara a Nigger-Man y escuchara los maullidos de los gatos afuera?, ¿y por qué intuía difusamente y sin fundamento los motivos que les llevaban a armar aquel revuelo?

Para cuando conseguí decirle, de la forma más racional que pude, lo que creía estar oyendo, hasta mis oídos llegó el último tenue sonido de aquel incansable revuelo. Ahora daba la impresión de que el ruido se alejaba, se oía *aún más abajo,* muy por debajo del nivel del sótano, hasta el punto de que todo el precipicio parecía acribillado de ratas en continuo ajetreo. Norrys no se mostraba tan escéptico como yo había anticipado, sino que parecía profundamente agitado. Me indicó por señas que ya había cesado el estrépito de los gatos, los cuales parecían dar a las ratas por perdidas. Entre tanto, Nigger-Man era presa de nuevo desasosiego y se ponía a arañar frenéticamente la base del gran altar de piedra levantado en el centro de la habitación, si bien se encontraba más próximo del sofá de Norrys que del mío.

Llegado a este punto, mi temor hacia lo desconocido había alcanzado proporciones inconmensurables. Entonces ocurrió algo sorprendente, y pude ver cómo el capitán Norrys, un hombre más joven, corpulento y, presumiblemente, de ideas más materialistas que las mías, se hallaba tan inquieto como yo... probablemente porque conocía harto bien y de toda la vida la leyenda local. De momento no podíamos hacer sino limitarnos a observar cómo Nigger-Man hundía sus garras, cada vez con menos fervor, en la base del altar, levantando de vez en cuando la cabeza y maullando en dirección mía de aquella manera tan persuasiva con que acostumbraba hacerlo cuando quería algo de mí.

Norrys acercó un farol al altar y examinó de cerca el lugar donde Nigger-Man estaba arañando. Se arrodilló en silencio y desbrozó los líquenes que estaban allí desde hacía siglos y unían el macizo bloque prerromano al teselado suelo. Pero tras mucho escarbar no encontró nada de particular, y ya estaba a punto de cejar en sus esfuerzos cuando advertí una circunstancia trivial que me hizo estremecer, aun cuando no podía decirse que me cogiera totalmente de improviso.

Le hice partícipe de mi descubrimiento a Norrys, y ambos nos pusimos a examinar aquella casi imperceptible manifestación con la fijeza propia de quien realiza un fascinante hallazgo que confirma lo acertado de sus pesquisas. En suma, se trataba de lo siguiente: la llama del farol colocado junto al altar oscilaba, ligera pero evidentemente, debido a una corriente de aire que no soplaba antes, y que sin duda procedía de la rendija que había entre el suelo y el altar en donde Norrys había estado desbrozando los líquenes.

Pasamos el resto de la noche en el estudio inundado de luz, discutiendo en medio de una cierta excitación el paso siguiente a dar. El descubrimiento bajo aquellas malditas ruinas de una cripta por debajo de los cimientos inferiores que se conocían de la mampostería romana, una cripta que había pasado inadvertida a los avezados anticuarios que exploraron el edificio por espacio de tres siglos, habría bastado para excitarnos a Norrys y a mí, profanos en todo lo que se relacionaba con lo siniestro. Por decirlo así, la fascinación tenía una doble vertiente, y vacilamos no sabiendo si cejar en nuestras pesquisas y abandonar de una vez para siempre el priorato por mor de supersticiosa precaución o satisfacer nuestro sentido de la aventura y el riesgo, cualesquiera que fuesen los horrores que pudieran esperarnos al adentrarnos en aquellos desconocidos abismos.

Ya de mañana, llegamos a un acuerdo. Iríamos a Londres en busca de arqueólogos y científicos capacitados para desvelar aquel misterio. Debo decir, asimismo, que antes de abandonar el sótano intentamos en vano correr el altar central, al que ahora reconocíamos como la puerta de acceso a nuevas simas de indefinible terror. A hombres más doctos que nosotros tocaría desvelar qué secretos misterios ocultaba aquella puerta.

Durante nuestra larga estancia en Londres, el capitán Norrys y yo dimos a conocer los hechos, conjeturas y legendarias anécdotas a cinco eminentes autoridades científicas, todas ellas personas en las que podía confiarse, que sabrían tratar con la debida discreción cualquier revelación sobre el pasado familiar que pudiera ponerse al descubierto en el curso de las investigaciones. La mayoría de aquellos hombres parecían poco inclinados a tomar el asunto a la ligera; al contrario, desde el primer momento demostraron un gran interés y una sincera comprensión. No creo que haga falta dar el nombre de todos los expedicionarios, pero puedo decir que entre ellos se encontraba sir William Brinton, cuyas excavaciones en el Troad llamaron la atención de casi todo el mundo en su día. Al tomar con ellos el tren para Anchester sentí una especie de desasosiego, algo así como si estuviera al borde de espeluznantes revelaciones... una sensación reflejada por entonces en el afligido semblante de muchos americanos que vivían en Londres debido a la inesperada muerte de su Presidente al otro lado del océano.

El 7 de agosto por la tarde llegamos a Exham Priory, donde los criados me aseguraron que nada extraño había ocurrido en mi ausencia. Los gatos, incluso el anciano Nigger-Man, habían estado absolutamente tranquilos y ni un solo cepo se había levantado en toda la casa. Las exploraciones iban a dar comienzo al día siguiente. Entre tanto, asigné a cada uno de mis huéspedes habitaciones equipadas con todo lo que pudieran necesitar.

Yo me fui a dormir a mi cámara de la torre, con Nigger-Man siempre a mis pies. Al poco caí dormido, pero espantosos sueños volvieron a asaltarme. Tuve una pesadilla de una fiesta romana como la de Trimalción en la que pude ver una abominable monstruosidad en una fuente cubierta. Luego, volví a ver aquella maldita y recurrente visión del porquero y su hedionda piara en la tenebrosa gruta. Pero cuando me desperté ya era de día y en las habitaciones de abajo no se oían ruidos anormales. Las ratas, ya fuesen reales o imaginarias, no me habían molestado lo más mínimo, y Nigger-Man seguía durmiendo plácidamente. Al bajar, comprobé que en el resto de la casa reinaba una absoluta quietud. A juicio de uno de los científicos que me acompañaban –un tipo llamado Thornton, estudioso de los fenómenos psíquicos– ello se debía a que ahora se me mostraba únicamente lo que ciertas fuerzas desconocidas querían que viese, razonamiento éste, a decir verdad, que encontré bastante absurdo.

Todo estaba dispuesto para empezar, así que a las once de la mañana de aquel día los siete hombres que integrábamos el grupo, provistos de focos eléctricos y herramientas para excavaciones, bajamos al sótano y cerramos la puerta con cerrojo tras de nosotros. Nigger-Man nos acompañaba, pues los investigadores no hallaron oportuno despreciar su excitabilidad y prefirieron que se hallase presente por si se producían difusas manifestaciones de la presencia de roedores. Apenas reparamos unos momentos en las inscripciones romanas y en los indescifrables dibujos del altar, pues tres de los científicos ya los habían visto anteriormente y todos los componentes de la expedición estaban al tanto de sus características. Atención especial se prestó al imponente altar central; al cabo de una hora sir William Brinton había logrado desplazarlo hacia atrás, gracias a la ayuda de una especie de palanca para mí desconocida.

Ante nosotros se puso al descubierto tal horror que no habríamos sabido cómo reaccionar de no estar prevenidos. A través de un orificio casi cuadrado abierto en el enlosado suelo, y desparramados a lo largo de un tramo de escalera tan desgastado que parecía poco más que una superficie plana con una ligera inclinación en el centro, se veía un horrible amasijo de huesos de origen humano o, cuando menos, semihumano. Los esqueletos que conservaban su postura original evidenciaban actitudes de infernal pánico, y en todos los huesos se apreciaba la huella de mordeduras de roedores. No había nada en aquellos cráneos que indujera a pensar que pertenecieran a seres con un alto grado de idiocia o cretinismo, o siquiera en la posibilidad de que fueran restos de antropoides prehistóricos.

Por encima de los escalones rebosantes de inmundicia se abría en forma de arco un pasadizo en descenso, que parecía labrado en la roca viva, por el que circulaba una corriente de aire. Pero aquella corriente no era una bocanada brusca y hedionda cual si de una cripta cerrada se tratase, sino una agradable brisa con algo de aire fresco. Tras detenernos un momento, nos aprestamos, en medio de un general escalofrío, a abrirnos paso escalera abajo. Fue entonces cuando sir William, tras examinar atentamente los labrados muros, hizo la sorprendente observación de que el pasadizo, a tenor de la dirección de los golpes, parecía haber sido labrado *desde abajo*.

Ahora debo meditar detenidamente lo que digo y elegir con sumo cuidado las palabras.

Tras abrirnos paso unos escalones a través de los roídos huesos, vimos una luz frente a nosotros; no se trataba de una fosforescencia mística ni nada por el estilo, sino de luz solar filtrada que no podía proceder sino de ignotas fisuras abiertas en el precipicio que se erigía sobre el desolado valle. No tenía nada de particular que nadie desde el exterior hubiera parado mientes en aquellas rendijas, pues aparte de estar el valle totalmente despoblado, la altura y pendiente del precipicio eran tales que sólo un aeronauta podría estudiar su cara en detalle. Unos pasos más y nuestro aliento quedó literalmente arrebatado ante el espectáculo que se nos ofrecía a la vista; tan literalmente que Thornton, el investigador de lo psíquico, cayó desmayado en los brazos del aturdido expedicionario que marchaba detrás suyo. Norrys, con su rechoncha cara totalmente lívida y flácida, se limitó a lanzar un grito inarticulado, y en cuanto a mí creo que emití un resuello o siseo y me tapé los ojos.

El hombre que marchaba detrás de mí –el único componente del grupo de más edad que yo– profirió el manido «¡Dios mío!» con la más quebrada voz que recuerdo. Del total de los siete expedicionarios, sólo sir William Brinton conservó el aplomo, algo que debe apuntársele en su haber, sobre todo si se tiene en cuenta que encabezaba el grupo y, por tanto, debió ser el primero en verlo todo.

Nos encontrábamos ante una gruta iluminada por una tenue luz y enormemente alta, que se prolongaba más allá del campo de nuestra visión. Todo un mundo subterráneo de infinito misterio y horribles premoniciones se abría ante nosotros. Allí podían verse edificaciones y otros restos arquitectónicos –con una mirada presa de terror divisé un extraño túmulo, un imponente círculo de monolitos, unas ruinas romanas de baja bóveda, una pira funeraria sajona derruida y una primitiva construcción inglesa de madera–, pero todo quedaba empequeñecido ante el repulsivo espectáculo que podía divisarse hasta donde llegaba la vista: unos metros más allá de donde acababa la escalera se extendía por todo el recinto una demencial maraña de huesos humanos, o al menos igual de humanos que los que habíamos visto unos metros atrás. Como un mar de espuma, aquellos huesos cubrían todo el ámbito que abarcaba la vista, unos sueltos, otros articulados total o parcialmente como esqueletos; estos últimos se encontraban en posturas que reflejaban un diabólico frenesí, como si estuviesen repeliendo alguna amenaza o aferrando otros cuerpos con intenciones canibalistas.

Cuando el doctor Trask, el antropólogo del grupo, se detuvo para examinar e identificar los cráneos, se encontró con que estaban formados por una mezcolanza degradada que le sumió en el más completo estupor. En su mayoría, aquellos restos pertenecían a seres muy por debajo del hombre de Piltdown en la escala de la evolución, pero en cualquier caso eran, sin la menor duda, de origen humano. Muchos eran de grado superior, y sólo unos pocos eran cráneos de seres con los sentidos y el cerebro plenamente desarrollados. No había hueso que no estuviera roído, sobre todo por ratas, pero también por otros seres de aquella jauría semihumana. Mezclados con ellos podían verse muchos huesecillos de ratas, guerreros caídos del letal ejército que había cerrado un antiguo ciclo épico.

Dudo que alguno de nosotros conservase su lucidez a lo largo de aquel día de horrorosos descubrimientos. Ni Hoffmann ni Huysmans podían imaginarse una escena más asombrosamente increíble, más atrozmente repulsiva, ni más góticamente grotesca que la que se ofrecía a la vista de aquella sombría gruta por la que los siete expedicionarios avanzábamos a tumbos.. Íbamos de revelación en revelación, a la vez que tratábamos de evitar todo pensamiento que se nos viniera a la cabeza sobre lo que pudiera haber acaecido en aquel lugar trescientos, mil, dos mil o quién sabe si diez mil años atrás. Aquel lugar era la antesala del infierno, y el pobre Thornton volvió a desmayarse cuando Trask le dijo que algunos de aquellos esqueletos debían descender de cuadrúpedos a lo largo de las veinte o más generaciones que les precedieron.

A un horror seguía otro cuando empezamos a interpretar las ruinas arquitectónicas. Los seres cuadrúpedos –con sus ocasionales reclutas procedentes de las filas bípedas– habían vivido encerrados en cuévanos de piedra, de donde debieron escapar en su delirio final provocado por el hambre o el miedo a los roedores. Por legiones se contaban las ratas, cebadas evidentemente por la ingestión de las verduras ordinarias cuyos residuos podían aún encontrarse a modo de ponzoñoso ensilaje en el fondo de grandes recipientes de piedra prerromanos. Ahora comprendía por qué mis antepasados tenían aquellos huertos tan inmensos. ¡Ojalá pudiera relegarlo todo al olvido! No me hizo falta inquirir sobre lo que se proponían aquellas infernales bandadas de roedores.

Sir William, de pie y enfocando con su proyector la ruina romana, tradujo en voz alta el más sorprendente ritual que jamás haya conocido y habló de la dieta alimenticia del culto antediluviano que los sacerdotes de Cibeles encontraron y entremezclaron con el suyo propio. Norrys, acostumbrado como estaba a la vida de las trincheras, no podía caminar derecho al salir de la construcción inglesa. El edificio en cuestión era una carnicería y una cocina –justo lo que Norrys esperaba encontrar–, pero ya no era tan normal ver utensilios ingleses familiares en semejante lugar y poder leer inscripciones inglesas que resultaban conocidas, algunas de fecha tan cercana como 1610. Yo no pude entrar en el edificio, aquel edificio testigo de diabólicas celebraciones que sólo se vieron interrumpidas por la daga de mi antepasado Walter de la Poer.

Sí me aventuré a entrar en lo que resultó ser el edificio bajo sajón cuya puerta de roble se hallaba en el suelo, y en él me encontré una impresionante hilera de diez celdas de piedra con herrumbrosos barrotes. Tres tenían ocupantes, todos ellos esqueletos de grado superior, y en el huesudo dedo índice de uno de ellos pude ver un sello con mi escudo de armas. Sir William encontró una cripta con celdas aún más antiguas debajo de la capilla romana, pero en este caso las celdas estaban vacías. Debajo había una cripta de techo bajo llena de nichos con huesos alineados, algunos de los cuales mostraban terribles inscripciones geométricas esculpidas en latín, en griego y en la lengua de Frigia.

Mientras tanto, el doctor Trask había abierto uno de los túmulos prehistóricos descubriendo en su interior unos cráneos de escasa capacidad, poco más desarrollados que los de los gorilas, con unos signos ideográficos indescifrables. Mi gato permaneció imperturbable ante todo aquel espectáculo. En una ocasión le vi pavorosamente subido encima de una montaña de huesos, y me pregunté qué secretos podrían ocultarse tras aquellos relampagueantes ojos amarillos.

Tras habernos hecho una ligera idea de las espantosas revelaciones que se escondían en aquella parte de la sombría cueva –lugar aquél tan horriblemente presagiado en mi recurrente sueño–, volvimos a aquel abismo aparente sin fin, de la nocturnal caverna en donde ni un solo rayo de luz se filtraba a través del precipicio. Jamás sabremos qué invisibles mundos estigios se abrían más allá de la pequeña distancia que recorrimos, pues no creímos que el conocimiento de tales secretos pudiera redundar en pro de la humanidad. Pero había suficientes cosas en las que fijarnos en torno nuestro, pues apenas habíamos dado unos pasos cuando la luz de los focos puso al descubierto la espeluznante infinidad de pozos en que las ratas se habían dado festín y cuyo repentino agotamiento fue la causa de que el ejército de famélicos roedores se lanzara, en un primer momento, sobre los rebaños vivos de hambrientos seres, y luego se escapara en tropel del priorato en aquella histórica y devastadora orgía que jamás olvidarán los vecinos del lugar.

¡Dios mío! ¡Qué inmundos pozos de quebrados y descarnados huesos y abiertos cráneos! ¡Qué simas de pesadilla rebosantes de huesos de pitecántropos, celtas, romanos e ingleses de incontables centurias de vida no cristiana! En unos casos estaban repletos y sería imposible decir qué profundidad tuvieron en otro tiempo. En otros, la luz de nuestros focos no llegaba siquiera al fondo y se los veía abarrotados de las más increíbles cosas. ¿Y qué habría sido, pensé, de las desventuradas ratas que se dieron de bruces con aquellos cepos en medio de la oscuridad de tan horripilante Tártaro?

En cierta ocasión mi pie casi se introdujo en un horrible foso abierto, haciéndome pasar unos instantes de terror extático. Debí quedarme absorto un buen rato, pues salvo al capitán Norrys no pude ver a nadie del grupo. Seguidamente, se oyó un sonido procedente de aquella tenebrosa e infinita distancia que creí reconocer, y vi a mi viejo gato negro pasar raudo delante de mí como si fuese un alado dios egipcio que se dirigiese a los insondables abismos de lo desconocido. Pero el ruido no se oía tan lejano, pues al instante comprendí perfectamente de qué se trataba: era de nuevo el espantado corretear de aquellas endiabladas ratas, siempre a la búsqueda de nuevos horrores y decididas a que las siguiera hasta aquellas intrincadas cavernas del centro de la tierra donde Nyarlathotep, el enloquecido dios sin rostro, aúlla a ciegas en la más tenebrosa oscuridad a los acordes de dos necios y amorfos flautistas.

Mi foco se apagó, pero no por ello dejé de correr. Oía voces, alaridos y ecos, pero por encima de todo percibía ligeramente aquel abominable e inconfundible corretear, en un principio tenuemente y luego con mayor intensidad, como un cadáver rígido e hinchado se desliza mansamente por la corriente de un río de grasa que discurre bajo infinitos puentes de ónix hasta desembocar en un negro y putrefacto mar.

Algo me rozó, algo flácido y rechoncho. Debían ser las ratas; ese viscoso, gelatinoso y famélico ejército que halla deleite en vivos y muertos... ¿Por qué no iban a comer las ratas a un De la Poer si los De la Poer no se recataban de comer cosas prohibidas?... La guerra se comió a mi hijo, ¡al diablo todos!... y las llamas yanquis devoraron Carfax, reduciendo a cenizas al viejo Delapore y al secreto de la familia... ¡No, no, repito que *no* soy el demonio porquero de la oscura gruta! No era la gordinflona cara de Edward Norrys lo que había encima de aquel fláccido ser fungiforme. El seguía vivo, pero mi hijo murió... ¿Cómo pueden ser propiedad de un Norrys las tierras de un De la Poer?... Es vudú, te lo digo yo... esa serpiente moteada... ¡Maldito Thornton, te enseñaré a desmayarte ante las obras de mi familia!... ¡Por los clavos de Cristo, canalla!, te enseñaré a gustar de la sangre... pero ¿es que queréis que os siga por estos infernales recovecos?... *¡Magna Mater! ¡Magna Mater!... Atys... Dia ad aghaidh' ad aodaun... ¡jagus bas dunach ort! ...¡Dhonas's dholas ort, agus leat-sa!... Ungl... ungl... rrlh... chchch...*

Estas cosas y otras, según cuentan, decía yo cuando me encontraron en medio de las tinieblas tres horas después. Estaba agazapado en aquella tenebrosa oscuridad sobre el cuerpo rechoncho y a medio devorar del capitán Norrys, mientras Nigger-Man se abalanzaba sobre mí y me desgarraba la garganta. Pero ya ha pasado todo: Exham Priory ha volado por los aires, se han llevado de mi lado a mi viejo gato negro, me han encerrado en esta enrejada habitación de Hanwell, y espantosos rumores circulan acerca de mi heredad y de lo que me acaeció en ella. Thornton está en la habitación de al lado, pero no me dejan hablar con él. Tratan, asimismo, de que no lleguen al dominio público la mayoría de las cosas que se saben sobre el priorato. Siempre que hablo del pobre Norrys me acusan de haber cometido algo horrible, pero deberían saber que no lo hice yo. Deberían saber que fueron las ratas, las escurridizas e insaciables ratas con su continuo ajetreo que no me deja conciliar el sueño, las endiabladas ratas que corretean tras los acolchados muros de la habitación en que ahora me encuentro y me reclaman para que las siga en pos de horrores que no pueden compararse con los hasta ahora conocidos, las ratas que ellos no pueden oír, las ratas, las ratas de las paredes.

El color surgido del espacio*

Al oeste de Arkham las montañas se alzan bravías y por entre medio de ellas se abren valles con frondosos bosques jamás talados por el hacha. En aquellos parajes pueden verse sombríos y angostos barrancos en que los árboles adoptan increíbles formas y por donde corren gráciles arroyuelos a los que jamás han llegado los destellos del sol. En las laderas menos pendientes se levantan antiguas granjas en medio de las rocas, con sus semiocultas casitas cubiertas de musgo rumiando eternamente los viejos secretos de Nueva Inglaterra al socaire de enormes precipicios. Pero ha pasado el tiempo y hoy todas las casas de la comarca se encuentran abandonadas, las anchas chimeneas se vienen abajo y los aleros ceden peligrosamente ante el peso de las bajas y empinadas techumbres.

* Título original: *The Colour out of Space*, 1927.

Los antiguos moradores que habitaban aquellos parajes se fueron, y los colonos extranjeros que vinieron tras ellos decididamente no gustan de vivir allí. Lo intentaron los canadienses franceses, lo probaron los italianos y los polacos se marcharon al poco de llegar. Y no por algo que se pueda ver, oír o tocar, sino por lo que se palpa en el ambiente. En otras palabras, el lugar no evoca nada bueno y no trae plácidos sueños al caer la noche. Es muy probable que sea esto lo que mantiene alejados a los colonos extranjeros, pues el anciano Ammi Pierce no recuerda haberles dicho ni una palabra de lo que sucedió aquellos extraños días. Ammi, que ya hace años que no anda del todo bien de la cabeza, es la única persona que aún queda en las cercanías y se atreve a hablar de aquellos extraños días; y si lo hace es, sin duda, porque su casa está muy próxima a la campiña y a las carreteras transitadas que corren cerca de Arkham.

Antaño existía un camino que discurría por entre las montañas y valles y llevaba directamente hasta donde ahora se encuentra el erial maldito, pero la gente dejó de utilizarlo y a raíz de ello se trazó un nuevo camino que daba un amplio rodeo hacia el sur. Huellas del antiguo camino pueden verse todavía por entre las hierbas de una maleza que retorna, y algunas seguirán persistiendo aun después de que la mitad de la hondonada se vea cubierta por las aguas del nuevo pantano. Para entonces se habrán talado ya los sombríos bosques y el erial maldito dormitará en el fondo de las azules aguas cuya superficie, rizada por el destello de los rayos solares, reflejará el firmamento. Para cuando llegue esa fecha los secretos de aquellos extraños días habrán pasado a ser todo uno con los secretos que ocultan las profundidades, todo uno con las secretas leyendas del antiguo océano y con los misterios aún por desvelar de la primitiva tierra.

Cuando anduve recorriendo aquellas montañas y valles para levantar los planos del nuevo pantano, ya me advirtieron que aquél era un lugar maldito. Me lo dijeron en Arkham, y dado que Arkham es una de esas antiguas ciudades por las que corren toda clase de cuentos de brujas pensé que el mal de que hablaban debía ser algo que las abuelitas venían contando en voz baja desde hacía siglos a los niños. El mismo apelativo de «erial maldito» me parecía harto curioso y teatral, y me preguntaba cómo habría entrado a formar parte del folklore de aquella gente tan puritana. Luego, al ver con mis propios ojos el sombrío laberinto de barrancos y vertientes montañosas que había hacia el oeste, dejé de extrañarme del misterio que envolvía aquella comarca desde épocas lejanas. Era de día cuando la vi, pero la sombra no dejaba de cernerse un solo momento sobre aquellos parajes. Los árboles crecían demasiado próximos unos de otros, y sus troncos eran excesivamente gruesos para lo que suelen ser los buenos bosques de Nueva Inglaterra. Reinaba un silencio absoluto en las sombrías veredas abiertas en el bosque, y el piso era demasiado blando debido al musgo y el mantillo acumulados tras años y años de descomposición.

En los espacios abiertos, en su mayoría a lo largo del antiguo camino, podían verse pequeñas granjas levantadas en las partes bajas de las laderas. Unas veces todos los edificios de la granja seguían aún en pie, otras sólo uno o dos y, en ocasiones, apenas una simple chimenea o cobertizo recubierto de follaje. Las hierbas y zarzas crecían por doquier, y furtivos animales silvestres correteaban por entre la maleza. Y sobre el paraje entero se percibía una vaga sensación de inquietud y opresión, un matiz de una tonalidad irreal y grotesca, como si se hubiese distorsionado algún elemento esencial de la perspectiva o el claroscuro. No me extrañó nada que los colonos extranjeros no se quedaran, pues, desde luego, aquellos no eran lugares en los que agradase lo más mínimo pernoctar. El paisaje guardaba una extraordinaria semejanza con los óleos de Salvator Rosa, al igual que con ciertos espantosos grabados de los relatos de terror.

Pero, con todo, aquel lugar distaba aún mucho de asemejarse al erial maldito. Comprendí el porqué de su denominación desde el momento mismo en que lo vi en el fondo de un espacioso valle: ningún otro nombre podía sentar mejor a aquel lugar, ni ningún otro lugar acomodarse mejor a semejante nombre. Casi parecía como si el poeta hubiese acuñado la expresión tras pasar por aquella comarca. Al verlo pensé que podía tratarse de las consecuencias de un devastador incendio, pero ¿por qué no crecía nada nuevo en aquellos cinco acres de mortecina desolación que se extendían bajo el firmamento como un enorme calvero abierto en los bosques y campos y corroído por un ácido? Se extendía sobre todo al norte de la trayectoria que seguía el antiguo camino, si bien se desbordaba ligeramente sobre el lado opuesto. Sentí una extraña sensación de repugnancia que me impedía acercarme al lugar, pero finalmente me acerqué porque así me lo exigía mi trabajo. Ni el menor rastro de vegetación se veía en aquella vasta explanada, tan sólo una capa de fino polvo o ceniza de color gris que parecía que jamás hubiese barrido el viento. Los árboles próximos estaban enfermos y se los notaba escuálidos, y muchos troncos sin vida seguían en pie o se pudrían en los confines del erial. A medida que avanzaba con paso apresurado pude ver a mi derecha los restos de ladrillos y piedras de una vieja chimenea y de un cobertizo, y las abiertas fauces negras de un pozo abandonado cuyos estancados vapores jugaban a hacer extraños artificios con los rayos del sol. Hasta el mismo extenso y sombrío bosque que se alzaba algo más allá parecía acogedor en comparación con aquel inhóspito paraje. Al ver aquel paisaje de desolación pude comprender el porqué de los asustadizos temores de los vecinos de Arkham. En sus inmediaciones no se veía ni rastro de casas o ruinas. Incluso en los viejos tiempos el lugar debió estar lejos de todo núcleo habitado. Al caer la noche, temiendo tener que volver a pasar por tan inhóspito lugar, regresé a la ciudad tras un largo rodeo por el camino que doblaba en dirección sur. Vagamente anhelaba ver nubes recortadas en el cielo, pues una extraña aprensión acerca de los inmensos y etéreos vacíos se había apoderado de mi alma.

Nada más llegar a Arkham aquella tarde inquirí a los ancianos del lugar por el erial maldito y por el significado de la frase «extraños días» que a tantos había oído musitar en tono evasivo. No conseguí, empero, pese a mis esfuerzos, obtener ninguna respuesta satisfactoria, salvo que el enigma que dio pábulo a todo aquello era de fecha mucho más reciente de lo que imaginaba. No se trataba ni mucho menos de una antigua leyenda, sino de algo acaecido en vida misma de quienes hablaban. Todo ocurrió allá por 1880, siendo su consecuencia la desaparición o muerte de toda una familia. Pero nadie podía precisar mucho más. En vista de lo cual, y como quiera que todos me recomendasen no prestar oídos a las increíbles historias del viejo Ammi Pierce, fui en busca suya a la mañana siguiente, tras enterarme de que vivía solo en una antigua y desvencijada casita que se levantaba donde el bosque comienza a hacerse tupido. La vivienda del viejo Pierce era una auténtica antigualla y comenzaba ya a rezumar ese inconfundible hedor que impregna las casas que llevan en pie largos años. Sólo tras golpear repetidas veces en la puerta conseguí que el anciano se levantara, y cuando se asomó tímidamente a la puerta, pude comprobar que no le alegraba especialmente verme. No era tan endeble como me lo imaginaba, pero el extraño ceño de su mirada y su desaseada indumentaria y canosa barba le daban un aire de agotamiento y languidez.

No sabiendo cómo arreglármelas para sonsacarle lo que sabía sobre aquel enigma, fingí que era mi trabajo lo que me había llevado hasta allí. Le hablé de que estábamos levantando planos y le formulé varias preguntas algo imprecisas acerca de la comarca. El anciano era mucho más inteligente y educado de lo que me indujo a pensar en un principio, y en unos instantes se percató de todo tan bien como pudiera haberlo hecho cualquiera de las personas con las que estuve hablando en Arkham. No se parecía a otros campesinos que había tenido ocasión de conocer en las comarcas en que se proyectaba construir pantanos. No alzó ninguna protesta por los centenares de acres de añejos bosques y tierras dedicadas a la agricultura que iban a desaparecer bajo las aguas, aun cuando era muy posible que su propia casa no quedase fuera de los límites del futuro lago. Por el contrario, sentía un gran alivio, un confortador alivio por el final que se cernía sobre los antiguos y sombríos valles en los que había transcurrido toda su existencia. Estaban mejor bajo las aguas, era lo mejor que podía sucederles desde aquellos extraños días. Y tras estas palabras bajó el tono de su quebrada voz mientras su cuerpo se inclinaba ligeramente hacia delante y levantaba su índice derecho de forma temblorosa y sobrecogedora.

Fue entonces cuando pude oír toda la historia, y mientras la monótona voz del anciano chirriaba, a mí me asaltaron escalofríos de continuo pese al día veraniego que hacía. A menudo tuve que frenar a mi interlocutor para que no se fuese por las ramas, e iba recomponiendo los puntos científicos que el anciano recordaba cada vez más borrosamente tras tanto repetir lo que había oído decir a unos profesores universitarios, o colmaba lagunas allí donde se quebraba su sentido de la lógica y la continuidad. Cuando concluyó, no dudé que estuviese algo chiflado ni me extrañó que la gente de Arkham no quisiera hablar del erial maldito. Antes del anochecer salí apresuradamente hacia el hotel en que me alojaba, pues no deseaba ver salir las estrellas en medio de aquellos parajes. Al día siguiente regresé a Boston para renunciar al trabajo. No podía volver a aquellos siniestros andurriales de añejos bosques y escarpadas pendientes, y tropezarme otra vez con aquel grisáceo erial maldito donde el negro pozo abría su profunda boca en medio de un montón de ladrillos y piedras derruidos. Pronto empezará a construirse el pantano y todos esos antiguos secretos quedarán para siempre ocultos bajo varias brazas de agua. Pero ni siquiera entonces creo que me atreveré a visitar aquella comarca de noche, al menos cuando brillan las siniestras estrellas. Y por nada del mundo beberé el agua del municipio de Arkham.

Todo empezó –según me contó el viejo Ammi– con la caída del meteorito. Antes de esa fecha no se recordaban leyendas terroríficas desde los tiempos de los procesos de brujas, e incluso entonces aquellos bosques no inspiraban ni la mitad de temor que los de la pequeña isla sobre el Miskatonic, donde el diablo oficiaba sus saturnales ante un curioso altar de piedra que debía datar de antes de la llegada de los indios. Por aquellas fechas estos bosques no estaban encantados, y sus fantásticos crepúsculos jamás inspiraron pánico hasta aquellos extraños días. Un buen día, hacia las doce, se dejó ver en el cielo una nube blanca, y a renglón seguido se oyó una serie de estampidos en el aire mientras una columna de humo ascendía del valle, muy en el interior del bosque. Al anochecer, por todo Arkham corría la noticia de la gran roca que había caído del cielo incrustándose en el suelo, junto al pozo de la granja de Nahum Gardner. La casa de los Gardner se levantaba justo en el lugar que con el tiempo habría de conocerse por el erial maldito, aquella preciosa casita blanca de Nahum Gardner rodeada de fértiles huertos y vergeles.

Nahum se fue a la ciudad a contarle a la gente lo de la piedra y, de camino, entró en casa de Ammi Pierce. Ammi tenía cuarenta años por entonces y no había cosa extraña que no quedase indeleblemente grabada en su memoria. Se fue en compañía de su mujer y de tres profesores de la

Universidad de Miskatonic que a la mañana siguiente se apresuraron a dirigirse a la granja de los Gardner para ver aquel extraño visitante venido de los remotos espacios siderales. Todos se asombraron al ver aquello que Nahum había calificado de impresionante el día anterior. «Ha encogido», decía Nahum mientras apuntaba al gran montículo parduzco que sobresalía por encima de la tierra desgarrada y la chamuscada hierba en las proximidades del arcaico brocal del pozo, justo a la entrada de la casa. Pero, por toda respuesta, aquellos doctos universitarios contestaron que las piedras no encogen. Con todo, seguía despidiendo calor y, según Nahum, había brillado tenuemente durante la noche. Los profesores dieron unos golpes de prueba en la piedra con un martillo de geólogo y comprobaron que era extraordinariamente blanda. En verdad, estaba formada de una sustancia tan blanda que casi parecía de plástico, así que, más que cortar, arrancaron una muestra para llevársela a la Universidad y analizarla en el laboratorio. Se la llevaron en un viejo cubo que cogieron de la cocina de Nahum, pues, aun siendo tan pequeño el trozo, no llegaba a enfriarse. De regreso, entraron en casa de Ammi para descansar un momento y parecieron sorprenderse cuando Mrs. Pierce observó que el fragmento se reducía cada vez más de tamaño y quemaba el fondo del cubo. Ciertamente, el trozo no era grande, advirtieron los profesores, pero podría simplemente deberse a que habían cogido menos de lo que pensaban.

Al día siguiente –todo esto acaecía en junio de 1882– los profesores volvieron a ponerse en camino hacia casa de Nahum presas de una gran excitación. Al pasar por casa de Ammi se pararon a contarle las cosas tan extrañas que habían podido observar en la muestra y cómo, finalmente, acabó desintegrándose por completo al introducirla en una probeta de vidrio. Pero igual suerte corrió la probeta, y a juicio de aquellos científicos la piedra guardaba una extraña afinidad con el silicio. El comportamiento de la muestra en el laboratorio había sido totalmente insólito. Al calentarla con carbón vegetal no experimentó reacción alguna ni se comprobó que encerrara gases; su reacción ante los granos de bórax resultó negativa, y pronto demostró su total falta de volatilidad fuese cual fuese la temperatura a la que se le sometiera, incluida la producida por el soplete oxhídrico. En el yunque parecía tremendamente maleable, y en la oscuridad podía apreciarse perfectamente su luminosidad. Comoquiera que la muestra se negara obstinadamente a enfriarse, pronto la perplejidad se generalizó entre todo el profesorado de la especialidad. Y cuando al calentarla en el espectroscopio puso de manifiesto unas franjas luminosas de colores en nada parecidos a los del espectro normal, se suscitaron apasionadas discusiones sobre nuevos elementos, extrañas propiedades ópticas y multitud de cosas más que los hombres de ciencia gustan de decir cuando, atónitos, se enfrentan a lo desconocido.

Como la piedra siguiera sin enfriarse, la analizaron en un crisol con todos los reactivos conocidos. El agua no produjo ningún efecto, y otro tanto sucedió con el ácido clorhídrico. El ácido nítrico, y hasta la misma agua regia, se limitaron a emitir silbidos y chisporrotear al contacto con su incandescente invulnerabilidad. Ammi no lograba recordar bien aquellos nombres, pero reconoció, empero, ciertos disolventes a medida que yo se los iba nombrando por orden. Se recurrió al amoníaco y la sosa cáustica, al alcohol y al éter, al apestoso sulfuro de carbono y a infinidad de disolventes más. Pero si bien el peso de la piedra disminuía de forma constante con el paso del tiempo y el fragmento parecía enfriarse ligeramente, no se veía ningún cambio apreciable en los disolventes que evidenciara el menor ataque en la sustancia. De lo que no cabía duda era de que se trataba de un metal. Entre otras cosas, tenía propiedades magnéticas, y tras su inmersión en los ácidos disolventes parecía dejar leves huellas como las de las figuras de Widmänstätten halladas en el hierro meteórico. Cuando el fragmento se enfrió considerablemente, los ensayos pasaron a realizarse en recipientes de vidrio, de forma que un día dejaron en una probeta de vidrio restos del material del que se componía el fragmento originario. A la mañana siguiente, fragmentos y probeta habían desaparecido sin dejar el menor rastro, quedando tan sólo un pequeño círculo chamuscado en el lugar del estante de madera donde la habían dejado.

Todo esto le contaron los profesores a Ammi mientras se detenían unos momentos ante su puerta, y una vez más se fue tras ellos a ver el pétreo mensajero procedente de las estrellas, si bien en esta ocasión su mujer se quedó en casa. Decididamente, esta vez sí que había encogido, y ni los solemnes profesores pudieron seguir dudando de lo que tenían delante. En torno a la menguante masa parduzca que se encontraba a orillas del pozo se había abierto un agujero, salvo allí donde el suelo se había hundido, pero mientras el día anterior el orificio mediría sus buenos siete pies de diámetro, ahora no pasaría de cinco. El meteorito seguía estando caliente, pero ello no fue obstáculo para que los científicos se pusieran a estudiar detenidamente su superficie al tiempo que arrancaban otro trozo más grande con la ayuda de un martillo y un formón. Esta vez llegaron más hondo con sus golpes, y al arrancar el pequeño trozo pudieron advertir que el núcleo del meteorito no era del todo homogéneo.

Acababan de dar con lo que parecía ser la superficie de un gran glóbulo coloreado que se hallaba incrustado en la sustancia. El color, que se asemejaba extraordinariamente al de algunas de las franjas que se veían en el extraño espectro del meteorito, resultaba casi imposible de describir y sólo por analogía podía decirse de aquello que era un color. Tenía una textura lustrosa, y al golpearlo dio la impresión de que estaba hueco y era frágil. Uno de los profesores le dio un golpe seco con un martillo, y estalló tras un instantáneo y leve chasquido. No desprendió ninguna sustancia, y con la punción desapareció el glóbulo sin dejar el menor rastro. Sólo quedó un espacio esférico vacío de unas tres pulgadas de diámetro, y los profesores opinaron que lo más probable era que se descubrieran otros a medida que se consumía la sustancia encerrada en su interior.

Pero todas las conjeturas fueron en vano. Así que, tras comprobar que no se encontrarían más glóbulos por mucho que se siguiera perforando, los investigadores volvieron a marcharse con una nueva muestra... que en el laboratorio se comportó, empero, de forma tan desconcertante como su predecesora. La muestra, además de ser casi plástica, despedir calor, magnetismo y una tenue luminosidad, enfriarse ligeramente cuando se le sumergía en ácidos potentes, poseer un espectro desconocido, desvanecerse en el aire y atacar los compuestos de silicio con mutua destrucción por todo resultado, no presentaba ningún otro rasgo identificador, por lo que al final de las pruebas los científicos se vieron forzados a reconocer que eran incapaces de identificarla. No era algo de esta tierra, sino un objeto de los grandes espacios exteriores y, en consecuencia, se hallaba dotado de propiedades exteriores y obedecía a leyes exteriores.

Aquella noche cayó una tormenta con gran aparato eléctrico. Cuando, a la mañana siguiente, los profesores acudieron a casa de Nahum se llevaron una amarga desilusión: la piedra, al ser magnética, debía tener alguna propiedad eléctrica especial, pues había «atraído los rayos», en palabras de Nahum, con singular persistencia. Seis veces, en el espacio de una hora, vio el granjero caer los rayos en la zanja que había delante de la casa, y cuando la tormenta cesó sólo quedaban los restos del agujero junto al antiguo pozo, que ahora estaba medio cubierto por la tierra caída de los lados. Las excavaciones no dieron el menor resultado, y los científicos verificaron la desaparición total del meteorito. El chasco fue mayúsculo, así que no quedaba sino regresar al laboratorio y analizar de nuevo el fragmento que se extinguía poco a poco y había quedado cuidadosamente encerrado en una caja de plomo. Aún duró toda una semana, al cabo de la cual no había logrado aún extraerse ninguna conclusión de interés. El fragmento desapareció sin dejar el menor residuo, y con el tiempo los profesores llegaron hasta a dudar de que hubieran visto, con los ojos bien abiertos, aquel críptico vestigio de las insondables vorágines del exterior, aquel solitario y extraño mensaje de otros universos y reinos de la materia, la fuerza y la entidad.

Como cabía esperar, los periódicos de Arkham dieron especial relieve al hecho y a los trabajos realizados en la universidad, y hasta enviaron periodistas a entrevistar a Nahum Gardner y su familia. Incluso un diario de Boston envió un reportero, y Nahum no tardó en convertirse en una especie de celebridad local. Era un hombre enjuto y cordial que aparentaba unos cincuenta años y vivía con su mujer y sus tres hijos en una acogedora granja del valle. Ammi y Nahum se visitaban con frecuencia, al igual que hacían sus respectivas mujeres, tras tantos años de relaciones, Ammi sólo tenía elogios para su amigo Nahum. Éste parecía un tanto orgulloso por la atención que había suscitado su finca, y en las semanas que siguieron a su caída habló a menudo del meteorito. Aquel año, julio y agosto fueron unos meses muy calurosos. Nahum tuvo que trabajar duro para recoger el heno de los diez acres de pastos que tenía en Chapman's Brook, y su traqueteante carreta dejó hondos surcos por las sombrías veredas. Aquella temporada la labor le cansó más que en otras ocasiones y sintió que los años empezaban a dejarse sentir.

Luego vino el tiempo de la recolección de la fruta. Las peras y manzanas maduraban lentamente, y Nahum afirmaba que sus huertos jamás habían estado tan rebosantes de fruta. La fruta era de un tamaño fenomenal y tenía un inusitado lustre, y era tal la abundancia que hubo de encargar más barriles para poder envasar la futura cosecha. Pero con la maduración llegó una amarga desilusión, pues de todo aquel lujuriante espectáculo que se ofrecía a la vista ni un sólo ápice iba a poder comerse. Por entre el fino aroma de las peras y manzanas se había deslizado un inopinado y desagradable amargor, hasta el punto de que el menor bocado dejaba una duradera sensación de náusea. Y otro tanto sucedía con los melones y tomates. Nahum vio, pues, con profunda tristeza cómo toda la recolección de aquel año estaba perdida. Relacionando los hechos mentalmente, culpó de todo al meteorito que, según él, había emponzoñado el suelo y dio gracias al cielo de que la mayor parte de la cosecha se encontraba en la parcela que tenía por encima de la carretera.

El invierno se echó encima pronto y fue singularmente frío. Ammi no veía a Nahum con la frecuencia que acostumbraba, pero pudo observar que su amigo tenía un semblante preocupado. Los demás miembros de la familia también parecían haberse vuelto taciturnos; además, habían dejado de acudir asiduamente a la iglesia y apenas se dejaban ver en los diversos acontecimientos sociales que tenían lugar en la comarca. Los motivos de aquella reserva o melancolía eran desconocidos, aunque todos los Gardner admitieron una que otra vez no encontrarse bien de salud y experimentar un cierto desasosiego. Fue el propio Nahum quien se atrevió a hablar más explícitamente que el resto de los miembros de su familia al decir que le tenían preocupado ciertas huellas que había visto en la nieve. Se trataba de las pisadas normales que dejan en invierno las ardillas rojas, los conejos blancos y los zorros, pero el apesadumbrado granjero creía encontrar en ellas algo no del todo normal por cuanto a su naturaleza y disposición se refería. No era demasiado explícito, pero parecía dar a entender que aquellas huellas no eran tan características de la anatomía y hábitos de ardillas, conejos y zorros como debieran. Ammi estuvo escuchando todo aquello sin darle mayor importancia hasta cierta noche en que pasó en su trineo por delante de la casa de Nahum a la vuelta de Clark's Corners. La luna brillaba y un conejo atravesó corriendo el camino... pero los saltos de aquel conejo eran mucho más grandes de lo que Ammi y su caballo pudieran esperar. Éste se habría desbocado de no ser por las firmes riendas que se lo impidieron. En adelante, Ammi prestó mayor atención a las historias de Nahum, y se preguntaba por qué los perros de los Gardner parecían tan temerosos y acobardados por las mañanas, hasta el punto de hacerse patente que casi habían perdido el hábito de ladrar.

Un día de febrero, los hijos de McGregor, un colono de Meadow Hill, salieron a cazar marmotas y no lejos de la granja de Gardner cobraron una pieza de rasgos extraordinariamente singulares. Las proporciones de su cuerpo parecían alteradas de un modo extraño que resultaba imposible de describir, en tanto que su cara tenía una expresión que jamás hasta entonces habían visto en una marmota. Los chicos estaban realmente asustados y se desprendieron de la presa al instante, de manera que hasta los vecinos de la comarca sólo llegaron sus grotescas historias del hecho. Pero el respingo de los caballos en las proximidades de la casa de Nahum había acabado por volverse algo normal, con lo que rápidamente empezaron a tomar cuerpo los fundamentos para todo un ciclo de fantásticas historias que empezaron a correr de boca en boca.

La gente afirmaba que la nieve se fundía más de prisa en las inmediaciones de la casa de Nahum que en otros lugares y, a primeros de marzo, pudo oírse una horripilante conversación en la tienda de Potter, en Clark's Corners. Stephen Rice había pasado por delante de la casa de los Gardner aquella mañana y pudo ver cómo brotaban del cieno, junto al bosque que había del otro lado de la carretera, unas malolientes coles. Jamás había visto coles tan enormes y de tan extraños colores y se veía imposibilitado de describirlas con palabras. Tenían formas monstruosas y el caballo había resoplado ante el fétido olor que Stephen decía no reconocer. Aquella misma tarde varias personas pasaron por allí para ver las descomunales verduras, y todos coincidieron en que semejantes plantas no debieran crecer en un mundo saludable. Se habló, asimismo sin reservas, de la mala fruta del otoño y no tardó en correr de boca en boca que las tierras de Nahum estaban emponzoñadas. Por supuesto, todos echaban la culpa al meteorito. Y, recordando cuán extraña encontraron aquella piedra los profesores de la universidad, varios granjeros fueron a hablar del tema con ellos.

Un día los profesores fueron a visitar a Nahum, pero dado que no estaban interesados en las misteriosas historias y leyendas que circulaban sobre el lugar, se mostraron extremadamente cautelosos en sus deducciones. Las verduras en cuestión eran ciertamente raras, pero también es cierto que esa variedad de col tiene, por lo general, una forma y un color algo inusitados. Quizá algún elemento mineral procedente de la piedra se había filtrado en el suelo, en cuyo caso creían que los efectos desaparecerían pronto. En cuanto a las huellas y a los asustadizos caballos... bueno, aquello no pasaba de las normales habladurías locales que fenómenos como el del aerolito debían suscitar sin duda en la comarca. Aquellos hombres no tenían nada que hacer en caso de tratarse de simples habladurías, pues los campesinos supersticiosos son capaces de decir y creerse cualquier cosa. Así que durante aquellos extraños días los profesores se mantuvieron desdeñosamente alejados del caso. Sólo uno de ellos, cuando algo más de año y medio después le entregaron dos tarros de polvo para analizarlo en relación con una investigación que llevaba a cabo la policía, recordó que el extraño color de aquellas coles guardaba un extraordinario parecido con las anómalas franjas luminosas que se apreciaron en el fragmento del meteorito a través del espectroscopio de la universidad, e igualmente tenía una cierta semejanza con el quebradizo glóbulo que se halló incrustado en la piedra caída de los espacios siderales. En el análisis, las muestras dieron al principio las mismas extrañas franjas, aunque posteriormente perdieron dicha característica.

Las hojas de los árboles comenzaron a brotar prematuramente en las inmediaciones de la granja de Nahum, y por la noche las ramas se balanceaban amenazadoramente con el viento. El segundo hijo de Nahum, Thaddeus, un muchacho de quince años, juraba que se balanceaban también cuando no había viento, pero ni las habladurías dieron crédito a sus palabras. Era evidente, empero, que algo raro flotaba en el ambiente. Todos los miembros de la familia Gardner adquirieron el hábito de escuchar a escondidas, aun cuando no esperasen oír sonidos que pudiesen identificar. La escucha era más bien producto de instantes en que la consciencia parecía ausentarse. Desgraciadamente, tales momentos fueron en aumento a medida que transcurrían las semanas, hasta que se hizo del dominio público que «algo raro le pasaba a la familia de Nahum Gardner». Cuando las primeras saxífragas brotaron, tenían también un color extraño, no exactamente el de las malolientes coles, pero sí muy similar e igualmente desconocido para cualquiera que las viese. Nahum cortó unos capullos y se los llevó al director de la *Gazette* de Arkham, pero aquel dignatario local se limitó a escribir un artículo humorístico sobre el tema en el que se burlaba –eso sí, sutilmente– de los tenebrosos temores de los aldeanos. Nahum cometió un error al contarle a tan flemático caballero el extraño comportamiento de las gigantescas mariposas de la muerte en relación con las saxífragas.

En abril, con la llegada de la primavera cundió entre los campesinos una especie de frenesí; comenzaron a dejar de utilizar el camino que pasaba por delante de la casa de Nahum, y con el tiempo lo abandonaron por completo. Todo se debía a la extraña vegetación que florecía allí. Los árboles de la huerta florecían con extraños colores, y por entre el suelo de piedra del corral y los adyacentes pastos brotaban unas extrañas plantas que sólo un botánico podría relacionar con la flora característica de la región. Ni un solo color normal podía verse en toda la extensión que alcanzaba la vista, salvo en la verde hierba y en el follaje; pero por doquier se advertían aquellos matices febriles y centelleantes, de una tonalidad enfermiza y primaria sin cabida entre los colores conocidos de la tierra. Las dicentras acabaron por infundir una siniestra amenaza y las sanguinarias crecían de forma insolente en todo el esplendor de su perversidad cromática. A juicio de Ammi y los Gardner la mayoría de aquellos colores tenían una tonalidad que resultaba obsesiva y familiar, y coincidieron finalmente en que se parecían a uno de los colores del quebradizo glóbulo que se extrajo del meteorito. Nahum labró y sembró los diez acres de pastos y la parcela que tenía la ladera, pero no tocó para nada las tierras que rodeaban la casa. Sabía que todo esfuerzo sería inútil, y confiaba en que las extrañas plantas que germinaron en el verano absorberían todo el veneno del suelo. Estaba preparado para cualquier nuevo mal que pudiera acaecerle y se había acostumbrado a la idea de que tenía algo cerca suyo que estaba continuamente al acecho. Naturalmente, el hecho de que los vecinos rehuyeran su casa le había afectado, pero aun era mayor el disgusto de su mujer. En cuanto a los chicos, la situación era algo más llevadera, pues iban a la escuela a diario, si bien no podía evitarse que hasta ellos llegaran ciertas habladurías que corrían sobre la familia. Thaddeus, un muchacho de una sensibilidad extraordinaria, era el que más sufría.

En mayo hicieron su aparición los insectos, y la finca de Nahum se convirtió en un auténtico maremágnum de zumbidos e incesante hormigueo. La mayoría de aquellas diminutas criaturas no parecían muy corrientes por cuanto a su aspecto y movimientos se refiere, y sus hábitos nocturnos contradecían cualquier idea previa que sobre ellas pudiera tenerse. Los Gardner se pusieron a vigilar por la noche –atisbando en todas las direcciones y a la ventura– sin saber exactamente por qué. Fue entonces cuando se percataron de que cuanto Thaddeus había dicho sobre el balanceo de los árboles era la pura verdad. Mrs. Gardner fue el siguiente miembro de la familia en apreciarlo cuando, al mirar una noche por la ventana, vio las hinchadas ramas de un arce recortadas contra la luz de la luna. No cabía duda de que las ramas se movían, pero no soplaba el menor viento. Debía ser a causa de la savia, pensó. Algo extraño se había apoderado de todo cuanto crecía en la naturaleza. Con todo, el siguiente descubrimiento no corrió a cargo de ninguno de los Gardner. La fuerza de la costumbre había embotado sus facultades mentales, y lo que ellos no lograron ver lo hizo un apocado representante de molinos de viento de Bolton, que acertó a pasar por allí una noche ignorante por completo de las historias que circulaban sobre el lugar. Lo que aquel hombre contó al llegar a Arkham fue objeto de un breve comentario en la *Gazette,* y así fue como los granjeros de la comarca –Nahum incluido– se enteraron de todo. La noche era cerrada y los faros del carruaje que conducía el representante casi no daban luz; pero había una granja en el valle –que, a tenor de lo que se deducía del relato, debía ser la de Nahum– en la que la oscuridad era menos densa. Una tenue, aunque perfectamente discernible luminosidad parecía desprenderse de toda la vegetación –hierba, hojas y capullos en flor–, y en un momento dado un fragmento suelto de aquella fosforescencia dio la impresión de introducirse furtivamente en el establo que había junto a la cuadra.

Hasta ese momento la hierba parecía no haberse visto afectada y las vacas pacían con entera libertad en la parcela próxima a la casa, pero a finales de mayo la leche empezó a agriarse. Entonces, Nahum optó por llevarse las vacas a los pastos de la ladera, tras lo cual cesaron los males. Al poco tiempo, los cambios operados en la hierba y en las hojas saltaban a la vista. Todo el verdor se volvía gris por momentos, a la vez que cobraba una fragilidad harto singular. Ammi era ahora la única persona que visitaba el lugar, si bien sus visitas se iban haciendo cada vez más esporádicas. Cuando terminó el curso escolar los Gardner se vieron prácticamente aislados del resto del mundo, y de vez en cuando Ammi les hacía los recados en la ciudad. De forma en principio extraña, la salud física y mental de los Gardner empezó a empeorar, y nadie se sorprendió cuando la noticia de la locura de Mrs. Gardner comenzó a correr de boca en boca entre las gentes de la comarca.

La locura de Mrs. Gardner sobrevino en junio, por las mismas fechas en que un año atrás había caído el meteorito. La pobre mujer andaba continuamente gritando las cosas que decía ver en el aire pero no lograba describir. En su desvarío no pronunciaba ni un substantivo, sólo verbos y pronombres. Veía cómo las cosas se movían, cambiaban y revoloteaban, y los oídos le zumbaban ante vibraciones que no podían llamarse propiamente sonidos. Algo parecía desasirse... algo hacía que se fuera consumiendo poco a poco... algo, totalmente desconocido, se adhería a ella... alguien debería librarle de ello... nada permanecía inmóvil en medio de aquella absoluta oscuridad... las paredes y las ventanas bailaban de un sitio para otro... Nahum no envió a su mujer al manicomio del condado; dejó que siguiera desvariando en casa en tanto no se hiciese daño ella ni lo hiciera a los demás. Ni siquiera hizo nada cuando se le alteró la expresión del rostro. Pero cuando los chicos empezaron a asustarse de su presencia y Thaddeus casi se desmayó un día ante los gestos que le hacía su madre, se vio forzado a encerrarla en la buhardilla. Para julio había dejado de hablar por completo y se arrastraba a cuatro patas, y antes de que finalizara el mes Nahum advirtió con espanto que su mujer emitía una cierta forforescencia en la oscuridad, al igual que sucedía con la vegetación que les rodeaba.

Justo unos días antes, los caballos habían salido en estampida. Algo los había excitado durante la noche, y comenzaron a relinchar y dar coces en los establos con inaudito furor. No parecía haber nada ni nadie capaz de calmarlos, y cuando Nahum abrió la puerta de la cuadra para ver qué les sucedía, todos salieron en tropel como ciervos asustados que corriesen por el bosque. Llevó toda una semana dar con los cuatro caballos, y cuando se los encontró estaban completamente inservibles e indomeñables. Algo les había afectado al cerebro, así que no quedó más remedio que matarlos por su propio bien. Nahum le pidió prestado un caballo a Ammi para hacer la siega, pero pronto comprobó que no quería acercarse al pajar. Daba respingos, se plantaba delante de la puerta y relinchaba, y al final Nahum no pudo hacer sino devolverlo al corral mientras los hombres hubieron de recurrir a sus propias fuerzas para acercar el pesado carro hasta el pajar y vaciar el heno en él. Entre tanto, toda la vegetación siguió tornándose grisácea y quebradiza. Incluso las flores, que se habían caracterizado por sus tonalidades realmente extrañas, empezaban a volverse grises, y otro tanto podía decirse de la fruta, raquítica y carente de todo sabor. Los asteres y las varillas de oro florecían grisáceos y deformes, y las rosas, zinias y malvalocas del jardín delantero tenían un aspecto tan horripilante que el hijo mayor, Zenas, resolvió cortarlas. Por entonces, los insectos extrañamente hinchados murieron, y otro tanto sucedió con las abejas que habían abandonado sus colmenas y buscado refugio en el bosque.

Para septiembre toda la vegetación se estaba desintegrando a pasos agigantados hasta convertirse en una capa de polvo grisáceo, y Nahum temía que los árboles muriesen antes de absorber el veneno del suelo. Su mujer sufría ataques en los que lanzaba gritos espeluznantes, y Nahum y los chicos se hallaban en constante tensión nerviosa. Ahora evitaba todo contacto con la gente, y cuando comenzó el nuevo curso escolar los chicos dejaron de asistir a clase. Pero fue Ammi, en una de sus visitas cada vez más raras, el primero en advertir que el agua del pozo no era buena. Tenía un sabor desagradable que ni era exactamente a podrido ni exactamente salado, por lo que aconsejó a su amigo que excavara otro pozo en un lugar más elevado hasta encontrar una buena capa de suelo. Nahum, no obstante, no hizo caso de la advertencia, pues para entonces ya se había vuelto insensible a todo cuanto fuese raro y desagradable. Tanto Nahum como sus hijos siguieron sacando las aguas contaminadas del pozo y bebiéndolas con la misma impasibilidad con que ingerían sus magras y mal cocinadas comidas y ejecutaban sus ingratas y monótonas tareas a lo largo de días y días sin sentido. Había algo de imperturbable resignación en todos ellos, como si se encontraran en otro mundo y avanzaran por entre interminables hileras de guardias hacia un destino seguro y conocido.

Thaddeus se volvió loco en septiembre tras una visita al pozo. Había ido con un cubo y regresó con las manos vacías, chillando y agitando violentamente los brazos, mientras dejaba escapar de cuando en cuando una sofocada risita o murmuraba algo incomprensible sobre «los colores que se mueven allá abajo». Dos locos en la familia ya era demasiado, pero Nahum encajó este segundo golpe con valentía y resignación. Dejó al muchacho hacer lo que le viniera en gana durante una semana hasta que empezó a dar tumbos y hacerse heridas, momento en que resolvió encerrarle en un cuarto de la buhardilla, frente por frente del de su madre. Las imprecaciones que se lanzaban entre sí, tras de sus puertas cerradas, eran realmente escalofriantes, sobre todo para el pequeño Merwin que se imaginaba a ambos hablando en un lenguaje horrendo que no era de este mundo. El niño se estaba volviendo tremendamente imaginativo y su inquietud fue en aumento a raíz del encierro de su hermano, su mejor compañero de juegos de siempre.

Casi por los mismos días, la mortandad comenzó a cundir entre el ganado. Las aves de corral adquirieron una tonalidad grisácea y murieron al poco tiempo, comprobándose al examinarlas que su carne estaba reseca y despedía un apestoso olor. Los cerdos engordaron descomunalmente y, de repente, comenzaron a experimentar horrendos cambios cuya razón nadie sabía explicar. Naturalmente, su carne no podía aprovecharse para nada, y Nahum, al límite de sus nervios, no sabía ya qué hacer. Ningún veterinario rural se atrevía a acercarse a la granja y el de Arkham se mostró totalmente desconcertado. Los puercos empezaron a cobrar un color gris, al tiempo que se volvían quebradizos y la carne se les caía a trozos antes de morir, tras sufrir singulares alteraciones en sus ojos y hocicos. Aquello era totalmente inexplicable por cuanto jamás habían pastado en la vegetación contaminada. Seguidamente, algo les sobrevino a las vacas. Unas veces sólo unas partes del cuerpo, otras la totalidad, se encogían o contraían misteriosamente, y atroces colapsos o desintegraciones empezaban a ser algo común entre ellas. En las últimas fases de la dolencia –cuyo resultado era indefectiblemente la muerte del animal– adquirían un tono grisáceo y se volvían quebradizas, al igual que había ocurrido anteriormente con los cerdos. De lo que no cabía duda era de que no se trataba de veneno, pues todos los casos se produjeron en una cuadra cerrada y sin que se registrara la menor alteración. Tampoco podían atribuirse a mordiscos de animales que merodeasen por aquellos parajes, pues ¿qué animal viviente podría traspasar tan sólidas barreras? Debía tratarse de una enfermedad natural, si bien nadie sabía decir qué plaga podría producir semejantes consecuencias fatales. Para la época de la siega no quedaba ni un solo animal vivo en la granja, pues todas las cabezas de ganado y aves de corral habían muerto y los perros se habían escapado. Los perros, tres en total, habían desaparecido una noche sin que se volviera a verlos. Poco antes habían desaparecido los cinco gatos, pero apenas fue advertida su huida pues ya no se veía el menor rastro de ratones por ninguna parte y Mrs. Gardner era la única persona en la casa que se preocupaba de los gráciles felinos.

El 19 de octubre, Nahum se acercó tambaleando a casa de Ammi. Portaba horribles noticias: al pobre Thaddeus le había sorprendido la muerte en la buhardilla, y de un modo que más valía no entrar a detallar. Nahum había cavado una fosa en la cercada parcela familiar que había en la parte posterior de la granja, y en ella enterró cuanto de su hijo quedaba. Y el caso es que nada podía haber entrado en la buhardilla, pues el enrejado ventanuco y la encerrojada puerta estaban intactos, pero aquello se parecía mucho a lo que había sucedido en la cuadra. Ammi y su mujer consolaron lo mejor que pudieron al afligido padre, estremeciéndose sólo de hacerlo. El terror más cerval parecía rondar a los Gardner y todo cuanto tocaban, y la mera presencia en aquella casa de un miembro de la desventurada familia era como una ráfaga de viento devastador procedente de regiones insospechadas e insospechables. A regañadientes, Ammi acompañó a Nahum a su casa e hizo lo que estaba en sus manos para calmar los histéricos sollozos del pequeño Merwin. Zenas no necesitaba que lo calmaran. Últimamente no hacía sino tener la mirada perdida en el infinito y obedecer a todo cuanto su padre le ordenase –al menos, pensó Ammi, corría una misericordiosa suerte–. De vez en cuando los gritos de Merwin eran contestados débilmente desde la buhardilla, y en respuesta a la mirada inquisitiva que le lanzó Nahum dijo que su mujer se encontraba más exhausta cada día que pasaba. Ya a punto de anochecer Ammi se dispuso a salir de allí, pues ni siquiera la amistad que le unía a Nahum podría retenerle en aquel lugar cuando la vegetación empezase a relucir tenuamente y los árboles a balancearse, aun cuando no soplase viento alguno. Para Ammi era realmente una suerte no ser una persona más imaginativa. No le hacía falta mucho más, pues tal como estaban las cosas, su mente empezaba ya a desvariar... si hubiese sido capaz de reflexionar sobre todos aquellos portentos en torno a él y relacionarlos entre sí habría perdido totalmente la razón. A toda prisa, regresó a casa a la caída del crepúsculo, mientras aún seguían resonando estruendosamente en sus oídos los gritos de aquella pobre mujer y de la atribulada criatura.

Tres días más tarde, Nahum irrumpió en la cocina de Ammi a primera hora de la mañana, y en ausencia de aquél se lanzó a balbucear de nuevo una espantosa historia, mientras Mrs. Pierce le escuchaba sobrecogida de espanto. Esta vez se trataba del pequeño Merwin. Había desaparecido. Entrada la noche, había salido con un farol y un cubo a por agua, y aún no había regresado. Estaba muy mal de los nervios en los últimos días y apenas era consciente de lo que hacía. Chillaba frenéticamente por cualquier cosa. Aquella noche se oyó un estremecedor grito en el corral, pero antes de que Nahum pudiera alcanzar la puerta el chico había desaparecido. No se veía el menor resplandor del farol que portaba Merwin ni rastro alguno del pequeño. Nahum pensó en aquel momento que el farol y el cubo habían desaparecido también, pero al despuntar el día, y tras andar toda la noche buscando a su hijo por bosques y campos, encontró a orillas del pozo algunos objetos que le llamaron la atención. Se trataba de un amasijo de hierro retorcido, y al parecer algo fundido, que tenía todas las trazas de haber sido el farol; en tanto que un asa doblada y unos aros de hierro hechos trizas que había a su lado, ambos también a medio fundir, parecían evocar los restos de un cubo. Eso era todo. La imaginación de Nahum no daba más de sí y la cara de Mrs. Pierce no reflejaba expresión alguna. Al regresar Ammi y escuchar lo sucedido no supo qué hacer ni qué pensar. Merwin había desaparecido y de nada valdría decírselo a los vecinos, que ya por entonces evitaban todo contacto con los Gardner. Tampoco serviría de nada ir a contárselo a la gente de Arkham, pues se echarían a reír a carcajadas. Thad se había ido para siempre, y ahora le tocaba a Merwin. Algo se cernía lenta pero inexorablemente sobre todos ellos, y sólo quedaba ver de qué se trataba. Nahum correría la misma suerte pronto, y quería que Ammi se ocupara de su mujer y de Zenas si seguían con vida a su muerte. Aquello debía ser un castigo divino, aunque no lograba imaginar el motivo, pues, al menos en cuanto él llegaba a discernir siempre había seguido rectamente los caminos del Señor.

Durante algo más de dos semanas Ammi no tuvo más noticias de Nahum, por lo que un día, preocupado ante lo que hubiera podido suceder, venció sus temores y fue a visitar la granja de los Gardner. No salía humo de la gran chimenea, y por un momento el visitante temió lo peor. El aspecto de la granja entera era alucinante: la hierba y las hojas –caídas en tierra– estaban marchitas y grisáceas, el emparrado caía en forma de desgarrados jirones de arcaicos muros y tejados, y los grandes árboles sin hojas hundían sus garras en el cielo gris de aquel día de noviembre con una premeditada malevolencia que Ammi intuyó debía proceder de algún cambio sutil en la inclinación de las ramas. Pero, afortunadamente, Nahum seguía vivo. Se encontraba sin fuerzas y tendido en un sofá en aquella cocina de techo bajo, pero plenamente consciente y capaz de mandar hacer encargos sencillos a Zenas. Un frío glacial reinaba en la estancia y, como Ammi tiritase visiblemente, Nahum mandó con ronca voz a Zenas por más leña. Desde luego, que se necesitaba urgentemente, pues el cavernoso hogar estaba vacío y sin encender, al tiempo que una nube de hollín revoloteaba entre la fría corriente de aire que bajaba del tiro de la chimenea. De pronto Nahum le preguntó si había entrado en calor con la nueva leña y al instante Ammi comprendió lo que sucedía. La cuerda se había roto, y el desventurado granjero había perdido la razón.

Formulando las preguntas con sumo tacto, Ammi no logró sacar nada en claro sobre la desaparición de Merwin. «En el pozo... vive en el pozo...», era todo lo que el obnubilado padre acertaba a decir. Luego, se le vino de repente a la cabeza el recuerdo de la enloquecida mujer y cambió de tema. «¿Nabby? ¡Dónde va a estar sino aquí!», fue la sorprendente respuesta del desventurado Nahum, y Ammi comprendió al instante que si quería saber más tendría que investigar por su cuenta. Dejando al inofensivo Nahum que siguiera desvariando en el sofá, cogió las llaves que colgaban de un clavo junto a la puerta y subió las chirriantes escaleras que llevaban a la buhardilla. En aquella parte de la casa todo estaba cerrado y había un olor pestilente; no se oía el menor ruido. De las cuatro puertas que se divisaban sólo una estaba atrancada y trató de abrirla probando las llaves que había cogido de la cocina. La tercera llave resultó ser la buena, y tras algunos tanteos Ammi consiguió abrir la pequeña puerta pintada de blanco.

El interior estaba muy oscuro, pues la ventana era pequeña y estaba medio cegada por unos toscos barrotes de madera. Ammi no logró ver nada en la tarima de madera. El hedor que allí reinaba era insoportable y, antes de seguir adelante, Ammi hubo de salir para volver con los pulmones llenos de aire sin viciar. Observó algo oscuro en un rincón, y al acercarse y verlo con mayor nitidez lanzó un grito desgarrador. Mientras gritaba, creyó ver cómo una fugaz nube eclipsaba la ventana, y un segundo más tarde tuvo la impresión de que le pasaba a su lado, rozándole, una maléfica corriente de vapor. Ante sus ojos vio bailar unos extraños colores, y a no ser por el horror que lo atenazaba habría creído que se trataba del glóbulo del meteorito que el martillo de geólogo había hecho saltar y de la malsana vegetación que había brotado la primavera última. Fuese lo que fuese, sólo paraba mientes en la horripilante monstruosidad que tenía frente a sí y que, evidentemente, había seguido el mismo fatal sino del joven Thaddeus y del ganado. Pero lo más terrible de aquel espantoso ser era que se movía, muy lenta pero perceptiblemente, a la vez que iba disgregándose.

Ammi no quiso añadir más detalles de la escena, pero la figura que había en el rincón no volvió a aparecer en su relato como algo dotado de vida. Hay cosas de las que no puede hablarse, y en ocasiones lo que se hace con el mejor sentimiento humanitario es cruelmente juzgado por la ley. De todo lo cual deduje que en la buhardilla no había nada con vida, y que dejar allí a alguien aún vivo habría sido una acción tan monstruosa como para condenar a quien así hubiese obrado al tormento eterno. Cualquier otra persona que no fuese un imperturbable granjero habría desfallecido o se habría vuelto loca, pero Ammi traspasó la baja puerta en perfecto estado y cerró tras él, quedando sepultado en la oscuridad el abominable secreto. Ahora había que ocuparse de Nahum, había que alimentarle, asistirle y llevarle a donde pudieran atenderle debidamente.

Al empezar a bajar por las oscuras escaleras, Ammi oyó un ruido sordo abajo. Hasta llegó a creer que se trataba de un grito sofocado, y recordó nerviosamente el viscoso vapor que sintió rozarle en aquella infernal buhardilla. ¿A qué, o a quién, había podido sobresaltar su entrada y posterior grito? Contenido por un vago temor, pudo percibir sonidos algo más lejos en la planta baja. Daba toda la impresión de que algo pesado se arrastrara, pues podía oírse un ruido detestablemente viscoso, algo así como una especie de succión infernal e inmunda. Con un sentido asociativo aguzado, en grado sumo, Ammi pensó inexplicablemente en lo que acababa de ver arriba. ¡Santo cielo! ¡Qué mundo de horrible pesadilla era éste en que se hallaba sumido! No se atrevió a seguir avanzando ni a retroceder, permaneciendo allí tembloroso en medio de la siniestra oscuridad de la angosta escalera. Hasta el menor detalle de la escena que presenció se le quedó indeleblemente grabado en el cerebro. Los sonidos, la sensación de que iba a sobrevenir algo terrorífico, la oscuridad, la empinada y angosta escalera y, ¡loado sea Dios!, la débil pero inequívoca luminosidad de toda la armazón de madera que tenía ante sí: escaleras, paredes, listones, vigas... ¡todo!

Luego, el caballo de Ammi, que había quedado fuera, lanzó un pavoroso relincho, seguido al punto de un estrépito que atestiguaba su huida en estampida. Unos instantes después, caballo y carruaje estaban fuera del alcance del oído, dejando a su despavorido dueño en medio de las tenebrosas escaleras haciendo cábalas sobre qué podría haberle sucedido al animal. Pero no paró ahí la cosa, al poco se oyó otro ruido fuera. Una especie de chapoteo líquido –seguramente agua– que debía proceder del pozo. Había dejado a Hero, su caballo, sin atar, y a lo mejor una rueda del carruaje había rozado el brocal del pozo cayendo una piedra al fondo del mismo. Y aquella tenue fosforescencia seguía resplandeciendo en el antiquísimo armazón de madera. ¡Dios mío, pero qué casa más horriblemente vieja! La mayor parte de ella debía haber sido construida antes de 1670, y el tejado abuhardillado no era posterior, con toda seguridad, a 1730.

Un débil chirrido pudo oírse en el suelo de la planta baja con toda nitidez, y el puño de Ammi se cerró sobre un gran palo que había cogido de la buhardilla por lo que pudiera pasar. Armándose poco a poco de valor, siguió bajando la escalera, y una vez en la planta baja se dirigió directamente a la cocina. Pero no llegó a ella porque lo que buscaba ya no se encontraba allí. Venía a su encuentro, y hasta cierto punto aún podía decirse que estaba vivo. Si había llegado a gatas o si alguna fuerza externa le había arrastrado, era algo que Ammi no sabría decir, pero lo cierto es que la muerte había estado allí.

Todo había sucedido apenas en la última media hora, pero el desplome, la tonalidad grisácea y la desintegración ya se encontraban en fase muy avanzada. El cuerpo se desmoronaba atrozmente, desconchándose en secos fragmentos. Ammi no se atrevía a tocarlo, debiendo limitarse a mirar horrorizadamente aquella desfigurada caricatura de lo que había sido un rostro humano. «¿Pero, qué pasa, Nahum, qué pasa?», susurró, y aquellos labios hendidos y atrozmente hinchados apenas lograron articular sus últimas palabras.

–Nada... nada... el color... quema... frío y húmedo, pero abrasa... estaba en el pozo... lo he visto... una especie de humareda... igual que con las flores la primavera pasada... el pozo relucía de noche... Thad y Merwin y Zenas... todo lo vivo... chupa la vida de todo... en aquella piedra... debió llegar en aquella piedra... asoló toda la granja... no sé lo que quiere... esa cosa redonda que los hombres de la universidad extrajeron de la piedra... la abrieron... tenía idéntico color... justo el mismo color, como las flores y las plantas... debía haber más... semillas... semillas... crecían... por vez primera lo vi esta semana... debió darle fuerte a Zenas... era un muchacho grande, lleno de vida... se apodera de la mente y luego te coge... te consume... en el agua del pozo... tenías razón... agua corrompida... Zenas nunca regresó del pozo... no pudo escapar... te ahoga... ves que te viene encima pero no puedes hacer nada... lo he visto una y otra vez desde que se llevó a Zenas... dime Ammi, ¿dónde está Nabby?... mi cabeza no está bien... no sé cuánto hace que no le doy de comer... la acabará cogiendo si no tenemos cuidado... justo ese color... su cara empieza a tener ese color a veces al anochecer... y abrasa y chupa... viene de un lugar en que las cosas no son iguales que aquí... uno de los profesores lo dijo... tenía razón... ten cuidado Ammi, seguirá haciéndolo... chupa la vida...

No dijo más. Quien así hablaba no pudo decir más porque al punto se desplomó. Ammi puso un mantel a cuadros rojos sobre lo que quedaba de Nahum y, tambaleándose, salió al campo por la puerta trasera. Subió por la pendiente donde estaban los diez acres de pastizal y, a trompicones, se dirigió a su casa por el camino del norte a través de los bosques. No se atrevió a pasar por delante del pozo, de donde su caballo había huido desbocado. Pudo verlo desde la ventana y comprobó que no faltaba ninguna piedra en el brocal. Así que, después de todo, los bandazos del carruaje no habían tirado nada; el chapoteo debió obedecer a otra cosa, a algo que se hundió en el pozo tras dar cumplida cuenta del pobre Nahum...

Cuando Ammi llegó a su casa hacía ya tiempo que habían llegado los caballos y el carruaje, y su mujer estaba presa de una gran excitación. La tranquilizó y, sin más explicaciones, salió inmediatamente para Arkham a comunicar a las autoridades policiales que la familia Gardner había dejado de existir. No quiso entrar en detalles, limitándose a dar cuenta de las muertes de Nahum y Nabby, pues la de Thaddeus ya era conocida, y dijo que la causa de tales muertes parecía ser la misma extraña dolencia que había puesto fin a la vida del ganado. Dio cuenta, asimismo, de la desaparición de Merwin y Zenas. En la comisaría de policía le sometieron a un intenso interrogatorio, y al final Ammi se vio forzado a acompañar a tres agentes a la granja de los Gardner; junto con ellos iban el forense, un médico y el veterinario que trató la enfermedad de los animales. Ammi les acompañó en contra de su voluntad, pues la tarde estaba muy avanzada y temía que la noche se echara encima de aquel infernal lugar, pero al menos ir con tanta gente representaba un alivio.

Los seis hombres se pusieron en camino en una carreta, detrás del carro de Ammi, y hacia las cuatro llegaron a la asolada granja. Aunque los policías estaban acostumbrados a presenciar horribles experiencias, nadie permaneció impasible ante lo que se encontró en la buhardilla y bajo el mantel a cuadros rojos en la planta inferior. El aspecto que presentaba la granja en medio de aquella gris desolación era ya de por sí pavoroso, pero aquellos dos cuerpos hechos puras migajas sobrepasaban todo lo imaginable. Nadie pudo detener mucho tiempo la mirada en ellos, y hasta el mismo médico admitió que apenas había nada que reconocer. Al menos podía recoger muestras para su posterior análisis, así que se entregó de lleno a la tarea. Y en este punto cabe reseñar que produjeron una verdadera turbamulta en el laboratorio de la universidad adonde finalmente se llevaron los dos frascos con el polvo recogido. En el espectroscopio ambas muestras arrojaron un espectro desconocido, en el que muchas de las desconcertantes franjas que se veían eran idénticas a las que se apreciaron en el extraño meteorito cuando se lo examinó un año atrás. La propiedad de emitir aquel espectro desapareció al cabo de un mes; para entonces, el polvo consistía esencialmente en fosfatos alcalinos y carbonatos.

Ammi no les habría dicho nada del pozo a aquellos hombres de haber sabido que intentaban hacer algo al punto y en el mismo lugar de autos. Empezaba a hacerse de noche y él ardía en deseos de alejarse del lugar. Pero no podía evitar lanzar nerviosas miradas al brocal de piedra de la gran boca del pozo, y cuando uno de los policías le inquirió al respecto confesó que Nahum temía que hubiese algo allá abajo, hasta el punto de que nunca se había atrevido a buscar en su interior a Merwin y Zenas. Dicho aquello no quedaba más remedio que vaciar y explorar inmediatamente el pozo, con lo que Ammi hubo de esperar, temblando de miedo, mientras cubo tras cubo de fétida agua era alzado y vaciado en el empapado suelo a orillas del pozo. Aquellos hombres hacían gestos de asco al olfatear el líquido, y al final optaron por taparse las narices para no inhalar la hedionda fetidez que ascendía del fondo del pozo. Dada la escasa profundidad del agua acabaron antes de lo que esperaban. De lo que allí encontraron no es preciso entrar en detalles. Merwin y Zenas, los dos, estaban allí, mejor dicho, lo que de sus esqueletos quedaba. También encontraron los cadáveres de un corzo y un gran perro en parecido estado de descomposición, así como unos cuantos huesos de pequeños animales. El cieno y el fango del fondo del pozo parecían inexplicablemente porosos y burbujeantes, y uno de los policías, que descendió al fondo sujeto por las manos y armado de un largo palo, comprobó que podía sumergirlo hasta donde quisiera en el lodo sin tropezar con ningún obstáculo sólido.

Debido a que la noche se había echado encima hubieron de traer unos faroles de la casa. Luego, al comprobarse que nada quedaba en el pozo, todos los componentes del grupo entraron en el interior del edificio y debatieron los pormenores del caso en el antiguo salón mientras la intermitente luz de una media luna espectral se perfilaba tenuemente en medio de la gris desolación que reinaba en el exterior. Todos estaban absolutamente desconcertados a la vista de aquel siniestro espectáculo, y al tratar de hallar una explicación al caso no lograron dar con ninguna pista convincente que conectara las extrañas anomalías de las plantas, la desconocida enfermedad que atacó al ganado y a los seres humanos y las misteriosas muertes de Merwin y Zenas en el hediondo pozo. Es cierto que todos ellos habían oído las historias que corrían por el pueblo, pero jamás podían llegar a creer que ocurriese algo contrario a la ley natural. Sin duda el meteorito había emponzoñado el suelo, pero la muerte de las personas y de los animales, que no habían comido nada crecido en aquellas tierras, debía atribuirse a algo muy diferente. ¿Acaso el agua del pozo? Era muy posible. Lo mejor sería, pues, analizarla. Pero ¿qué extraña locura habría llevado a los dos chicos de Nahum a tirarse al pozo? Las acciones de ambos guardaban un extraordinario parecido... y los restos recogidos mostraron que habían sufrido la misma muerte tras volverse grisáceos y quebradizos. ¿Por qué tenía todo aquel mismo aspecto?

Fue el forense, que se encontraba sentado junto a la ventana que daba a la fachada, el primero en advertir el resplandor del pozo. La noche era cerrada, y toda aquella abominable tierra parecía despedir una tenue luminosidad mayor que la producida por los espasmódicos rayos lunares; pero el nuevo resplandor que ahora se veía era más nítido e intenso, y parecía tener su origen en el tenebroso pozo –algo así como el amortiguado haz luminoso de un reflector–, reflejándose débilmente en los charcos formados en el suelo por el agua extraída del fondo. Tenía un color sumamente extraño que hizo a Ammi, tras apiñarse todos junto a la ventana, dar un violento respingo: aquel extraño resplandor de sórdido miasma tenía un color que le resultaba harto familiar. No era la primera vez que veía aquel siniestro color, y se estremecía sólo de pensar en lo que podría esconderse detrás. Lo había visto en el horrible glóbulo quebradizo del aerolito que cayó dos veranos atrás, lo había vuelto a ver en la decrépita vegetación que floreció en la primavera última y creía haberlo visto por unos instantes aquella misma mañana contra la ventana enrejada de aquella tenebrosa buhardilla donde había presenciado cosas que jamás podría olvidar. Tan sólo lo vio resplandecer un instante, tras lo cual una viscosa y horripilante corriente de vapor pasó junto a él rozándole; un momento después el pobre Nahum fue víctima de algo que tenía aquel mismo color. Sus últimas palabras fueron para decir que tenía un color parecido al glóbulo y las plantas. Unos segundos después se produjo la estampida en el corral y el chapoteo en el interior del pozo... y ahora, en medio de la cerrada oscuridad de la noche, el pozo despedía un pálido e insidioso resplandor de idéntica tonalidad infernal.

Dice mucho de la agudeza de Ammi el que se preguntase en semejantes momentos algo de carácter esencialmente científico. No pudo menos de sorprenderse al experimentar la misma sensación ante el vapor entrevisto a la luz del día, contra una ventana abierta al cielo matinal, y ante aquella nocturna exhalación semejante a una niebla iridiscente recortada contra el oscuro y asolado paisaje. Algo no era normal, algo había allí que era *contra natura,* y pensó en las últimas y estremecedoras palabras que pronunció su desventurado amigo: «Viene de un lugar en que las cosas no son iguales que aquí... uno de los profesores lo dijo...».

Los tres caballos que había fuera de la casa, atados a un par de resecos arbustos a orillas de la carretera, empezaron a relinchar y a piafar frenéticamente. El conductor de la carreta se encaminó hacia la puerta para ver qué pasaba, pero Ammi lo agarró temblorosamente del hombro: «No salga –dijo en voz baja–. Pasa algo que ni siquiera podemos intuir. Nahum dijo que hay algo en el pozo que le chupa a uno y le quita la vida. Dijo que debía tratarse de algo salido de una bola semejante a la que había dentro del meteorito caído en junio del año pasado. Dijo que chupaba y quemaba, y era una nube de color exactamente igual que esa luz que se ve ahí ahora, aunque no se la distingue bien y se ignora qué pueda ser. Según Nahum, se alimenta de todo lo viviente y cada vez es mayor su fuerza. Al parecer, pudo verla la semana pasada. Debe haber caído de algún lugar remoto allá en los cielos, al menos eso dijeron los profesores del meteorito hace un año. Su figura y su forma de actuar son totalmente ajenas a este mundo. Tiene que ser algo venido del más allá.»

Los hombres se quedaron perplejos y sin saber qué hacer mientras aumentaba el resplandor de la luz del pozo y los enganchados caballos piafaban y relinchaban con estrépito creciente. El momento era realmente espantoso; por si fuera poco el terror reinante en aquella vieja y maldita casa y los cuatro espeluznantes montones de restos humanos –dos procedentes del interior de la casa y los otros dos del pozo– que había en la leñera detrás de la casa, estaba aquel luminoso haz de desconocida e implacable iridiscencia salido del lodazal del pozo que se encontraba delante. Ammi detuvo al cochero obedeciendo a un impulso, olvidando que tan sólo unas horas antes él mismo había salido ileso tras rozarle aquel vapor tornasolado de la buhardilla, pero quizá fue lo mejor que pudo hacer. De otro modo nadie sabría jamás lo que sucedió aquella noche, y aunque hasta entonces el monstruo del más allá no había atacado a ningún hombre de mente templada, nadie se atrevía a decir qué hubiese ocurrido en última instancia, ahora que parecía tener mayor fuerza y dejaba entrever unas intenciones que pronto iba a poner de manifiesto bajo el cielo nocturno medio nublado.

De pronto, uno de los policías que se encontraba junto a la ventana dejó escapar un grito breve y entrecortado. Los demás se volvieron hacia él y siguieron su mirada hacia el punto en que sus inquietos ojos se habían detenido de repente. Las palabras holgaban. Todo cuanto decían los rumores que circulaban por la comarca no pudo ponerse desde entonces en tela de juicio, y si nunca ha vuelto a hablarse de aquellos horribles días que asolaron a Arkham ello se debe a que aquellos hombres se pusieron de acuerdo en no decir nada de cuanto allí vieron. Debe adelantarse que en aquella avanzada hora vespertina no soplaba la menor ráfaga de viento. Al poco se levantó algo de viento, pero en aquel instante no corría un soplo de aire. Ni las secas puntas del tardío jaramago, marchitas y grisáceas, ni los faldones de la lona del carruaje se movían. Y, no obstante, en medio de aquella calma tensa e infernal las desnudas ramas de las copas de los árboles que había delante de la casa no cesaban de moverse. Se retorcían morbosa y espasmódicamente como si, poseídas de una convulsiva y epiléptica locura, quisieran desgarrar las nubes a la luz de la luna, y en su frenesí arañaban impotentes el aire hediondo como si fueran sacudidas por afines e incorpóreos horrores subterráneos que se contorsionaran y contendieran bajo las negras raíces.

Hasta pasados unos segundos ninguno de los allí presentes recobró el aliento. A continuación, una nube muy oscura recortó el perfil de la luna, desapareciendo momentáneamente la silueta de las crispadas ramas. En ese preciso instante un grito salió de todas las gargantas, un grito sofocado por el terror, pero ronco y casi idéntico. El terror no se había desvanecido con la recortada silueta de las ramas, y en un espantoso instante en que el cielo se cubrió de más profundas tinieblas aquellos hombres vieron retorcerse en la copa del árbol miles de puntitos que emitían un tenue e infernal resplandor, coronando cada una de sus ramas como si se tratara del fuego de San Telmo o de las lenguas de fuego que se posan sobre la cabeza de los Apóstoles en Pentecostés. Era una monstruosa constelación de luz, semejante a un enjambre de luciérnagas que, tras un hartazgo de putrefacta carne de cadáver, se pusieran a bailar una endiablada zarabanda sobre una ciénaga, y su color era idéntico al de aquella desconocida intrusión tan familiar y temida para Ammi. Entre tanto, el haz de luz fosforescente que emanaba del pozo relucía cada vez con mayor intensidad, evocando a los atemorizados hombres que lo presenciaban una sensación de sino fatal y anormalidad que rebasaba con mucho cualquier imagen que su cerebro pudiese concebir. El pozo ya no *brillaba,* los destellos *salían a borbotones,* y a medida que aquel informe chorro de indefinible color salía del pozo parecía encaminarse directamente al cielo.

El veterinario se estremeció y se dirigió a la puerta de entrada para atrancarla con un resistente tablón. Ammi temblaba igualmente y hubo de recurrir a apuntar con el dedo por falta de control en la voz al intentar llamar la atención sobre la creciente luminosidad de todos los árboles que se veían. Entre tanto, los relinchos y pataleos de los caballos se habían vuelto espantosos pero ni uno de aquellos hombres se habría aventurado por nada del mundo a salir de la vieja casa. El resplandor de los árboles aumentaba por momentos, mientras sus agitadas ramas parecían tender cada vez más hacia la verticalidad. La madera del cigoñal del pozo también brillaba, y de repente uno de los policías, atónito ante lo que veía, señaló con el dedo unos cobertizos de madera y unos panales de miel que había al pie del muro occidental. También empezaban a brillar, si bien por el momento aquella luminosidad aún no parecía afectar a los enganchados vehículos de los visitantes. Seguidamente, se oyó un infernal estrépito y ruido de cascos en el camino, y como Ammi cogiese la lámpara para ver mejor, todos pudieron advertir que la yunta de enfurecidos caballos grises había roto el arbusto y había salido en estampida con el carruaje detrás.

La conmoción que produjo aquel hecho hizo que se desataran algunas lenguas y se intercambiasen desconcertantes palabras en voz baja. «Se extiende sobre todos los cuerpos orgánicos que hay aquí», musitó el doctor. Nadie contestó, pero el policía que había bajado al fondo del pozo observó que le pareció como si su largo palo hubiese removido algo intangible en aquel lodazal.

–Era horrible –añadió–. No tocaba fondo. Todo era cieno y burbujas. Daba la impresión de que algo había allí al acecho.

Mientras, el caballo de Ammi seguía piafando y relinchando ensordecedoramente a orillas del camino, y casi ahogaba las trémulas y confusas palabras de su amo, que no cesaba de mascullar incoherentes reflexiones: «Viene de aquella piedra... salió de allí... atrapa todo lo viviente... se nutre del cuerpo y del alma... Thad y Merwin, Zenas y Nabby... Nahum fue el último... todos bebieron el agua... gracias a ellos cada vez se vuelve más fuerte... viene del más allá, donde las cosas no son iguales que aquí... ahora vuelve a casa...»

En ese preciso instante, tras relucir de repente con mayor intensidad la columna de desconocido color y comenzar a retorcerse sobre sí misma dando lugar a fantásticas variaciones que cada espectador describiría luego a su buen entender, el pobre Hero, que seguía atado al arbusto, soltó un relincho como jamás nadie ha oído ni oirá salir de las fauces de un caballo. Todos los que se encontraban en el salón de aquella casa se taparon los oídos, y Ammi, que estaba mirando por la ventana, dio media vuelta, presa de un horror y una náusea indecibles. No había palabras para expresar lo que veía. Cuando miró de nuevo por la ventana, podía verse a la luz de la luna al infortunado animal, boca arriba e inerte, yaciendo en el suelo entre los astillados tablones del carruaje. Tal fue el final de Hero, hasta que el día siguiente lo enterraron. Pero aquellos no eran momentos para compadecerse, pues casi al mismo tiempo uno de los policías llamó la atención, por señas, para que los demás dirigiesen la mirada hacia algo terrible que había en la estancia misma en que se encontraban. Dado que no había encendida ninguna lámpara era evidente que una tenue fosforescencia comenzaba a invadir toda la casa. Relucía en el piso de madera y en los desgarrados jirones de la estera, y rielaba sobre los marcos de las ventanas de pequeña hoja. Corría y bajaba por las vigas al descubierto, refulgía en las estanterías y en las repisas y no había puerta o mueble que no infestara con su infernal presencia. A cada minuto que pasaba el brillo era más intenso, hasta que quedó perfectamente claro que cuantos seres vivos hubiera en aquella casa debían salir de allí al instante.

Ammi les condujo a todos a la puerta trasera y les mostró el sendero que llevaba, a través de los campos, a los que fueran pastizales de Nahum. Todos marchaban y se tambaleaban como en sueños, y no se atrevieron a volver la mirada hasta que se encontraron en un lugar muy alto de la ladera. Había sido providencial aquel sendero, pues salir por la parte delantera habría sido impensable debido al pozo. Ya fue bastante tener que pasar por delante de los relucientes cobertizos y de la cuadra, y de aquellos resplandecientes árboles del huerto con sus retorcidas y endiabladas siluetas, si bien, afortunadamente para ellos, las ramas más atrozmente retorcidas eran las de las copas de los árboles. La luna quedó oculta tras unos oscuros nubarrones al tiempo que el grupo cruzaba el rústico puente sobre el Chapman's Brook, debiendo seguir a ciegas el resto del camino hasta los prados.

Cuando volvieron la vista hacia el valle y hacia la ya lejana finca de los Gardner que se divisaba al fondo del mismo, presenciaron una escena que les dejó sin aliento. Toda la granja relucía con aquella demencial mezcolanza de colores desconocidos; incluidos los árboles, los edificios y hasta la misma hierba y la maleza que no se habían cubierto del todo con aquel polvo letal y grisáceo. Las ramas de los árboles apuntaban hacia el cielo, coronadas por lenguas de un horrible fuego, y sinuosos chorros de aquella horrenda iridiscencia trepaban por las vigas de la casa, al tiempo que cubrían la cuadra y los cobertizos. Aquella escena parecía sacada de una fantasmagórica visión de Fuseli. Sobre el resto de la granja reinaba una luminosidad amorfa y tumultuosa, un impresionante e infernal arco iris de enigmática ponzoña que manaba del pozo y trepidaba, latía, envolvía, rutilaba, lamía, retorcía y crepitaba malignamente en medio de aquel irreconocible cromatismo cósmico.

Luego, sin previa advertencia, aquella abominable cosa salió disparada verticalmente hacia el cielo como si fuese un cohete o meteorito no dejando el menor rastro y desapareciendo por un agujero circular, y sorprendentemente regular, abierto entre las nubes, antes de que ninguno de los componentes del grupo llegase siquiera a lanzar un grito o suspiro. Nadie que lo presenciara podrá jamás olvidar aquella espeluznante visión, y Ammi se quedó mirando ensimismado las estrellas de la constelación del Cisne, entre las que Deneb resplandecía con mayor intensidad que las demás, mientras el desconocido color se confundía y perdía entre la Vía Láctea. Pero al instante su mirada hubo de desviarse hacia la tierra por un crujido que se dejó oír en el fondo del valle. Tan sólo era eso, un trepidar y crujir de maderas, y no una explosión como sostenían algunos de los integrantes del grupo. Pero el resultado fue idéntico, por cuanto en un abrir y cerrar de ojos empezó a manar de aquella endemoniada y maldita granja un cataclismo centelleante y volcánico de abominables chispas y sustancias, que cegó la vista de los pocos que lo presenciaron y lanzó hacia el cenit celeste una chisporroteante lluvia de fragmentos de un color tan fantástico como jamás volverá a ver nuestro universo. Por entre los vapores que volvían a aglutinarse rápidamente pudieron divisar aquella horrenda monstruosidad que acababa de desaparecer en el aire... y al cabo de unos instantes también desaparecerían los espectadores que lo presenciaban. Detrás y debajo suyo todo eran tinieblas a las que no querrían volver por nada del mundo, y por doquier se levantó un viento que parecía abatirse en negras y glaciales oleadas desde los espacios siderales. Aullaba y daba alaridos, azotaba los campos y los contorsionados bosques con brutal violencia, hasta que pronto aquellos temblorosos hombres comprendieron que de nada valdría esperar a que la luna mostrara lo que había quedado de la granja de Nahum.

Demasiado atemorizados para intentar hallar una explicación a todo aquello, los siete despavoridos hombres regresaron a duras penas a Arkham siguiendo el camino del norte. Ammi se encontraba en peor estado que sus compañeros de grupo, y les suplicó que le acompañasen hasta su casa, en lugar de seguir derechos a la ciudad. No quería por nada del mundo tener que atravesar solo los asolados bosques azotados por aquel violento vendaval hasta llegar a su casa situada en el camino principal. Ammi había sufrido una conmoción que los demás no habían experimentado y, en lo sucesivo, fue presa de un temor latente como consecuencia de algo que no se atrevería a mencionar hasta transcurridos muchos años. Mientras el resto de los que observaban desde aquella borrascosa elevación habían vuelto la vista impasiblemente hacia el camino, Ammi tornó la mirada un instante en dirección al tenebroso e inhóspito valle en el que hasta hacía bien poco habitaba su desventurado amigo. Y en aquel erial de muerte y desolación que se divisaba en la lejanía pudo ver cómo algo levantaba un débil vuelo para hundirse a continuación justo en el lugar desde el que se había disparado al cielo aquella imponente e informe monstruosidad. Era simplemente un color, pero no se trataba de un color cualquiera de la tierra o de los cielos. Y como Ammi reconociese aquel color y fuese consciente de que aún podrían ocultarse restos del mismo en el fondo del pozo, jamás ha vuelto a sentirse lo que se dice bien desde aquella fecha.

Ammi no ha osado siquiera volver a acercarse al lugar. Hace ya cuarenta y cuatro años de aquella noche inolvidable, pero desde entonces no ha vuelto por allí y se alegrará enormemente cuando las aguas del nuevo pantano borren aquellas tierras del mapa. Y yo también me alegraré, pues no me gustó nada cómo los rayos de sol cambiaban de color en las inmediaciones de la boca de aquel pozo. Confío, por bien de todos, que permanecerá cubierto por muchas brazas de agua, pero ni aún así me atreveré a beber de aquel agua. Y dudo mucho de que vuelva jamás a Arkham o sus alrededores. Tres de los hombres que habían acompañado a Ammi volvieron a la mañana siguiente para ver las ruinas a la luz del día, pero para entonces ya no había ruinas. Tan sólo los ladrillos de la chimenea, las piedras del sótano, unos cuantos residuos minerales y metálicos esparcidos por el suelo, y el brocal de aquel nefando pozo. A excepción del caballo sin vida de Ammi, que hubieron de arrastrar para poder enterrarlo, y el carro, que se lo devolvieron a su dueño al poco tiempo, no quedaba ni rastro de nada viviente. Sólo restaron dos hectáreas y media de cinco pavorosos acres de polvoriento desierto gris en los que no ha crecido el menor vestigio de vegetación desde entonces. Y hasta hoy mismo, se extiende como una gran mancha producida por alguna sustancia corrosiva a través de bosques y campos de labranza, y los pocos que, a pesar de las horripilantes historias que corren sobre el lugar, se atrevieron a ir a verlo lo conocen por el nombre de «el erial maldito».

Las historias que circulan por la comarca son muy extrañas. Y lo serían aún más si los hombres de la ciudad y los químicos de la universidad se interesaran en analizar el agua de aquel abandonado pozo o el grisáceo polvo que ni los más fuertes vientos parecen dispersar. Y también los botánicos deberían estudiar la raquítica flora que crece en los confines de aquellos parajes, y así podrían descubrir si es cierto, como dicen las historias, que el erial sigue avanzando, aunque poco a poco, quizá a razón de una pulgada por año. La gente dice que no es del todo normal el color de los pastizales cercanos al llegar la primavera y que los animales dejan huellas muy extrañas en la ligera capa de nieve invernal que lo cubre. Pues debe señalarse que parece haber mucha menos nieve en el erial maldito que en sus aledaños. Los caballos –los pocos que quedan en esta era del automóvil– se espantan en cuanto se adentran en el silencioso valle, y los cazadores no pueden confiar en sus perros cuando están en las inmediaciones de la inhóspita mancha de polvo grisáceo.

Dicen también que su influencia se ha hecho notar negativamente en las facultades mentales de las gentes de la comarca. Son bastantes los que perdieron la razón en los años siguientes a la muerte de Nahum, careciendo en todo caso de la fuerza necesaria para salir de aquellos malditos lugares. Los más emprendedores acabaron por abandonar la comarca, y sólo los extranjeros intentaron instalarse en las viejas granjas semiderruidas. Pero tampoco permanecieron mucho tiempo. Uno a veces se pregunta qué intuición profunda, que no captamos, les han proporcionado sus extrañas historias mágicas susurradas. Dicen sufrir horribles pesadillas en aquellos inhóspitos parajes, y sin duda la mera contemplación de tan tenebroso lugar es más que suficiente para desatar las más horrendas imágenes. Ningún viajero ha conseguido librarse de experimentar una sensación de extrañeza al pasar por aquellos escarpados barrancos, y los artistas se estremecen al pintar sus frondosos bosques cuyo misterio perciben tanto los sentidos como el espíritu. Me intriga la sensación que experimenté en mi solitario paseo, antes de que Ammi me contase aquella alucinante historia. Al caer la noche, deseé vagamente que se cubriese de nubes el cielo, pues se apoderó de mí una extraña aprensión provocada por los inmensos vacíos celestes.

No me pidan mi opinión. No sé nada y no puedo decir más. Ammi era la única persona a la que podía sonsacársele algo, pues los vecinos de Arkham se niegan a hablar de aquellos extraños días, y los tres profesores que examinaron el aerolito y su glóbulo han fallecido ya. Lo que puedo asegurarles es que allí había otros glóbulos. Uno de ellos debió irse tras aprovisionarse de alimentos, y es muy posible que apareciera otro posteriormente. Sin duda, sigue todavía en el fondo del pozo; estoy convencido de que había algo que no era normal en la luz del sol cuando la vi reflejándose en el hediondo borde del pozo. Los campesinos dicen que el erial avanza a razón de una pulgada por año, así que es posible que siga creciendo o alimentándose. Pero cualquiera que sea el demonio que se esté gestando en esas profundidades debe amarrársele para que no pueda moverse o, de lo contrario, se extenderá rápidamente. ¿Estará acaso aferrado a las raíces de esos árboles que tratan de desgarrar el aire? Una de las historias que circulan por Arkham habla de gruesos robles que resplandecen y se agitan por la noche de un modo nada normal.

Sólo Dios sabe qué puede ser. En concreto, supongo que a lo que se refería Ammi podría denominarse gas, pero, en todo caso, un gas que obedecía a leyes ajenas a este cosmos. No era el fruto de los mundos ni de los soles que pueden verse relucir en los telescopios y placas sensibles de nuestros observatorios. No era una de esas emanaciones de los cielos cuyos movimientos y dimensiones miden nuestros astrónomos, o que estiman demasiado vastos como para intentar medir. No era sino un color de allende el espacio, un espantoso mensajero de reinos de infinitud que supera la Naturaleza tal como la conocemos, de reinos cuya mera existencia nos nubla el cerebro y nos ciega con los negros abismos extracósmicos que abre de par en par ante nuestra aterrada mirada.

Dudo muchísimo que Ammi me mintiese conscientemente y no creo que su historia fuera producto de una imaginación febril, como me había dicho la gente de Arkham. Algo terrible se abatió sobre las montañas y valles de aquella comarca con la caída del meteorito, y algo horrible –aunque no sabría decir en qué proporción– sigue allí aún. Me llevaré una gran alegría cuando vea cómo el agua lo cubre todo. Entre tanto, confío que no le ocurra nada a Ammi... sabe tanto de aquel ser de tan nociva influencia. ¿Por qué no habrá intentado nunca irse de semejante lugar? Recordaba perfectamente las últimas palabras de Nahum: «No pudo escapar... te ahoga... ves que se te viene encima pero no puedes hacer nada...» ¡Ammi es tan buena persona!... Lo mejor será que, cuando vayan a iniciarse las obras del pantano, escriba al ingeniero jefe para que le observen de cerca. No querría imaginármelo como esa grisácea, retorcida y quebradiza monstruosidad que se me aparece continuamente y cada vez me turba más el sueño.

La música de Erich Zann*

He examinado varios planos de la ciudad con suma atención, pero no he vuelto a encontrar la Rue d'Auseil. No me he limitado a manejar mapas modernos, pues sé que los nombres cambian con el paso del tiempo. Muy al contrario, me he sumergido a fondo en todas las antigüedades del lugar y he explorado en persona todos los rincones de la ciudad, cualquiera que fuese su nombre, que pudiera responder a la calle que en otro tiempo conocí como Rue d'Auseil. Pero a pesar de todos mis esfuerzos, no deja de ser una frustración que no haya podido dar con la casa, la calle o siquiera el distrito en donde, durante mis últimos meses de depauperada vida como estudiante de metafísica en la universidad, oí la música de Erich Zann.

Que me falle la memoria no me sorprende lo más mínimo, pues mi salud, tanto física como mental, se vio

* Título original: *The Music of Erich Zann,* 1921.

gravemente trastornada durante el período de mi estancia en la Rue d'Auseil y no recuerdo haber llevado allí a ninguna de mis escasas amistades. Pero que no pueda volver a encontrar el lugar resulta extraño a la vez que me deja perplejo, pues estaba a menos de media hora andando de la universidad y se distinguía por unos rasgos característicos que difícilmente podría olvidar quien hubiese pasado por allí. Lo cierto es que jamás he encontrado a nadie que haya estado en la Rue d'Auseil.

La Rue d'Auseil quedaba al otro lado de un oscuro río bordeado de empinados almacenes de ladrillo con los cristales de las ventanas empañados, y se accedía a ella por un macizo puente de piedra ennegrecida. Estaba siempre lóbrego el curso de aquel río, como si el humo procedente de las fábricas vecinas impidiera el paso de los rayos del sol a perpetuidad. Las aguas despedían, asimismo, un hedor malsano que no he vuelto a percibir en ninguna otra parte y que quizás algún día me ayude a dar con el lugar que busco, pues estoy seguro de que reconocería ese olor al instante. Al otro lado del puente podían verse una serie de calles adoquinadas y con raíles; luego venía la subida, gradual al principio, pero de una pendiente increíble a la altura de la Rue d'Auseil.

Jamás he visto una calle tan angosta y empinada como la Rue d'Auseil. Cerrada a la circulación rodada, casi era un precipicio consistente en algunos lugares en tramos de escaleras que culminaban en la cresta en un impresionante muro cubierto de hiedra. El pavimento era irregular: unas veces losas de piedra, otras adoquines y a veces pura y simple tierra con incrustaciones de vegetación de un color entre verdoso y grisáceo. Las casas eran altas, con los tejados rematados en pico, increíblemente antiguas y estaban inclinadas a la buena de Dios hacia atrás, hacia delante o hacia un lado. De vez en cuando podían verse dos casas con las fachadas frente por frente e inclinadas hacia delante, hasta el punto de formar casi un arco en medio de la calle; lógicamente, apenas luz alguna llegaba al suelo que había debajo de ellas. Entre las casas de uno y otro lado de la calle había unos cuantos puentes elevados.

Los vecinos de aquella calle me producían una extraña impresión. Al principio pensé que era debido a su natural silencioso y taciturno, pero luego lo atribuí al hecho de que todos allí eran ancianos. No sé cómo pude ir a parar a semejante calle, pero no fui yo ni mucho menos el único que se mudó a vivir a aquel lugar. Había vivido en muchos sitios destartalados, de los que siempre me había visto desalojado por no poder pagar la renta, hasta que finalmente un día me di de bruces con aquella casa medio en ruinas de la Rue d'Auseil que guardaba un paralítico llamado Blandot. Era la tercera casa según se miraba desde la parte superior de la calle, y la más alta de todas con diferencia.

Mi habitación estaba en el quinto piso. Era la única habitada en aquella planta, pues la casa estaba prácticamente vacía. La noche de mi llegada oí una música extraña procedente de la buhardilla que tenía justo encima, y al día siguiente inquirí al viejo Blandot por el intérprete de aquella música. Me dijo que la persona en cuestión era un anciano violinista de origen alemán, un hombre mudo y un tanto extraño que firmaba con el nombre de Erich Zann y que por las noches tocaba en una orquestilla teatral. Y añadió que la afición de Zann a tocar por las noches a la vuelta del teatro era el motivo que le había llevado a instalarse en aquella alta y solitaria habitación abuhardillada, cuya ventana de gablete era el único punto de la calle desde el que podía divisarse el final del muro en declive y la panorámica que se ofrecía del otro lado del mismo.

En adelante no hubo noche que no oyera a Zann, y aunque su música me mantenía despierto, había algo extraño en ella que me turbaba. No obstante ser yo escasamente conocedor de aquel arte, estaba convencido de que ninguna de sus armonías tenía nada que ver con la música que había oído hasta entonces, de lo que deduje que debía tratarse de un compositor de singular talento. Cuanto más la escuchaba más me atraía aquella música hasta que al cabo de una semana decidí darme a conocer a aquel anciano.

Una noche, cuando Zann regresaba del trabajo, le salí al paso en el rellano de la escalera y le dije que me gustaría conocerle y acompañarle mientras tocaba. Era pequeño de estatura, delgado y andaba algo encorvado, con la ropa desgastada, ojos azules, una expresión entre grotesca y satírica y prácticamente calvo. Su reacción ante mis primeras palabras fue violenta a la vez que temerosa. Con todo, el talante amistoso de mis maneras acabó por aplacarle, y a regañadientes me hizo señas para que le siguiera por la oscura, agrietada y desvencijada escalera que llevaba a la buhardilla. Su habitación, una de las dos que había en aquella buhardilla de techo inclinado, estaba orientada al oeste, hacia el alto muro que formaba el extremo superior de la calle. Era de grandes dimensiones, y aun parecía mayor por la total desnudez y abandono en que se encontraba. Por todo mobiliario, había una delgada armadura metálica de cama, un deslustrado lavamanos, una mesita, una gran estantería, un atril y tres anticuadas sillas. Apiladas en desorden por el suelo se veían multitud de partituras. Las paredes eran de tableros desnudos, y lo más probable es que no hubieran sido revocadas en la vida, por otro lado, la abundancia de polvo y telarañas por doquier hacían que el lugar pareciese más abandonado que habitado. En suma, el bello mundo de Erich Zann debía sin duda encontrarse en algún remoto cosmos de su imaginación.

Indicándome por señas que me sentara, mi anciano y mudo vecino cerró la puerta, echó el gran cerrojo de madera y encendió una vela para aumentar la luz de la que ya portaba consigo. A continuación, sacó el violín de la apolillada funda y, cogiéndolo entre las manos, se sentó en la menos incómoda de las sillas. No utilizó para nada el atril, pero, sin darme opción y tocando de memoria, me deleitó por espacio de más de una hora con melodías que sin duda debían ser creación suya. Tratar de describir su exacta naturaleza es prácticamente imposible para alguien no versado en música. Era una especie de fuga, con pasajes reiterativos verdaderamente embriagadores, pero en especial para mí por la ausencia de las extrañas notas que había oído en anteriores ocasiones desde mi habitación.

No se me iban de la cabeza aquellas obsesivas notas, e incluso a menudo las tarareaba y silbaba para mis adentros aun sin gran precisión, así que cuando el solista depuso finalmente el arco le rogué que me las interpretara.

Nada más oír mis primeras palabras aquella arrugada y grotesca faz perdió la expresión benigna y ausente que había tenido durante toda la interpretación, y pareció mostrar la misma curiosa mezcolanza de ira y temor que cuando le abordé por vez primera. Por un momento intenté recurrir a la persuasión, disculpando los caprichos propios de la senilidad; hasta traté de despertar los exaltados ánimos de mi anfitrión silbando unos acordes de la melodía escuchada la noche precedente. Pero al instante hube de interrumpir mis silbidos, pues cuando el músico mudo reconoció la tonada su rostro se contorsionó de repente adquiriendo una expresión imposible de describir, al tiempo que alzaba su larga, fría y huesuda mano instándome a callar y no seguir la burda imitación. Y al hacerlo demostró una vez más su rareza, pues echó una mirada expectante hacia la única ventana con cortinas, como si temiera la presencia de algún intruso; una mirada doblemente absurda pues la buhardilla estaba muy por encima del resto de los tejados adyacentes, lo que la hacía prácticamente inaccesible, y además, por lo que me había dicho el portero, la ventana era el único punto de la empinada calle desde el que podía verse la cumbre por encima del muro.

La mirada del anciano me hizo recordar la observación de Blandot, y de repente se me antojó satisfacer mi deseo de contemplar la amplia y vertiginosa panorámica de los tejados a la luz de la luna y las luces de la ciudad que se extendían más allá de la cumbre, algo que de entre todos los moradores de la Rue d'Auseil sólo le era dado ver a aquel músico de avinagrado carácter. Me acerqué a la ventana y estaba ya a punto de correr las indescriptibles cortinas cuando, con una violencia y terror aún mayores que de los que hasta entonces había hecho gala, mi mudo vecino se abalanzó de nuevo sobre mí, esta vez, indicándome con gestos de la cabeza la dirección de la puerta y esforzándose agitadamente por alejarme de allí con ambas manos. Ahora, decididamente enfadado con mi vecino, le ordené que me soltara, que no pensaba permanecer allí ni un momento más. Viendo lo agraviado y disgustado que estaba, me soltó a la vez que su ira remitía. Al momento, volvió a agarrarme con fuerza, pero esta vez en tono amistoso, y me hizo sentarme en una silla; luego, con aire meditabundo, se acercó a la desordenada mesa, cogió un lápiz y se puso a escribir en el francés forzado propio de un extranjero.

La nota que finalmente me extendió era una súplica en la que reclamaba tolerancia y perdón. En ella, Zann decía ser un solitario anciano afligido por extraños temores y trastornos nerviosos relacionados con su música, amén de otros problemas. Le encantaba que escuchara su música, y deseaba que volviera más noches y no le tomara en cuenta sus rarezas. Pero no podía tocar para otros sus extraños acordes ni tampoco soportar que los oyeran; asimismo, tampoco podía aguantar que otros tocaran en su habitación. No había sabido, hasta nuestra conversación en el rellano de la escalera, que desde mi habitación podía oír su música, y me rogaba encarecidamente que hablase con Blandot para que me diera una habitación en un piso más bajo donde no pudiera oírle por la noche. Cualquier diferencia en el precio del alquiler correría de su cuenta.

Mientras trataba de descifrar el execrable francés de aquella nota, mi compasión hacia aquel pobre hombre fue en aumento. Era, al igual que yo, víctima de trastornos físicos y nerviosos, y mis estudios de metafísica me habían enseñado que en tales casos se requería comprensión más que nada. En medio de aquel silencio se oyó un ligero ruido procedente de la ventana; el viento nocturno debió hacer resonar la persiana, y por alguna razón que se me escapaba di un respingo casi tan brusco como el de Erich Zann. Cuando terminé de leer la nota, le di la mano a mi vecino y salí de allí en calidad de amigo suyo.

Al día siguiente Blandot me dio una habitación algo más cara en el tercer piso, situado entre la pieza de un anciano prestamista y la de un honrado tapicero. En el cuarto piso no vivía nadie.

No tardé en darme cuenta de que el interés mostrado por Zann en que le hiciera compañía no era lo que creí entender cuando me persuadió a mudarme del quinto piso. Nunca me llamó para que fuera a verle, y cuanda lo hacía parecía encontrarse a disgusto y tocaba con desgana. Las veladas siempre tenían lugar de noche, pues durante el día dormía y no admitía visitas. Mi afecto hacia él no aumentó, aunque parecía como si aquella buhardilla y la extraña música que tocaba mi vecino ejercieran una extraña fascinación sobre mí. No se me había ido de la cabeza el indiscreto deseo de mirar por aquella ventana y ver qué había por encima del muro y abajo, en la invisible pendiente con los rutilantes tejados y chapiteles que debían divisarse desde allí. En cierta ocasión subí a la buhardilla en horas de teatro, mientras Zann estaba fuera, pero la puerta tenía echado el cerrojo.

Para lo que sí me las arreglé, en cambio, fue para oír las interpretaciones nocturnas de aquel anciano mudo.

Al principio, iba de puntillas hasta mi antiguo quinto piso, y con el tiempo me atreví incluso a subir el último y chirriante tramo de la escalera que llevaba hasta la buhardilla. Allí, en el angosto rellano, al otro lado de la atrancada puerta que tenía el agujero de la cerradura tapado, pude oír con relativa frecuencia sonidos que me embargaron con un indefinible temor, ese temor a algo impreciso y misterioso que se cierne sobre uno. No es que los sonidos fuesen espantosos, pues ciertamente no lo eran, sino que sus vibraciones no guardaban parangón alguno con nada de este mundo, y a intervalos adquirían una calidad sinfónica que difícilmente podría imaginarme proviniese de un solo músico. No había duda, Erich Zann era un genio de irresistible talento. A medida que pasaban las semanas las interpretaciones fueron adquiriendo un ritmo más frenético, y el semblante del anciano músico fue tomando un aspecto cada vez más demacrado y huraño digno de la mayor compasión. Ya no me dejaba pasar a verle, fuese cual fuese la hora a que llamara, y me rehuía siempre que nos encontrábamos en la escalera.

Una noche, mientras escuchaba desde la puerta, oí al chirriante violín dilatarse hasta producir una caótica babel de sonidos, un pandemónium que me habría hecho dudar de mi propio juicio si desde el otro lado de la atrancada puerta no me hubiera llegado una lastimera prueba de que el horror era auténtico: el espantoso e inarticulado grito que sólo la garganta de un mudo puede emitir, y que sólo se alza en los momentos en que la angustia y el miedo son más irresistibles. Golpeé repetidas veces en la puerta, pero no recibí respuesta. Luego, aguardé en el oscuro rellano, temblando de frío y miedo, hasta que oí los débiles esfuerzos del desventurado músico por incorporarse del suelo con ayuda de una silla. Creyendo que recuperaba el sentido tras haber sufrido un desmayo, renové mis golpes al tiempo que profería en voz alta mi nombre con objeto de tranquilizarle. Oí a Zann tambaleándose hasta llegar a la ventana y cerrar las cortinas y el bastidor, y luego dirigirse dando traspiés hacia la puerta, que abrió de forma vacilante para dejarme paso. Esta vez saltaba a la vista que estaba encantado de tenerme a su lado, pues su descompuesta cara resplandecía de alivio mientras me agarraba del abrigo, como haría un niño de las faldas de su madre.

Presa de patéticos temblores, el anciano me hizo sentarme en una silla mientras él se dejaba caer en otra, junto a la que se encontraban tirados por el suelo el violín y el arco. Durante algún tiempo permaneció inactivo, haciendo extrañas inclinaciones de cabeza, pero dando la paradójica impresión de escuchar intensa y temerosamente. A continuación, pareció recobrar el ánimo, y sentándose en una silla junto a la mesa escribó una breve nota, me la entregó y volvió a la mesa, poniéndose a escribir frenética e incesantemente. En la nota me imploraba que, por compasión hacia él y si quería satisfacer mi curiosidad, no me levantara de donde estaba hasta que él acabase de redactar un exhaustivo informe en alemán sobre los prodigios y temores que le asediaban. En vista de ello, permanecí allí sentado mientras el lápiz del anciano mudo corría sobre el papel.

Habría transcurrido ya una hora, y yo seguía allí esperando mientras el anciano músico proseguía escribiendo febrilmente y las hojas se apilaban unas sobre otras cuando, de repente, Zann dio un respingo como si hubiera recibido una fuerte sacudida. No cabía error; sus ojos miraban a la ventana con la cortina echada y escuchaba en medio de grandes temblores. Luego, creí oír un sonido; esta vez no era horrible sino que, muy al contrario, se asemejaba a una nota musical extraordinariamente baja e infinitamente lejana, como si procediera de algún músico que habitase en alguna de las casas próximas o en una vivienda allende el imponente muro por encima del cual nunca conseguí mirar. El efecto que le produjo a Zann fue terrible, pues, soltando el lápiz, se levantó al instante, cogió el violín entre las manos y se puso a desgarrar la noche con la más frenética interpretación que había oído salir de su arco, a excepción de cuando le escuchaba del otro lado de la atrancada puerta.

Sería inútil intentar describir lo que tocó Erich Zann aquella espantosa noche. Era infinitamente más horrible que todo lo que había oído hasta entonces, pues ahora podía ver la expresión dibujada en su rostro y podía advertir que en esta ocasión el motivo era el temor llevado a su máxima expresión. Trataba de emitir un ruido con el fin de alejar o acallar algo, qué exactamente no sabría decir, pero en cualquier caso debía tratarse de algo pavoroso. La interpretación alcanzó caracteres fantásticos, histéricos, de auténtico delirio, pero sin perder ni una sola de aquellas cualidades de magistral genio de que estaba dotado aquel singular anciano. Reconocí la melodía –una frenética danza húngara que se había hecho popular en los medios teatrales–, y durante unos segundos reflexioné que aquélla era la primera vez que oía a Zann interpretar una composición de otro autor.

Cada vez más alto, cada vez más frenéticamente, ascendía el chirriante y lastimero alarido de aquel desesperado violín. El solista emitía unos ruidos extraños al respirar y se contorsionaba cual si fuese un mono, sin dejar de mirar temerosamente a la ventana con la cortina echada. En aquellos frenéticos acordes creía ver sombríos faunos y bacantes que bailaban y giraban como posesos en abismos desbordantes de nubes, humo y relámpagos. Y luego me pareció oír una nota más estridente y prolongada que no procedía del violín; una nota pausada, deliberada, intencional y burlona que venía de algún lejano lugar en dirección oeste.

En este trance, la persiana comenzó a batir con fuerza debido a un viento nocturno que se había levantado en el exterior, como si fuese en respuesta a la furiosa música que se oía dentro. El chirriante violín de Zann se superó a sí mismo y se lanzó a emitir sonidos que jamás pensé pudieran salir de las cuerdas de un violín. La persiana trepidó con más fuerza, se soltó y comenzó a golpear con estrépito en la ventana. Como consecuencia de los persistentes impactos en su superficie el cristal se hizo añicos, dejando entrar una bocanada de aire frío que hizo chisporrotear la llama de las velas y crujir las hojas de papel que había sobre la mesa en que Zann intentaba poner por escrito su abominable secreto. Eché una mirada a Zann y comprobé que estaba totalmente absorto en su tarea. Sus ojos estaban inflamados, vidriosos y ausentes, y la frenética música había acabado transformándose en una orgía desenfrenada e irreconociblemente automática que ninguna pluma podría siquiera intentar describir.

Una repentina bocanada, más fuerte que las anteriores, arrebató el manuscrito y se lo llevó hacia la ventana. Preso de desesperación, me lancé tras las cuartillas que volaban por la habitación, pero ya se las había llevado el viento antes de conseguir llegar yo a las abatidas hojas de la ventana. En aquel momento recordé mi deseo aún insatisfecho de mirar desde aquella ventana, la única de la Rue d'Auseil desde la que podía verse la ladera que había al otro lado del muro y la urbe extendida a sus pies. La oscuridad era total, pero las luces de la ciudad estaban continuamente encendidas de noche por lo que esperaba poder verlas por entre la cortina de lluvia y viento. Pero cuando miré desde la ventana más alta de la buhardilla, mientras las velas seguían chisporroteando y el enajenado violín competía con los aullidos del nocturnal viento, no vi ciudad alguna debajo de mí ni percibí el resplandor de ninguna luz cordial procedente de calles conocidas, sino únicamente la oscuridad del espacio sin límites, un espacio inimaginable lleno de música y movimiento, sin parecido alguno con ningún otro rincón de la tierra. Y mientras permanecía allí de pie contemplando con espanto aquel inimaginable espectáculo el viento apagó las dos velas que iluminaban aquella vieja buhardilla, sumiéndolo todo en la más brutal e impenetrable oscuridad. Ante mí no tenía sino el caos y el pandemónium más absoluto; a mi espalda, la endiablada enajenación de aquellos nocturnales desgarros de las cuerdas del violín.

Tambaleándome, volví al oscuro interior de la habitación. Sin poder encender una cerilla, derribé una silla y, finalmente, me abrí paso a tientas hasta el lugar de donde provenían los gritos y aquella increíble música. Debía tratar de escapar de aquel lugar en compañía de Erich Zann, cualesquiera que fuesen las fuerzas que hubiera de vencer. En cierto momento me pareció como si algo frío me rozara y lancé un grito de espanto, pero éste fue sofocado por la música que salía de aquel horrible violín. De repente, en medio de aquella oscuridad total me rozó el arco que no cesaba de rasgar violentamente las cuerdas, con lo que pude advertir que me encontraba cerca del músico. Tanteé con las manos hasta tocar el respaldo de la silla de Zann; seguidamente, palpé y agité su hombro en un intento de hacerle volver a sus cabales.

Pero Zann no respondió, y, mientras, el violín seguía chirriando sin mostrar la menor intención de parar. Puse la mano sobre su cabeza, logrando detener su mecánica inclinación y le grité al oído que debíamos escaparnos los dos de aquellos ignotos misterios que acechaban en la noche. Pero ni recibí respuesta ni Zann redujo el frenesí de su indescriptible música. Entre tanto, extrañas corrientes de aire parecían correr de un extremo a otro de la buhardilla en medio de la oscuridad y el desorden reinantes. Un escalofrío me recorrió el cuerpo cuando le pasé la mano por el oído, aunque no sabría bien decir por qué... no lo supe hasta que no palpé su cara inmóvil, aquella cara helada, tersa, sin la menor señal de respiración, cuyos vidriosos ojos sobresalían inútilmente en el vacío. Y a renglón seguido, tras encontrar milagrosamente la puerta y el gran cerrojo de madera, me alejé a toda prisa de aquel ser de vidriosos ojos que habitaba en la oscuridad y de los horribles acordes de aquel maldito violín cuya furia incluso aumentó tras mi precipitada salida de aquella estancia.

Salté, conservé el equilibrio, descendí volando las interminables escaleras de aquella tenebrosa casa; me lancé a correr sin rumbo fijo por la angosta, empinada y antigua calle de escalones y desvencijadas casas. Como una exhalación descendí escaleras y salté por encima del adoquinado pavimento, hasta llegar a las calles de la parte baja y al hediondo y encajonado río; resollando, crucé el gran puente oscuro que conduce a las amplias y saludables calles y bulevares que todos conocemos... todas ellas son terribles impresiones que me acompañarán donde quiera que vaya. Aquella noche, recuerdo, no había viento ni brillaba la luna, y todas las luces de la ciudad resplandecían.

A pesar de mis afanosas pesquisas e indagaciones, no he vuelto a localizar la Rue d'Auseil. Pero no puedo decir que lo sienta demasiado, ya sea por todo esto o por la pérdida en insondables abismos de aquellas hojas con apretada letra que únicamente la música de Erich Zann podría haber explicado.

El grabado en la casa*

Los amantes del terror frecuentan los lugares misteriosos y remotos. Para ellos son las catacumbas de Ptolomeo y los labrados mausoleos de tantos y tantos mundos de pesadilla. A la luz de la luna escalan las torres de los ruinosos castillos del Rin, y tropiezan una y otra vez por las oscuras escalinatas cubiertas de telarañas bajo las desperdigadas piedras de olvidadas ciudades de Asia. El bosque encantado y la desolada montaña son sus santuarios, y merodean en torno a los siniestros monolitos que se erigen en despobladas islas. Pero el verdadero epicúreo de lo terrible, aquel para quien un nuevo estremecimiento de inconmensurable horror representa el objetivo principal y la justificación de toda una existencia, aprecia por encima de todo las antiguas y solitarias granjas que se levantan entre los bosques de Nueva Inglaterra, pues es

* Título original: *The Picture in the House,* 1920.

en esta región donde mejor se combinan los sombríos elementos de fuerza, soledad, fantasía e ignorancia, hasta constituir la máxima expresión de lo tenebroso.

El paisaje más horrible es aquel en que pueden verse a gran distancia de los caminos transitados, casitas de madera sin pintar, generalmente agazapadas bajo alguna ladera húmeda y cubiertas de hierbas o recostadas en algún rocoso macizo de dimensiones gigantescas. Durante doscientos años, e incluso desde mucho antes, han estado recostadas o agazapadas en aquellos parajes mientras las enredaderas reptaban por el suelo y los árboles aumentaban de grosor y se multiplicaban por doquier. Hoy las casas están prácticamente ocultas entre incontenibles frondosidades de vegetación y veladoras mortajas de sombra, pero las ventanas de pequeña hoja siguen observando fijamente, como si parpadearan en medio de un estupor letal que detuviera la locura a la vez que disipara el recuerdo de las cosas inexpresables.

En tales casas han habitado generaciones de las más extrañas gentes que hayan podido poblar la tierra. Dominados por creencias lóbregas y fanáticas que les llevaron a alejarse de sus congéneres, sus antepasados buscaron la libertad en la soledad de los yermos. Allí, los vástagos de una raza conquistadora crecieron en libertad, sin ninguna de las limitaciones impuestas por los representantes de su especie, pero, en patético servilismo, se entregaron de lleno al culto de los siniestros fantasmas producto de su imaginación. Divorciados de los avances de la civilización, toda la fuerza de estos puritanos se orientó por canales autóctonos; y en su aislamiento, morbosa autorrepresión y lucha por la vida en medio de una implacable naturaleza, acabaron adquiriendo sombríos y subrepticios rasgos de los prehistóricos abismos de su fría descendencia septentrional. Prácticas por necesidad y austeras por convicción, tales gentes no hallaban agrado en sus pecados. Cometiendo errores como cualquier otro mortal, se veían forzadas por su estricto código a tratar de encubrirlos por encima de todo, hasta el punto de discernir cada vez menos lo que encubrían. Sólo las silenciosas, somnolientas y conspicuas casas de apartadas y frondosas comarcas pueden revelar lo que desde tiempos remotos permanece oculto, pero, poco dispuestas como están a desperezarse del letargo que las ayuda a olvidar, raramente se muestran comunicativas. A veces uno piensa que lo más prudente sería demoler estas casas, pues dan la impresión de soñar con harta frecuencia.

Fue precisamente a uno de estos edificios desvencijados por el paso de los años a donde me vi obligado a encaminarme una tarde de noviembre de 1896, como consecuencia de una lluvia tan copiosa y desapacible que hacía preferible cualquier refugio a tener que sufrir sus efectos. Llevaba viajando algún tiempo por la comarca del valle de Miskatonic en busca de ciertos datos genealógicos, y dada la remota, descarriada y problemática naturaleza de mi recorrido, había juzgado oportuno servirme de una bicicleta a pesar de lo avanzado de la temporada. En cierto momento de mi periplo me encontré en un camino aparentemente abandonado que había tomado creyéndolo el atajo más corto para llegar a Arkham, cuando me vi sorprendido por la tormenta en un punto alejado de todo núcleo habitado, y enfrentado a la situación de que no me quedaba otro refugio que aquel destartalado y desapacible edificio de madera, cuyas empañadas ventanas parecían parpadear entre dos grandes olmos de hojas caídas que había casi al pie de una rocosa montaña. Aun cuando estaba un tanto lejos de lo que quedaba de una antigua carretera, no por ello la casa me impresionó menos favorablemente desde el momento mismo en que la divisé. Los cimientos que se conservan íntegros y en buen estado no se quedan mirando con tan taimada y pertinaz expresión a los viajeros que aciertan a pasar delante suyo, y en mis investigaciones genealógicas había encontrado leyendas con un siglo de antigüedad que me predisponían de entrada contra lugares como aquél. Pero la fuerza de los elementos era tal que tuve que dejar a un lado mis escrúpulos, y no dudé ni un instante en dirigir mi bicicleta hacia la pendiente cubierta de maleza hasta llegar a la cerrada puerta que, de pronto, me parecía tan sugestiva y encubridora.

En seguida pensé que se trataba de una casa abandonada, pero a medida que me acercaba a ella perdía terreno mi suposición, pues aunque los senderos rebosaban de maleza, parecían conservar sus rasgos demasiado bien como para hacer pensar en un total abandono. Así que en lugar de intentar abrir sin más llamé a la puerta, al tiempo que se apoderaba de mí una ansiedad que resultaría difícil de explicar. Mientras aguardaba en la roca accidentada y cubierta de musgo que hacía las veces de escalón de entrada, eché una mirada a las ventanas y bastidores del montante que había encima de mí, y noté que aunque viejos, chirriantes y casi opacos por la arena que los cubría, no estaban rotos. El edificio, pues, debía estar habitado, a pesar del aislamiento y del estado general de abandono en que se encontraba. Con todo, mis golpes no evocaron la menor respuesta, así que tras repetir la llamada traté de abrir el herrumbroso picaporte y comprobé que la puerta estaba desatrancada. En el interior había un pequeño vestíbulo de cuyas paredes se estaba cayendo el yeso. A través de la puerta se filtraba un olor ligero pero particularmente insoportable. Entré, sin soltar la bicicleta, y cerré la puerta tras de mí. Al frente mío había una estrecha escalera, flanqueada por una pequeña puerta que seguramente debía conducir al sótano, mientras que a la izquierda y a la derecha se veían sendas puertas cerradas que llevaban a otras tantas habitaciones de la planta baja.

Tras apoyar mi bicicleta contra la pared, abrí la puerta situada a la izquierda y me adentré en una pequeña cámara de techo bajo en la que apenas entraba luz a través de sus dos polvorientas ventanas y estaba amueblada con la mayor desnudez y primitivismo imaginables. Daba la impresión de tratarse de una sala de estar, pues había una mesa, varias sillas y una inmensa chimenea sobre cuya repisa hacía tic-tac un antiguo reloj. Apenas había unos cuantos libros y papeles, y en la oscuridad reinante difícilmente podía distinguir los títulos. Lo que más me interesaba de aquel lugar era el aire arcaizante perceptible en cualquier detalle, por mínimo que fuese. En la mayoría de las casas de la comarca había encontrado abundantes reliquias del pasado, pero en ésta la antigüedad era sorprendente y total: en toda la habitación no conseguí localizar un solo artículo de fecha indudablemente post-revolucionaria[1]. Si el mobiliario no hubiese sido tan humilde, aquel lugar habría constituido el paraíso de un coleccionista.

Mi aversión, suscitada en un principio por el desolado exterior de la casa, fue en aumento a medida que recorría con la mirada tan singular vivienda. No sabría decir qué era exactamente lo que me inspiraba temor o detestaba de aquella casa, pero había algo en aquella atmósfera que me recordaba una fragancia de épocas licenciosas, de ignominiosa brutalidad y de secretos que era mejor relegar al olvido. No tenía ganas de sentarme, así que me puse a dar vueltas y a examinar de cerca los objetos que había advertido al entrar. El primer objeto que atrajo mi curiosidad fue un libro de tamaño medio que había sobre la mesa y presentaba tan antediluviano aspecto que me sorprendí de verlo fuera de un museo o biblioteca. Estaba encuadernado en cuero con guarniciones de metal, y se encontraba en excelente estado de conservación. No resultaba nada corriente encontrar semejante volumen en tan humilde vivienda. Mi sorpresa aún fue mayor cuando lo abrí por la primera página, pues resultó ser nada menos que la descripción de Pigafetta de la región del Congo, escrita en latín a partir de las observaciones recogidas por el marinero Lope e impresa en Frankfurt en 1598. Había oído hablar en repetidas ocasiones de aquella obra, con sus curiosas ilustraciones obra de los hermanos De Bry, y por unos mo-

---

1. El autor se refiere a la fecha del levantamiento de los colonos americanos contra la metrópoli inglesa que culminaría con la independencia (1774-76). *(N. del T.)*

mentos me olvidé, mientras hojeaba las páginas, del malestar que sentía. Los grabados eran sumamente interesantes; inspirados en la imaginación y sin preocuparse por respetar la exactitud de las descripciones, en ellos se representaba a los negros con piel blanca y rasgos caucásicos. Habría estado hojeando el libro durante un buen rato de no ser por una circunstancia absolutamente trivial que irritó mis exasperados nervios y reavivó la sensación de desasosiego que me invadía. Lo que me fastidiaba era simplemente que, quisiera o no, el volumen se abría siempre por la lámina XII, que representaba con estremecedor detalle una carnicería en las caníbales Anziques. Experimenté cierta vergüenza ante mi susceptibilidad por tan mínimo detalle, pero lo cierto es que no me agradaba nada ver aquel grabado, sobre todo en relación con ciertos pasajes adyacentes descriptivos de la gastronomía anziqueña.

Me volví hacia un estante próximo y me detuve a examinar su escaso contenido literario –una Biblia del siglo XVIII, un *Pilgrim's Progress* de la misma época, ilustrado con grotescos grabados sobre madera e impreso por el autor de almanaques Isaiah Thomas, el detestable *Magnalia Christi Americana* de Cotton Mather y unos cuantos libros más indudablemente del mismo período–, cuando de repente mi atención se vio atraída por el inconfundible sonido de unos pasos en la habitación de encima. Sorprendido y perplejo al principio, sobre todo tras la falta de respuesta a mis golpes en la puerta, no tardé en concluir que quienquiera que fuese quien andaba por allí acababa de despertarse de un profundo sueño, y menos sorpresa me causó oír pasos que descendían por la chirriante escalera. Las pisadas eran fuertes, pero parecían encerrar una singular nota de precaución, una nota que aún me gustó menos si cabe precisamente porque los pasos eran pesados. Al entrar en la habitación había cerrado la puerta detrás de mí. Al cabo de un rato tras unos instantes de silencio en que el caminante debió de pararse a examinar la bicicleta que había dejado en el vestíbulo, oí un desmañado forcejeo en el picaporte y luego vi cómo se abría la artesonada puerta.

En medio de la puerta había una persona de tan singular apariencia que si no proferí un grito se debió, sin duda, a lo que de buena crianza me quedaba. Anciano, con la barba canosa y con unos andrajos por toda ropa, mi anfitrión tenía un semblante y un físico que inspiraban admiración y a la vez respeto. No tendría menos de un metro noventa de estatura, y a pesar de su aspecto general de persona entrada en años y viviendo en la más absoluta miseria, era de complexión fuerte y vigorosa. Su cara, casi oculta por una larga y poblada barba que le cubría por completo las mejillas, tenía una tez extraordinariamente sonrosada y menos arrugada de lo que cabría esperar, mientras que por encima de una ancha frente le caían unas greñas de pelo canoso que escaseaba debido al paso de los años. Sus azules ojos, aunque un poco inyectados en sangre, parecían inexplicablemente vivos y lanzaban miradas abrasadoras. Si no hubiese sido por su estrafalaria apariencia, aquel hombre tendría un porte tan distinguido como imponente era su contextura. Ese aspecto desgreñado, no obstante, era lo que le hacía repulsivo a pesar de su físico y expresión. No sabría exactamente decir en qué consistía su vestimenta, pues me daba la impresión de que no era sino un montón de harapos sobre un par de gruesas botas de caña. La absoluta falta de limpieza que evidenciaba sobrepasaba toda posible descripción.

La apariencia de aquel hombre y el miedo instintivo que inspiraba suscitaron en mí un sentimiento como de hostilidad, hasta el punto de casi estremecerme ante la sorpresa y sensación de siniestra incongruencia que me produjo al indicarme con la mano que tomara asiento y dirigirse a mí en una débil y modulada voz de lisonjero tono respetuoso y hospitalario. Su lenguaje era muy extraño: una variante extrema del dialecto yanqui que creía extinguida desde hacía tiempo, y tuve ocasión de estudiarla atentamente mientras sosteníamos una conversación sentados frente a frente.

–Sorprendióle la lluvia ¿no? –me dijo a modo de saludo–. Por fortuna hallábase cerca de la casa y orientóse para llegar hasta aquí. Presúmome que estaba dormido, pues de lo contrario habríale oído... que ya no soy joven, y necesito dormir largas horas todos los días. ¿Viaja lejos? No transita mucha gente por este camino desde que suprimieron la diligencia de Arkham.

Le dije que me dirigía a Arkham y le presenté mis excusas por haber entrado tan bruscamente en su vivienda, tras de lo cual el anciano volvió a tomar la palabra.

–Alégrame verle, caballero... apenas se ven caras nuevas por aquí y no tengo mucho con que solazarme estos días. Presumo que es de Boston, ¿no? Nunca he estado allí, pero puedo distinguir a un hombre de ciudad con sólo verle... tuvimos un maestro para todo el distrito allá por el 84, pero hubo de irse un buen día y nadie ha vuelto a oír hablar de él desde entonces... –Al llegar a este punto el anciano emitió una especie de risa sofocada, y no me dio explicación alguna al inquirirle el motivo de la misma. Daba la impresión de estar de muy buen humor, pero tenía las rarezas propias de un hombre de tan desastrada apariencia. Durante algún tiempo siguió hablando sin parar como si encontrase una febril complacencia en ello, hasta que me dio por preguntarle cómo había llegado a sus manos un libro tan raro como el *Regnum Congo* de Pigafetta. No me había repuesto de la sorpresa que me produjo ver allí aquel libro y me mostraba un tanto renuente a hablar de él, pero la curiosidad se impuso sobre todos los difusos temores que habían ido apoderándose de mí desde la primera mirada que lancé a aquella casa. Para alivio mío, la pregunta no resultó embarazosa pues mi anciano anfitrión respondió de modo espontáneo y con harta facundia.

»¡Oh! ¿El libro africano? Cambiómelo el capitán Ebenezer Holt por algo mío allá por el año 68... antes que muriera en la guerra. –Algo había en el nombre de Ebenezer Holt que me hizo levantar la vista al instante. Había encontrado aquel nombre en mis trabajos genealógicos, pero no había logrado encontrar datos suyos desde los tiempos de la Revolución. Me pregunté si aquel hombre podría ayudarme en la tarea en que estaba embarcado, pero decidí aplazar mi pregunta para más adelante. Entre tanto, el anciano prosiguió su relato:

»Navegó Ebenezer por espacio de muchos años en un mercante de Salem, y no había puerto por el que pasara en el que no se encaprichara de alguna peregrina rareza. Creo que esto lo adquirió en Londres... Gustábale comprar cosas en las tiendas. Una vez fui a su casa, en las montañas, a vender caballos, y vi este libro. Gustáronme los grabados y lo intercambiamos. Es un libro muy raro... Veamos, he de ponerme los lentes... –El anciano escarbó entre sus harapos, y extrajo un par de gafas sucias e increíblemente antiguas con pequeñas lentes octogonales y patillas de acero. Una vez puestas, cogió el volumen que había sobre la mesa y pasó las páginas con sumo cuidado.

»Ebenezer sabía leer algo del libro (está en latín, ¿sabe?), pero yo no puedo. Leyéronme partes dos o tres maestros, y también el reverendo Clark, del que se rumorea murió ahogado en la laguna... ¿acaso entiende usted algo de lo que dice? –Le dije que sí, y para demostrárselo le traduje un fragmento del principio. Si cometí errores, el anciano no era ningún docto latinista para corregirme; además, parecía puerilmente encantado de mi versión inglesa. Su proximidad se iba haciendo cada vez más insoportable, pero no veía la forma de desembarazarme de él sin ofenderle. Me causaba regocijo el pueril entusiasmo de aquel ignorante anciano por los grabados de un libro que no podía leer, y me preguntaba si podría siquiera leer los escasos libros en inglés que adornaban la habitación. Esa misma impresión de sencillez eliminó una gran parte de la difusa aprensión que hasta entonces había experimentado, y sonreí mientras mi anfitrión proseguía hablando.

»Extraño cómo los grabados pueden hacerle a uno pensar. Tomemos, por ejemplo, este que hay aquí al comienzo. ¿Viéronse alguna vez árboles como éstos, con tan grandes hojas colgando de las ramas? Y estos hombres... no pueden ser negros... ¡Pardiez! Más bien parecen indios, aun cuando estén en África. Algunas de estas criaturas que se ven aquí miran cual si monos fueran, o medio monos medio hombres, pero jamás he oído que hubiera nada parecido a esto. –Y señaló con el dedo una fabulosa criatura obra del artista, que podría describirse como una especie de dragón con la cabeza de un lagarto.

»Pero ahora le mostraré el mejor de todos... veamos aquí... hacia la mitad... –El habla del anciano se volvió algo más pastosa y sus ojos cobraron un brillo más resplandeciente, en tanto que sus desmañadas manos, aunque parecían cada vez más torpes, desempeñaban a la perfección su misión. El libro se abrió, en parte por decisión propia y en parte por ser consultada con frecuencia aquella página, por la repelente lámina XII en la que se veía una carnicería en un poblado caníbal de Anzique. La sensación de desasosiego volvió a apoderarse de mí, aunque mi rostro no la reflejó para nada. Lo realmente extraño de aquel grabado era que el artista había pintado a sus africanos como si de hombres blancos se tratase; los cuartos y piernas que colgaban de las paredes del establecimiento constituían un horrible espectáculo, y el carnicero con su hacha resultaba terriblemente incongruente. Pero a aquel anciano parecía gustarle tanto el grabado como a mí me horrorizaba.

»¿Qué le parece? A que nunca ha visto por esos mundos nada semejante, ¡eh! Apenas vilo dije a Eb Holt que le encendía a uno y le calentaba la sangre. Cuando leo en las Escrituras sobre matanzas –cómo murieron los madianitas, por ejemplo–, viénenseme a la cabeza ideas así, pero no tengo ningún grabado que mostrarle. Aquí uno puede ver todo lo que se precisa. Supongo que es pecado, pero ¿acaso no nacemos y vivimos todos en pecado? Cada vez que miro a ese hombre cortado en pedazos un hormigueo recórreme el cuerpo... no puedo quitar los ojos de encima suyo... ¿ve cómo el carnicero cortó los pies de un hachazo? Sobre el banco está la cabeza, y al lado suyo se ve un brazo; el otro está del lado opuesto del tajo.

Mientras el anciano seguía mascullando en su lengua presa de un horrendo éxtasis, la expresión de su velluda cara con las lentes encima adquirió caracteres indescriptibles, pero su voz fue desvaneciéndose en lugar de subir de tono. Apenas puedo describir mis propias sensaciones. Todo el terror que difusamente había experimentado hasta entonces se apoderó de repente de mí, haciéndome detestar con todas mis fuerzas a aquella anciana y abominable criatura que tenía junto a mí. Su locura, o cuando menos su parcial perversión, parecía de todo punto incuestionable. Su voz se había ido apagando hasta casi no pasar de un susurro, y su tono ronco —más terrible que cualquier chillido— me hacía temblar de estremecimiento al oírla.

—Como decía, es curioso cómo los grabados le hacen cavilar a uno. ¿Sabe, joven? Refiéromele a este que tenemos delante. Cuando Eb me dio el libro solía mirarlo muy a menudo, sobre todo después de oír al reverendo Clark despotricar los domingos tocado con su gran peluca. Espero que no se asuste, joven, de lo que voy a decirle, pero una vez ocurrióseme una diablura: antes de sacrificar las ovejas para venderlas en el mercado miraba el grabado... matar ovejas era mucho más agradable después de mirarlo... —La voz del anciano bajó muchísimo de tono en adelante; a veces era tan débil que apenas podía oír sus palabras. Hasta mí llegaba el ruido de la lluvia y el batir de los empañados marcos de la ventana, y de repente percibí el estruendo de un trueno cercano, algo muy raro para aquella época del año. Un impresionante resplandor seguido de un fenomenal estrépito hizo estremecer hasta los cimientos de la endeble casa, pero el anciano, que no cesaba de susurrar, pareció no advertir nada.

»Matar ovejas era mucho más agradable... pero, usted ya sabe, no era tan *agradable*. En verdad, es extraño cómo llega uno a prendarse de un grabado... Por lo más sagrado, joven, no se lo diga a nadie, pero júrole por Dios que el grabado empezaba a *despertarme hambre de alimentos que no podía cultivar ni comprar...* pero no se me altere, ¿le pasa algo?... a fin de cuentas no hice nada, preguntábame sencillamente qué habría sucedido de *haberlo hecho...* Dícese que la carne es buena para el cuerpo humano y que infunde a uno nueva vida, así que preguntéme si el hombre no viviría muchos más años si comiese una carne *más igual a la suya...* –Pero aquí el susurro del anciano se apagó del todo. La interrupción no fue debida al espanto en que me hallaba sumido, ni a la cada vez más fuerte tormenta, en medio de cuyo desatado furor abrí de repente los ojos para verme ante una humeante soledad de ennegrecidas ruinas. La causa de todo ello fue un suceso harto simple aunque nada corriente.

Ante nosotros se encontraba el libro abierto, con el grabado mirando repulsivamente hacia arriba. Al musitar el anciano las palabras *«más igual a la suya»* se oyó un golpecito como de un chapoteo, y algo se dejó ver en el papel amarillento de aquel tomo abierto del revés. En un principio pensé si sería alguna gota de lluvia procedente de una grieta en el tejado, pero la lluvia no es roja. En la carnicería de los caníbales de Anzique relucía pintorescamente una pequeña salpicadura de color rojo, añadiendo intensidad al ya de por sí espantoso grabado. Al verlo, el anciano dejó de susurrar, incluso antes de que mi horrorizada expresión le forzase a hacerlo; al instante, echó una mirada al piso de la habitación de donde había salido una hora antes. Seguí la trayectoria de su mirada y vi justo encima de nosotros, en la escayola suelta del antiguo techo, una gran mancha irregular, como de carmesí húmedo, que daba incluso la impresión de agrandarse cuanto más se miraba. No grité ni me moví un ápice de donde estaba, simplemente cerré los ojos. Un momento después descargó el más titánico rayo que imaginarse cabe, haciendo saltar por los aires aquella maldita casa de indescifrables secretos y relegando todo al olvido, con lo que mi mente se salvó.

La llamada de Cthulhu*

> *Esos grandes poderes o seres pueden concebirse como una supervivencia... la supervivencia de una época inmensamente remota en que... la conciencia debía manifestarse por medio de formas y figuras que desaparecieron hace mucho tiempo ante la progresiva oleada de la humanidad... figuras de las que sólo la poesía y la leyenda captaron su fugaz recuerdo llamándolas dioses, monstruos, seres míticos de toda suerte y especie...*
>
> Algernon Blackwood

1. El horror en arcilla

A mi juicio, no hay cosa más digna de compasión en este mundo que la incapacidad de la mente humana para poner en relación todo su contenido. Vivimos en un apacible islote de ignorancia en medio de tenebrosos mares de infinitud, pero no fuimos concebidos para viajar lejos. Hasta el momento las ciencias, cada una siguiendo su propia trayectoria, apenas nos han reportado mal alguno. Pero el día llegará en que la reconstrucción de los conocimientos dispersos nos pondrá al descubierto tan

* Título original: *The Call of Cthulhu*, 1926.

terroríficas panorámicas de la realidad, y de la pavorosa situación que ocupamos en las mismas, que o bien nos volveremos locos ante semejante revelación o huiremos de la luz mortal en pos de la paz y salvaguardia de una nueva era de tinieblas.

Los teósofos comprendieron bien la imponente grandeza del ciclo cósmico en el que nuestro mundo y la raza humana no pasan de ser efímeros acontecimientos. Intuyeron la presencia de extrañas supervivencias en términos tales que nos helarían la sangre de no camuflarnos tras un imperturbable optimismo. Pero no es a ellos a quien debo la fugaz visión de misteriosas y remotas épocas que me hace estremecer ante su sola idea y me trastorna los sentidos cuando me asalta en sueños. La visión a la que me refiero, al igual que todas las visiones estremecedoras de la realidad, fue el producto de una reconstrucción accidental de cosas sueltas; en concreto, de un viejo artículo de periódico y de las notas dejadas por un difunto profesor. Espero que a nadie más se le ocurra reconstruirlas; lo que por mi parte puedo asegurar, si sigo con vida, es que jamas aportaré, conscientemente, ni un solo eslabón más a tan espantosa cadena. A mi juicio, el profesor intentaba guardar también silencio sobre lo que sabía y habría destruido sus notas de no haberle sorprendido la muerte súbitamente.

Mis primeros conocimientos de los hechos se remontan al invierno de 1926-27, a raíz de la muerte de mi tío abuelo, George Gammel Angell, profesor emérito de Filología Semítica en la Universidad de Brown, en Providence, estado de Rhode Island. El profesor Angell era una autoridad de renombre en inscripciones de antiguas civilizaciones, y con frecuencia recurrían a su asesoramiento los directores de importantes museos de todo el mundo; ello explica que su fallecimiento a la edad de noventa y dos años fuese recordado por muchos. A nivel local, su muerte despertó mayor interés, si cabe, por las extrañas circunstancias que la rodearon. El profesor sufrió una extraña dolencia al regresar del barco de Newport. Según los testigos, cayó instantáneamente al suelo tras darle un fuerte empellón un negro con aspecto de marinero, salido de una de las angostas y lóbregas callejuelas de la abrupta pendiente por la que se atajaba el camino entre el muelle y la residencia del difunto, situada en Williams Street. Los médicos no lograron encontrar ningún trastorno visible, pero, tras un debate en el que se hizo evidente su perplejidad ante el caso, concluyeron que había que achacar la muerte a una desconocida lesión del corazón, motivada seguramente por el esfuerzo que suponía la subida de tan empinada cuesta para un hombre de avanzada edad. Por aquel entonces, no hallé razones para disentir de semejante dictamen, pero posteriormente tuve fundados motivos para dudar... e incluso más que dudar.

En mi condición de heredero y albacea testamentario de mi tío abuelo, pues el profesor Angell era un hombre viudo y sin hijos, me vi obligado a examinar sus papeles con cierto detenimiento; así que, con el fin de llevar a cabo la tarea, me llevé todos sus archivos y cajas a mi residencia de Boston. Muchos de los materiales que tuve ocasión de revisar serán publicados por la Sociedad Arqueológica Americana, pero había una caja de aspecto harto enigmático, por lo que ya desde un principio me mostré contrario a que la vieran otros ojos que los míos. La caja estaba cerrada, y no encontré la llave hasta que se me ocurrió probar las que había en el llavero que el profesor llevaba siempre en el bolsillo. Finalmente conseguí abrirla, pero al hacerlo me vi frente a una barrera mucho mayor y más impenetrable a mis sentidos. Pues ¿qué significado podría encerrar aquel bajorrelieve de arcilla y las dispersas notas, apuntes y recortes que había en su interior? ¿Acaso creía mi tío en los últimos años de su vida en patrañas sin el menor fundamento? Para explicarme aquel enigma, decidí buscar a toda costa al excéntrico escultor responsable de aquel aparente trastorno de la paz mental de mi anciano tío.

El bajorrelieve era una tosca pieza rectangular de menos de una pulgada de grosor y una superficie de cinco a seis pulgadas. No cabía duda de que era de elaboración reciente. No obstante, el dibujo distaba mucho de ser contemporáneo por cuanto al tema y a lo que sugería se refiere, pues aunque las excentricidades del cubismo y el futurismo son incontables y sin freno, no logran, por lo general, reproducir la enigmática uniformidad latente en las inscripciones prehistóricas. Y, ciertamente, el grueso de aquellos dibujos daba toda la impresión de tratarse de inscripciones, aun cuando mi memoria, pese a estar sobradamente familiarizado con los papeles y colecciones de mi tío, no lograra identificarlas, y, peor aún, ni siquiera veía la más remota afinidad con otras inscripciones.

Sobre lo que yo tomaba por jeroglíficos había una figura de evidente intencionalidad pictórica, aunque su ejecución impresionista hacía imposible formarse una idea precisa de cuál pudiese ser su naturaleza. Aquella figura parecía una especie de monstruo, o símbolo que encarnaba a un monstruo, pero su forma era tal que sólo una mente trastornada podía haberla concebido. Si digo que mi imaginación, ya de por sí algo calenturienta, creía ver simultáneamente en ella las figuras de un pulpo, un dragón y un mamarracho de aspecto humano, no creo que traicione en absoluto lo que aquel engendro sugería. Consistía en una cabeza carnosa y con tentáculos encima de un grotesco y escamoso cuerpo provisto de rudimentarias alas, pero, con todo, no era eso lo que hacía aquella figura atrozmente espantosa, sino el *perfil general* de toda ella. Detrás de la figura se percibía, difusamente, un ciclópeo trasfondo arquitectónico.

Los textos que acompañaban aquella horrible figura, aparte de un montón de recortes de prensa, habían salido en fecha reciente de la mano del profesor Angell, y no tenían la menor pretensión literaria. El que parecía ser documento principal llevaba por título «CULTO DE CTHULHU» en caracteres trazados con sumo esmero para evitar toda posibilidad de leer erróneamente tan extraña palabra. El manuscrito se hallaba dividido en dos secciones, la primera de las cuales tenía por título «1925: Los sueños y un trabajo sobre los sueños de H. A. Wilcox, 7 Thomas St., Providence, R.I.», en tanto que la segunda se titulaba «Relato del inspector John R. Legrasse, 121 Bienville St., New Orleans, La., 1908 A.A.S. Mtg. – Notas sobre los mismos y sobre el relato del profesor Webb». Los demás trabajos manuscritos eran breves notas, unas relatos de extraños sueños de diferentes personas, otras citas de libros y revistas teosóficas (en particular, el *Atlantis and the Lost Lemuria* de W. Scott-Elliott) y el resto comentarios sobre cultos esotéricos y sociedades secretas de larga existencia, con referencia a pasajes de fuentes mitológicas y antropológicas como *La rama dorada* de Frazer y *El culto de la brujería en Europa Occidental* de la srta. Murray. Los recortes de periódico se referían sobre todo a curiosas enfermedades mentales y a una serie de brotes de locura colectiva que tuvieron lugar en 1925.

La primera mitad del manuscrito principal versaba sobre una historia extraordinariamente singular. Según parece, el primero de marzo de 1925, un enjuto joven de tez morena y de aspecto neurótico y excitable se presentó en casa del profesor Angell portando consigo el original bajorrelieve de arcilla, aún rezumante y fresco. En su tarjeta de visita podía leerse el nombre de Henry Anthony Wilcox, y mi tío le identificó inmediatamente como el hijo menor de una excelente familia que conocía ligeramente. En los últimos tiempos, el joven Wilcox había seguido cursos de escultura en la Escuela de Dibujo de Rhode Island y vivía solo en un edificio llamado Fleur-de-Lys próximo a la escuela. Wilcox era un joven de precoz y reconocido talento pero también de una gran excentricidad, y ya desde su niñez había atraído la atención de todos por las extrañas historias e increíbles sueños que acostumbraba a contar. Decía ser «psíquicamente hipersensible», pero la gente sensata de la antigua urbe comercial en que vivía le tomaba simplemente por un «tipo raro». Apenas se mezclaba con sus compañeros de estudio y con el tiempo se fue apartando gradualmente de la vida social, relacionándose tan sólo con un pequeño grupo de artistas de otras ciudades. Hasta el mismo Club de Arte de Providence, celoso de preservar sus antiguas tradiciones, le había dejado por imposible.

El día de la visita –según se leía en el manuscrito del profesor–, el joven escultor pidió bruscamente a mi tío que, dados sus conocimientos arqueológicos, le ayudara a identificar los jeroglíficos del bajorrelieve. Hablaba lánguidamente y con un tono engolado que indicaba presunción y enajenaba toda simpatía que pudiera sentirse hacia él. Mi tío le contestó con cierta brusquedad por cuanto la aún rezumante frescura de la tableta podía guardar relación con cualquier cosa menos con la arqueología. La respuesta del joven Wilcox, que impresionó grandemente a mi tío hasta el punto de recordarla y anotarla palabra por palabra, tenía un matiz fantásticamente poético que debió presidir todo el curso de la conversación, y que más tarde he podido comprobar era sumamente característico de él. He aquí lo que dijo: «¡Claro que es nueva! La hice anoche en un sueño que tuve sobre fantásticas ciudades, y los sueños son anteriores en el tiempo a la ensoñadora Tiro, a la contemplativa Esfinge y a la misma Babilonia cercada de jardines.»

Fue entonces cuando comenzó a contar aquella interminable historia que, de repente, avivó la memoria dormida de mi tío y logró captarse su febril interés. La noche anterior se había producido un ligero temblor de tierra, el mayor registrado en Nueva Inglaterra en bastantes años, y la imaginación de Wilcox se había visto profundamente afectada como consecuencia de ello. Al dormirse tuvo un insólito sueño en el que se veían grandes ciudades ciclópeas de titánicos sillares de piedra y monolitos que se alzaban al cielo, chorreantes de fango de color verdoso y presagiando un horror inminente. Las murallas y las columnas estaban cubiertas de jeroglíficos, y de algún punto que no sabría localizar por debajo de las murallas había surgido una voz que no era humana, un ruido difuso que sólo la imaginación podía transformar en sonido pero que intentó transcribir por un casi impronunciable revoltijo de letras: «*Cthulhu fhtagn*».

Aquella maraña de letras fue la clave para que el profesor Angell recordase algo que en otro tiempo le había preocupado y confundido sobremanera. A partir de ese instante sometió al visitante a un minucioso y científico interrogatorio, y se puso a examinar con febril entusiasmo el bajorrelieve en el que el joven escultor se había encontrado trabajando –tiritando de frío y vestido solamente con un pijama–, cuando de repente se sorprendió despierto y perplejo ante lo que hacía. Mi tío culpó a su avanzada edad –diría Wilcox posteriormente– de lo mucho que le costaba identificar los jeroglíficos y los pictogramas. Muchas de sus preguntas le parecieron totalmente fuera de lugar al joven visitante, sobre todo aquellas en que trataba de relacionar los pictogramas con arcanos cultos o sociedades, ni podía entender las repetidas promesas de secreto que le hizo mi tío a cambio de que admitiera que pertenecía a alguna extendida secta religiosa de carácter místico o pagano. Una vez que el profesor Angell se convenció de que el joven escultor no tenía la menor idea de la existencia de cultos ni de saberes arcanos, rogó encarecidamente al visitante que, en lo sucesivo, le mantuviese informado de sus sueños. La petición dio sus frutos, pues tras aquella primera entrevista el manuscrito alude a visitas diarias del joven escultor durante las cuales relataba a mi tío alucinantes fragmentos de visiones nocturnas siempre sobre el mismo tema: una estremecedora y ciclópea panorámica de sillares de piedra ennegrecidos y chorreantes, en la que se oía una voz o inteligencia subterránea que no cesaba de proferir monótonos y enigmáticos impactos sensoriales imposibles de describir, salvo como un revoltijo de letras sin el menor sentido. Los dos sonidos que se oían con mayor frecuencia eran los producidos por las amalgamas de letras «Cthulhu» y «R'lyeh».

El 23 de marzo –siempre a tenor de lo que dice el manuscrito– no se presentó Wilcox en casa del profesor, y al inquirir por su paradero en su domicilio se supo que le había atacado una especie de fiebres desconocidas y habían tenido que llevarle al domicilio de sus padres en Waterman Street. No había dejado de gritar en toda la noche turbando el sueño de otros artistas que vivían en el edificio, y desde entonces no había hecho sino pasar por períodos alternativos de inconsciencia y delirio. Mi tío telefoneó al punto a su familia, y en todo momento siguió de cerca el curso de la enfermedad, llamando a menudo a la consulta del doctor Tobey, en Thayer Street, al enterarse de que era el médico que trataba a Wilcox. Al parecer, la febril mente del joven escultor elucubraba sobre cosas extrañas, hasta el punto de que el médico se estremecía a veces sólo de mencionarlas. Aquellas visiones no se limitaban tan sólo a cosas ya soñadas; ahora creía ver en ellas un ser gigantesco e increíble, de «varias millas de estatura», que avanzaba sin cesar en medio de un gran estrépito. En ningún momento dio una descripción detallada de aquel ser, pero las pocas y frenéticas palabras que dijo –y el doctor Tobey repetía– convencieron al profesor de que debía ser algo semejante a la descomunal monstruosidad que había tratado de plasmar en aquella escultura esculpida en sueños. El doctor señaló que cualquier referencia que se le hiciese a semejante cosa suponía invariablemente el preludio de la postración del joven en un estado letárgico. Lo que le extrañaba es que su temperatura no fuese mucho más alta. Por lo demás, todo parecía indicar que se trataba de auténtica fiebre y no de trastorno mental ni nada por el estilo.

El 2 de abril, a eso de las 3 de la tarde, todos los síntomas de la enfermedad de Wilcox desaparecieron de repente. Se irguió en el lecho, asombrándose de encontrarse en casa de sus padres y sin la menor idea de cuanto pudiera haberle sucedido en sueños o en la realidad desde la noche del 22 de marzo. Tras darle de alta el médico, regresó a su domicilio al cabo de tres días, pero en adelante su información dejó de tener interés para el profesor Angell. Con la recuperación, Wilcox no volvió a tener ningún sueño extraño, y mi tío dejó de anotar el objeto de sus visiones oníricas tras una semana de escuchar monótonos e insustanciales sueños.

Aquí concluía la primera parte del manuscrito, si bien algunas referencias a ciertas notas dispersas me indujeron a reflexionar detenidamente al respecto, hasta el punto de que sólo el radical escepticismo de que hacía gala por aquel entonces puede explicar mi continuo recelo acerca de la personalidad del artista. Las notas en cuestión describían los sueños de diversas personas a lo largo del período en que el joven Wilcox se vio asaltado por extrañas visiones oníricas. Por lo visto, mi tío no tardó en ingeniarse un sistema increíblemente ramificado de información entre casi todos los amigos a los que creía poder interrogar sin causarles molestias, solicitándoles le dieran cuenta de sus sueños nocturnos y de las fechas de cualquier visión fuera de lo común que hubiesen tenido en los últimos tiempos. Al parecer, su iniciativa tuvo una acogida muy diversa, pero, en todo caso, recibió más respuestas de las que cualquier persona normal podría atender sin la ayuda de un secretario. Tan singular correspondencia no se conservó, pero las notas de mi tío constituían un resumen pormenorizado y significativo del contenido de las cartas. La gente de mediana posición en la vida social y mercantil —es decir, quienes integraban la tradicional «sal de la tierra» en la sociedad de Nueva Inglaterra— dieron en su inmensa mayoría resultados negativos, aunque pudo constatarse algún que otro caso aislado de desasosegadas y difusas visiones nocturnas, eso sí, siempre entre el 23 de marzo y el 2 de abril, es decir, justo en las fechas en que el joven Wilcox sufrió la fiebre que le postró en un coma delirante. Los hombres de ciencia no fueron mucho más afectados, si bien cuatro casos de imprecisas descripciones hacían pensar en fugaces visiones oníricas de ominosos paisajes y en uno se mencionaba explícitamente el temor ante la amenaza de que pudiera sobrevenir algo anormal.

Con diferencia, las respuestas de mayor interés provenían del sector de los artistas y poetas, y estoy absolutamente convencido de que se habría desatado el pánico entre ellos de haber podido intercambiarse las notas. A la vista de aquello, y a falta de las cartas originales, imaginé que el recopilador había formulado las preguntas con una cierta tendenciosidad o que había preparado la correspondencia de forma que corroborase lo que él, en su fuero interno, estaba resuelto a confirmar. De ahí que siguiera pensando que Wilcox, conocedor hasta cierto punto de antiguos testimonios en posesión de mi tío, había estado aprovechándose del anciano hombre de ciencia. Las respuestas de los artistas daban pie a una alucinante historia. Desde el 28 de febrero al 2 de abril casi todos ellos tuvieron extraños sueños, siendo la intensidad de los mismos infinitamente mayor en el período en que el joven escultor sufrió el delirio que le postró en cama. Más de un veinticinco por ciento de los que contestaban decían haber tenido visiones y escuchado sonidos que apenas diferían de los descritos por Wilcox, y algunos de quienes así soñaron confesaron haber experimentado un miedo espantoso de algo abominable y gigantesco que vieron ya hacia el final. Uno de los casos, al que la nota concedía especial relevancia, era verdaderamente impresionante. El individuo en cuestión, un arquitecto muy conocido e interesado en los temas de teosofía y ocultismo, se volvió repentinamente loco el mismo día en que el joven Wilcox sufrió el ataque, y falleció unos meses después tras proferir incesantes gritos en los que pedía le salvaran de una bestia infernal salida del averno. Si al referir mi tío tales casos lo hubiese hecho dando nombres y apellidos, en lugar de limitarse a enumerarlos, podría haber tratado yo de corroborar los datos mediante una investigación. Pero tal como estaban, no pude más que seguir la pista de unos cuantos. Todos ellos confirmaron lo registrado punto por punto en las notas. Con frecuencia me he preguntado si todas las personas encuestadas por el profesor se hallaban tan desconcertadas como aquel grupo. Lo mejor que pudo ocurrirles es que jamás recibieran la menor explicación.

Como he adelantado, los recortes de prensa hacían referencia a casos de pánico, manía y excentricidad durante el período en cuestión. El profesor Angell debió contar con los servicios de una agencia de recortes de prensa, pues el número de artículos que recopiló era francamente impresionante y no había rincón de la tierra que no estuviese representado. Uno de ellos aludía a un suicidio nocturno en Londres, en el que alguien que vivía solo saltó una noche desde una ventana tras proferir un espantoso grito. Otro recorte consistía en una interminable carta al director de un periódico latinoamericano, en la que un fanático predecía un calamitoso futuro basándose en las visiones que había tenido recientemente. Un comunicado procedente de California describía una colonia de teósofos vistiéndose todos en masa con túnicas blancas para un «glorioso acontecimiento» que nunca llegaba a producirse, y asimismo podían verse artículos de prensa de la India que daban noticia de tumultos especialmente graves hacia finales de marzo. Orgiásticos rituales de vudú proliferaban en Haití y los despachos de África daban cuenta de pavorosos rumores que corrían entre la población. Por esas mismas fechas, las autoridades americanas en Filipinas atestiguaban la agitación reinante entre ciertas tribus, y en Nueva York la policía se vio atacada por histéricas multitudes de tez aceitunada la noche del 22 al 23 de marzo. Por el oeste de Irlanda, igualmente, corrían increíbles rumores y leyendas, y un pintor de temas fantásticos llamado Ardois-Bonnot colgó un alucinante *Paisaje de sueño* en el salón de primavera de París en 1926. Por otro lado, fueron tantas las alteraciones producidas en los manicomios que sólo un milagro pudo evitar que la cofradía médica no advirtiera extraños paralelismos y sacara desconcertantes conclusiones de todo ello. En suma, toda una pila de recortes sobre extraños acontecimientos. Aún hoy no puedo explicarme el insensible racionalismo con que los deseché. Lo cierto es que por entonces estaba convencido de que el joven Wilcox había conocido aquellas viejas cosas de que hablaba el profesor.

2. La historia del inspector Legrasse

Las viejas cosas que tanto habían atraído la atención de mi tío hacia los sueños y el bajorrelive del joven escultor, constituían el tema de la segunda mitad de aquel largo manuscrito. Por lo visto, ya en cierta ocasión el profesor Angell había visto la infernal silueta de aquella abominable monstruosidad, de ahí que quedase estupefacto al contemplar aquellos indescifrables jeroglíficos y escuchar las terribles sílabas que sólo pueden expresarse por esa extraña amalgama de letras que suena a algo así como «*Cthulhu*», y su vinculación resultó tan horrible e impresionante que no tiene nada de extraño que acribillase a preguntas al joven Wilcox en busca de datos.

Aquella primera experiencia tuvo lugar en 1908, es decir hacía por entonces diecisiete años, con motivo de la reunión anual de la Sociedad Arqueológica Americana celebrada en aquella ocasión en San Luis. El profesor

Angell, como correspondía a un hombre de su prestigio y autoridad científica, desempeñó un importante papel en las deliberaciones de la asamblea y fue uno de los primeros en ser abordado por las varias personas profanas en la materia que, aprovechando la convocatoria, acudieron para formular preguntas y plantear problemas en la confianza de hallar una respuesta por parte de las autoridades científicas allí congregadas.

El cabecilla de aquellos aficionados a la arqueología, y que al poco tiempo acabaría erigiéndose en el centro de interés de toda la reunión, era un hombre de mediana edad y de aspecto absolutamente normal que había venido desde Nueva Orleans en busca de una información concreta que no había podido obtener de ninguna fuente local. Se llamaba John Raymond Legrasse y era inspector de policía de profesión. Traía consigo el objeto de su visita: una estatuilla de piedra, aparentemente muy antigua, de grotescos y repulsivos rasgos cuya procedencia ignoraba por completo.

De ello no cabe deducir que el inspector Legrasse tuviera algún interés por la arqueología. Muy al contrario, su deseo de ilustrarse obedecía a consideraciones puramente profesionales. Aquella estatuilla, ídolo, fetiche o lo que quiera que fuese, había sido cobrada unos meses antes en las frondosas regiones pantanosas del sur de Nueva Orleans en el curso de una batida contra los asistentes a una presunta ceremonia de vudú, y tan raros y horribles eran los ritos de la misma que los policías comprendieron al punto que se enfrentaban con un culto arcano totalmente desconocido para ellos e infinitamente más diabólico que los más tenebrosos círculos africanos del rito vudú. Acerca de su origen nada pudo averiguarse, a excepción de las alucinantes e increíbles historias arrancadas a los miembros de la secta capturados. Ello explicaba el ansia de la policía por encontrar a algún conocedor de antiguas tradiciones que pudiera ayudarles a descifrar aquel horrible símbolo, y a partir de ahí remontarse hasta la fuente del culto en cuestión.

El inspector Legrasse distaba mucho de imaginarse la expectación que iba a suscitar su intervención. Un simple vistazo a la estatuilla bastó para sumir a los hombres de ciencia allí reunidos en un estado de tensa excitación, y no tardó en formarse un remolino en torno a Legrasse con el fin de poder contemplar de cerca la diminuta figura de tan extraña apariencia y tan singularmente remota antigüedad que abría inopinadas y arcaicas perspectivas aún por desvelar. Aquel alucinante objeto no pertenecía a ninguna escuela de escultura conocida, pero cientos e incluso miles de años parecían desprenderse de aquella deslustrada y verdosa superficie de piedra, cuya identificación resultaba totalmente imposible.

La efigie, que finalmente fue pasando lentamente de mano en mano para que todos pudiesen examinarla de cerca y con atención, medía de siete a diez pulgadas de altura y estaba esculpida con exquisito gusto artístico. Representaba a un monstruo de perfil difusamente antropoide, pero con una cabeza parecida a la de un pulpo cuya cara fuese un montón de tentáculos, cuerpo escamoso y de aspecto elástico, imponentes garras en las extremidades anteriores y posteriores, y unas largas y estrechas alas en la parte trasera. Aquella figura, de la que parecía desprenderse una temible malevolencia fuera de lo común, tenía un cuerpo un tanto abotagado y estaba acurrucada con aire maligno sobre una basa o pedestal cubierto con indescifrables caracteres. Las puntas de las alas rozaban el borde posterior del pedestal, las posaderas ocupaban el centro, mientras las largas y oblongas garras de las dobladas extremidades inferiores asían el borde anterior y se extendían hasta el tercio superior del pedestal. La cabeza del cefalópodo estaba inclinada hacia adelante de forma que los tentáculos de la cara rozaban las partes posteriores de las grandes garras superiores que, a su vez, abrazaban las prominentes rodillas de la acurrucada efigie. El conjunto daba la impresión de algo anormalmente natural y, en cierta medida, sutilmente amenazador por cuanto su origen era de todo punto desconocido. No cabía duda de que su edad era incalculable, pavorosa. Con todo, no guardaba la menor relación con ningún tipo de arte primitivo conocido, ni, por supuesto, con ninguna otra época.

Absolutamente al margen de todo lo conocido su mismo material constituía un misterio, ya que la piedra dúctil y verdinegra con doradas o iridiscentes vetas y estrías de que estaba fabricada no guardaba semejanza alguna con ningún material conocido en el campo de la geología o la mineralogía. Los caracteres que había en el pedestal eran, igualmente, desconcertantes, y ninguno de los presentes –pese a hallarse allí representados la mitad de los especialistas mundiales en la materia–, pudo siquiera conjeturar remotamente con qué lengua, o lenguas, podían estar emparentados. Los caracteres, al igual que la efigie y el material, pertenecían, sin lugar a dudas, a algo horriblemente antiguo y ajeno a la humanidad tal como hoy la conocemos, algo que sugería antiquísimos e idolátricos ciclos de vida en los que no hallaban cabida nuestro mundo ni nuestras concepciones.

No obstante, después que todos los asistentes hubieran tenido en la mano la efigie y hubieran hecho un signo negativo con la cabeza, una vez admitida su incapacidad para identificarla, uno de los conferenciantes creyó percibir una extraña familiaridad en la figura y caracteres, y al instante dijo con cierta timidez lo poco que sabía al respecto. La persona en cuestión era el difunto William Channing Webb, profesor de antropología en la Universidad de Princeton y explorador de reconocido prestigio.

El profesor Webb había formado parte, cuarenta y ocho años atrás, de una expedición que había recorrido Groenlandia e Islandia en busca de ciertas inscripciones rúnicas que finalmente no logró descubrir. Mientras remontaban en su búsqueda la costa occidental de Groenlandia tropezaron con una extraña tribu o culto de esquimales envilecidos cuya religión –una curiosa especie de culto del diablo– les hizo estremecerse por su atroz sanguinariedad y repulsivos ritos. Se trataba de una religión prácticamente desconocida entre el resto de los esquimales y a la que los demás sólo se referían presas de un gran pánico, pues decían que databa de épocas terriblemente remotas, anteriores incluso a la existencia misma del universo. Aparte de abominables ritos y sacrificios humanos contaba con ciertos extraños rituales hereditarios ofrendados a un supremo diablo anciano o *lornasuk,* de los que el profesor Webb había tomado cuidadosa transcripción fonética a partir de lo que le dijo un anciano *angekok* o brujo-sacerdote, anotando lo mejor que supo los sonidos en caracteres latinos. Pero lo que importaba en aquellos momentos era el fetiche que aquel culto había forjado y en torno al cual los seguidores de la secta danzaban cuando la aurora se levantaba por encima de los acantilados de hielo. Según dijo el profesor Webb, se trataba de un bajorrelieve de piedra, de manufactura muy tosca, con un dibujo escalofriante y unas cuantas inscripciones de significado desconocido. Y, por lo que a él le parecía, era una figura algo más rudimentaria pero semejante, en cuanto a los rasgos esenciales se refería, a la abominable efigie que tenían a la vista los allí presentes.

Aquella información, acogida en medio de un gran asombro y expectación por parte de los asistentes a la reunión, tuvo un interés especial para el inspector Legrasse, que al momento se puso a acosar con toda clase de preguntas al informante. Comoquiera que éste hubiese copiado y transcrito un ritual oral que había oído a los seguidores de la secta detenidos por sus hombres en los pantanos, le suplicó que intentase recordar lo mejor posible las sílabas que anotó con ocasión de su estancia entre los demonólatras esquimales. Efectuado lo cual, se realizó una pormenorizada y exhaustiva comparación de los detalles en concreto, haciéndose un momento de silencio realmente imponente después de que inspector y científico llegaron a la conclusión de la práctica identidad de la frase común a ambos rituales diabólicos, pese a tratarse de mundos tan distintos y alejados entre sí. En esencia, lo que salmodiaban los hechiceros esquimales y los sacerdotes de las regiones pantanosas de Luisiana era algo que no debía diferir mucho de esto (las divisiones entre palabras obedecen a los cortes en el conjunto de la frase tal como la entonaban en voz alta):

—Ph'nglui mglw'nafh Cthulhu R'lyeh wgah'nagl fhtagn.

Pero Legrasse tenía algo a su favor sobre el profesor Webb, y era que varios de los prisioneros mestizos capturados le habían repetido lo que, según sabían por ancianos oficiantes, significaban las palabras. El texto se traducía por algo así como:

«En su casa de R'lyeh el difunto Cthulhu aguarda soñando.»

Seguidamente, y en respuesta a las apremiantes solicitudes que se le hacían por parte de los presentes, el inspector Legrasse contó con el máximo detalle posible todo lo que sabía sobre los idólatras de los pantanos. Por lo que pude ver, mi tío adjudicó una trascendental importancia a su relato de los hechos. La historia recordaba los delirantes sueños de los mitómanos y teósofos, y revelaba, en grado sorprendente, la riqueza de imaginación cósmica que poseían aquellos mestizos y parias, algo que difícilmente se habría esperado de ellos.

El primero de noviembre de 1907 la policía de Nueva Orleans hubo de acudir urgentemente a la región pantanosa y lacustre situada al sur de la ciudad. Los colonos que habían usurpado aquellas tierras, en su mayoría primitivos pero honestos campesinos que descendían de los hombres de Lafitte, eran presa de un indescriptible pánico provocado por algo desconocido que había llegado hasta ellos por la noche. Por lo visto se trataba de un ritual vudú, pero de un vudú que inspiraba un pánico atroz hasta entonces jamás experimentado, y algunas mujeres y niños habían desaparecido desde que el maléfico tam-tam comenzó su incesante redoble allá lejos, en el interior de los negros y fantasmales bosques por los que ningún colono se aventuraba a adentrarse. Había pavorosos gritos y desgarradores chillidos, cantos que helaban la sangre y llamas endemoniadas que danzaban, y el despavorido emisario agregaba que los moradores de aquella comarca no podían seguir aguantando por más tiempo semejante situación.

Rápidamente, se organizó un destacamento de veinte policías que, en dos carruajes y un automóvil, emprendieron la marcha a últimas horas de la tarde, guiados por el estremecido colono. Al llegar al final de la carretera transitable descendieron de los vehículos en medio del silencio de los imponentes bosques de cipreses a los que nunca llegaba el día. Horribles raíces y maléficas lianas de musgos de Florida les dificultaban la marcha, y de vez en cuando tropezaban con un montón de piedras enmohecidas o trozos de valla putrefacta, sensación intensificada por la sola idea de sus sórdidos pobladores, degradación que todo árbol malformado o fungoso calvero contribuía a crear. Al final, se divisó en el horizonte el poblado de aquellos colonos –un miserable manojo de chozas–, y los histéricos moradores corrieron en tropel para apiñarse en torno al grupo de policías con sus faroles que se mecían en el aire. A lo lejos podía distinguirse el débil y sordo redoble del tam-tam, y a intervalos ocasionales el viento traía hasta el lugar algún que otro alarido aterrador. Parecía como si un fulgor rojizo se filtrara por entre la lúgubre maleza allende interminables avenidas del bosque nocturno. Aun cuando temiesen volver a quedarse solos, los aterrados colonos se negaron en redondo a dar un solo paso más en dirección hacia donde se oía el idólatra ritual, por lo que el inspector Legrasse y sus diecinueve compañeros hubieron de internarse sin guía alguno por entre negras arcadas de horror absolutamente desconocidas para ellos.

La comarca en la que ahora se adentraban los policías había tenido de siempre mala fama, y era prácticamente desconocida para el hombre blanco que no se atrevía a poner los pies en ella. Corrían leyendas sobre un lago oculto, jamás visto por ningún mortal, en el que habitaba un gigantesco y amorfo pólipo blanco de ojos fosforescentes, y entre los colonos circulaban rumores de diablos con alas de murciélago que salían de sus cavernas en el interior de la tierra para adorarlo al dar la medianoche. Aquellas gentes decían que se encontraban allí ya desde antes de D'Iberville, desde antes de La Salle, desde antes de que llegaran los indios e incluso desde antes de los animales y aves que poblaban aquellos bosques. Era una abominable monstruosidad y su sola vista significaba la muerte. Pero también hacía soñar a los hombres, de ahí que supieran bien cómo mantenerse lejos de él. La orgía vudú tenía lugar en la linde misma de la temida zona, pero ya de por sí el sitio era lo suficientemente malo. Era muy probable, pues, que el escenario mismo del culto amedrentara más a los colonos que los escalofriantes sonidos e incidentes.

Sólo un poeta o un loco podría apreciar debidamente el estrépito que oyeron los hombres de Legrasse al abrirse paso a través de tenebrosas ciénagas en dirección al rojo resplandor y el sordo tam-tam de los tambores. Hay rasgos vocales propios de los hombres y rasgos vocales propios de los animales, pero lo verdaderamente terrible es oír gritos humanos salidos de gargantas animales. El incontenible furor animal y el desenfrenado libertinaje orgiástico competían hasta alcanzar cotas infernales, todo ello en medio de éxtasis de aullidos y graznidos que desgarraban el lúgubre bosque y reverberaban por toda la extensión arbolada como si se tratara de pestilentes tempestades procedentes de simas infernales. De cuando en cuando se interrumpía aquel ulular sin orden ni concierto, y de lo que parecía un coro bien orquestado se alzaban roncas voces entonando en sonsonete la horrible frase o ritual:

«Ph'nglui mglw'nafh Cthulhu R'lyeh wgah'nagl fhtagn.»

Acto seguido, al llegar a un lugar donde la vegetación era menos frondosa, los policías se dieron de bruces con el espectáculo en cuya busca andaban. Cuatro de ellos se tambalearon, uno desfalleció y dos lanzaron un pavoroso grito que, afortunadamente, sofocó la estruendosa cacofonía armada por los participantes en la orgía. Legrasse salpicó con agua del pantano la cara del policía que cayó desmayado, y todos se echaron a temblar y casi se quedaron petrificados ante el espantoso espectáculo que se ofrecía a su vista.

En medio de los terrenos pantanosos se abría un calvero natural de aproximadamente un acre de superficie, sin árboles y relativamente seco. Allí podía verse saltando y retorciéndose una indescriptible horda en el más desenfrenado paroxismo de la aberración humana, algo que sólo un Sime o un Angarola podrían llegar a pintar. Sin la menor prenda encima, aquellas mestizas criaturas rugían, vociferaban y se contorsionaban en torno a una gigantesca hoguera de forma circular, en cuyo centro, como podía verse a través de ocasionales aberturas entre la cortina de llamas, se levantaba un imponente monolito de granito de unos ocho pies de alto, encima del cual, incongruente por su extrema pequeñez, se encontraba la maligna estatuilla labrada. Formando un amplio círculo de diez patíbulos dispuestos a intervalos regulares, con el monolito rodeado de llamas en su centro, colgaban, con la cabeza hacia abajo, los cuerpos atrozmente mutilados de los desventurados colonos que habían desaparecido del poblado. La ronda de fieles saltaba y rugía estruendosamente dentro de la circunferencia, desplazándose de izquierda a derecha en una desenfrenada bacanal entre el círculo de cuerpos humanos y el círculo de llamas.

Puede que no fuese otra cosa que la imaginación o simplemente el eco lo que indujo a uno de los policías, un español de temperamento exaltado, a imaginar que había oído respuestas antifonales al ritual que provenían de algún lugar lejano y tenebroso en el interior de aquellos bosques sobre los que se cernían leyendas y horrores ancestrales. Posteriormente tuve ocasión de entablar contacto con aquel hombre –Joseph D. Gálvez se llamaba–, que demostró tener una imaginación fuera de lo normal. Llegó hasta el punto de creer percibir el leve batir de grandes alas y a vislumbrar unos resplandecientes ojos y una enorme masa blanca allende los árboles que se divisaban en la lejanía, pero a mí me da la impresión de que había escuchado demasiadas leyendas locales.

En realidad, la pausa que tras presenciar semejante aberración se tomaron los policías para cobrar aliento fue relativamente breve. Lo primero era el deber, y aun cuando debía haber casi un centenar de mestizos celebrantes entre aquel gentío, los policías, fiando su suerte a las armas de fuego que portaban, se lanzaron con arrojo y decisión sobre la nauseabunda turbamulta. Durante cinco minutos el griterío y el caos sobrepasaron toda posible descripción. Se libró una auténtica batalla campal y se dispararon varios tiros, si bien bastantes de los idólatras lograron escapar en medio de la confusión reinante; con todo, el inspector Legrasse pudo contar hasta cuarenta y siete detenidos de adusto ceño, a los que hizo vestirse apresuradamente y formar entre dos filas de policías. Cinco de los fieles idólatras quedaron muertos sobre el campo de batalla, y otros dos que sufrieron graves heridas fueron transportados por sus compañeros en sendas hangarillas improvisadas. Naturalmente, Legrasse recogió con sumo cuidado la efigie del monolito y se la llevó consigo.

Interrogados en la jefatura de policía, tras todo un día de extrema tensión y agotamiento, los detenidos resultaron ser, en su totalidad, hombres de baja extracción social, mestizos y con sus facultades mentales algo perturbadas. La mayoría eran marinos. Unos cuantos negros y mulatos, casi todos de las Indias Occidentales o portugueses de Brava, de las islas portuguesas de Cabo Verde, aportaban una nota de colorido al heterogéneo rito vudú. Pero antes de que se les sometiera a un interrogatorio en toda regla, se puso de manifiesto que se trataba de algo mucho más profundo y más antiguo que el mero fetichismo negro. En su condición de seres depravados y embrutecidos, aquellas criaturas se aferraban con sorprendente tenacidad a la idea central en que descansaba su repulsiva fe idolátrica.

Según dijeron, se hallaban adorando a los Primigenios, seres estos que existían ya desde eras antes que los hombres y que vinieron a nuestro joven planeta procedentes de los espacios celestes. Los Primigenios abandonaron la superficie de nuestro planeta, desapareciendo en el interior de la tierra y bajo las aguas del mar, pero sus cuerpos sin vida habían referido sus secretos, durante el sueño, al primer hombre, el cual fundó un culto que jamás se ha extinguido desde entonces. Tal era el culto con que se enfrentaban los policías, y que según los detenidos había existido de siempre y seguiría existiendo por los siglos de los siglos, escondido en lejanos y lúgubres lugares por toda la superficie de la tierra, hasta el día en que el sumo sacerdote Cthulhu saliera de su lóbrega morada en la invulnerable ciudad de R'lyeh, bajo las aguas del mar, y volviera a regir los destinos de la tierra entera. El día en que las estrellas fueran favorables convocaría a todos. Hasta tanto llegara esa fecha el culto secreto estaría siempre a la espera de que se presentara la ocasión para liberarle.

Entre tanto, no debía decirse ni una palabra más. Se trataba de un secreto que ni siquiera podía extraerse con la tortura. Los hombres no eran, ni mucho menos, los únicos seres conscientes de la tierra, pues de las tinieblas salían figuras para dar aliento a los escasos fieles y elegidos de la secta. En todo caso, no se trataba de los Primigenios, a quienes nadie había conseguido ver hasta entonces. El ídolo esculpido era el gran Cthulhu, pero nadie sabría decir si los otros Primigenios se le parecían o no. Nadie podía descifrar las antiguas inscripciones, pues los mensajes se transmitían oralmente. El ritual salmodiado no era el secreto, ya que éste nunca se entonaba en voz alta sino que se susurraba. El canto significaba tan sólo lo siguiente: «En su casa en R'lyeh el difunto Cthulhu aguarda soñando».

Sólo a dos de los detenidos se les consideró lo bastante cuerdos como para condenarles a la horca, internándose al resto en diversas instituciones. Todos ellos negaron haber tomado parte en los asesinatos rituales, afirmando que las muertes habían sido obra de los Seres de las Alas Negras que salieron a su encuentro desde su inmemorial templo en el interior del bosque fantasmal. Pero no pudo obtenerse ni la menor información coherente sobre la identidad de semejantes aliados. Casi todo lo que logró averiguar la policía procedía de un mestizo apellidado Castro, longevo anciano que decía haber viajado hasta remotos puertos y conferenciado con algunos jefes inmortales del culto en las montañas de China.

El viejo Castro recordaba fragmentos de una horrible leyenda que hacían palidecer las especulaciones de los teósofos y dejaban al hombre y al mundo reducidos a algo de creación reciente y efímera existencia. En eras remotas la tierra estuvo regida por otros Seres que vivían en grandes ciudades. Según Castro, los chinos inmortales con los que habló le dijeron que aún podían encontrarse vestigios suyos en ciclópeas piedras en algún lugar de las islas del Pacífico. Todos los Seres murieron eras antes de que el hombre apareciera sobre la tierra, pero podría resucitárseles por medio de ciertas artes cuando las estrellas volviesen a ocupar posiciones favorables en el ciclo infinito de la eternidad. Naturalmente, habían venido de las estrellas y habían traído consigo sus imágenes.

Los Primigenios, proseguía Castro, no eran de carne y hueso en su totalidad. Tenían forma –tal como lo atestiguaba aquella efigie esculpida en las estrellas– pero carecían de materia. Cuando las estrellas eran favorables, podían trasladarse de un mundo a otro a través de los espacios siderales; pero cuando su posición era desfavorable, no podían seguir viviendo. Ahora bien, aun cuando no viviesen, tampoco podía decirse exactamente que murieran. Permanecían sin salir de sus moradas de piedra en la gran ciudad de R'lyeh, amparados por los sortilegios protectores del omnipotente Cthulhu en espera de que llegase el día de su gloriosa resurrección cuando las estrellas y la tierra se conjuntaran favorablemente para acogerlos. Llegado ese momento, una fuerza del exterior habría de liberar sus cuerpos. Los sortilegios que mantenían sus cuerpos intactos les impedían intentar todo movimiento inicial, por lo que no podían hacer otra cosa que permanecer en posición yacente y pensar en medio de la lúgubre oscuridad mientras veían transcurrir millones y millones de años. Al parecer, estaban enterados de todo cuanto acontecía en el universo, pues se comunican por medio de la transmisión del pensamiento. Cuando después de incontables caos de infinita duración apareció el primer hombre, los Primigenios hablaron con quienes estimaron de naturaleza más sensible, moldeando sus sueños. Sólo así podía llegar su lenguaje a las carnosas mentes de los mamíferos superiores.

Luego, siguió diciendo Castro en voz baja, aquellos primeros hombres crearon un culto en torno a los pequeños ídolos que les mostraron los Grandes Ancianos, ídolos traídos en épocas remotas desde estrellas sin luz. El culto no se extinguirá hasta que las estrellas vuelvan a ocupar una posición favorable; entonces los secretos sacerdotes sacarán al gran Cthulhu de la tumba en que se encuentra para que resucite a sus súbditos y vuelva a regir los destinos de la tierra. No será difícil advertir el momento en que tal conjunción se produzca, pues para entonces la humanidad entera se asemejará a los Primigenios, y libres y salvajes, ajenos por completo al bien y al mal, sin ninguna cortapisa legal ni moral, todos los hombres de la tierra gritarán, matarán y disfrutarán en medio de un júbilo sin precedentes. Seguidamente, los Primigenios liberados les enseñarán nuevas formas de gritar y de matar, de solazarse y disfrutar, y la tierra entera arderá en un holocausto en el que todo será éxtasis y libertad. Hasta tanto llegue ese día, el culto, mediante los ritos apropiados, debe guardar vivo el recuerdo de aquellos antiguos procedimientos y escenificar la profecía de su reaparición.

En tiempos remotos, determinados hombres elegidos podían hablar en sueños con los Primigenios sepultados, pero todo se acabó un día a partir del cual fue imposible toda relación. La gran ciudad de piedra de R'lyeh, con sus monolitos y sepulcros, desapareció bajo las olas, y las profundas aguas, rebosantes del misterio primigenio que no pueden traspasar ni los pensamientos, impidieron en adelante la espectral comunicación. Pero la memoria nunca muere y, a tenor de lo que dijeron los sumos sacerdotes, la ciudad volverá a alzarse allí donde estaba cuando las estrellas sean favorables. Entonces saldrán de las entrañas de la tierra sus negros espíritus, de enmohecida y tenebrosa apariencia y rebosantes de los siniestros rumores apilados en cavernas ocultas bajo los abismos del mar. Pero de ello el viejo Castro prefería no hablar. Cerró la boca al punto, y por más persuasión y sutileza con que se le inquirió no logró sacársele ni una palabra más. Curiosamente, también se negó a hablar del *tamaño* de los Primigenios. Respecto al culto, dijo que, a su juicio, su centro debía encontrarse en algún remoto lugar de los desiertos de Arabia, allí donde Irem, la Ciudad de las Columnas, dormita intacta y aún por descubrir. El culto en cuestión no guardaba ninguna relación con los cultos de brujas de Europa, y, fuera del reducido ámbito de sus fieles, era prácticamente desconocido. Ningún libro lo mencionaba para nada, si bien los inmortales chinos creían ver en el *Necronomicón,* del enloquecido árabe Abdul Alhazred, ciertos dobles significados que los iniciados podían interpretar a su antojo, sobre todo el tan discutido pareado:

> Que no hay muerto que yazga eternamente,
> Y con ciertos eones puede morir la muerte.

Legrasse, profundamente impresionado y no menos desconcertado, había indagado por su cuenta inútilmente acerca de los orígenes históricos del culto. Por lo que se veía, Castro había dicho la verdad cuando en el interrogatorio confesó que era un culto totalmente esotérico. Los especialistas de la Universidad de Tulane no supieron arrojar ninguna luz sobre el culto ni sobre la imagen, por lo que el policía decidió recurrir a las máximas autoridades del país en la materia, y he aquí que se encontró nada menos que con la historia de Groenlandia que refirió el profesor Webb.

El interés febril que suscitó durante la reunión el relato de Legrasse, corroborado por la presencia de la estatuilla, halló debido eco en la correspondencia de los participantes a raíz de la conferencia aunque, apenas se menciona para nada en las publicaciones oficiales de la sociedad. La cautela es la primera regla de quienes acostumbran a enfrentarse con no poca charlatanería y superchería. Legrasse le dejó durante algún tiempo la imagen al profesor Webb, pero a la muerte de éste volvió a sus manos y hoy se encuentra aún en su poder, como puedo atestiguar por haberla visto no hace mucho. En verdad, es, indudablemente, la encarnación de algo alucinante y guarda un gran parecido con la escultura esculpida en sueños por el joven Wilcox.

No me extraña nada que mi tío se entusiasmara tanto con la historia que le contó el escultor, pues ¿qué ideas no le vendrían a la cabeza al oír todo aquello de boca de semejante joven tras cuanto había sabido por Legrasse acerca del culto? Pues Wilcox era un hombre sensible que no sólo había *soñado* la figura y los jeroglíficos exactos de la imagen encontrada en los pantanos y en la diabólica tableta de Groenlandia, sino que, además, había percibido *en sueños* al menos tres palabras que formaban parte de la fórmula mágica pronunciada tanto por los demonólatras esquimales como por los mestizos de Luisiana. Que el profesor Angell se lanzara de inmediato a investigar sobre el tema con todo detenimiento y exhaustividad entraba dentro de lo lógico, si bien yo personalmente sospechaba que el joven Wilcox había oído hablar indirectamente del culto y había pergeñado unos cuantos sueños para acrecentar y prolongar el misterio a expensas de mi tío. No cabía duda de que los relatos de sueños y los recortes de periódicos recopilados por el profesor venían a corroborar los hechos, pero mi innato racionalismo y lo increíble de todo aquel asunto me llevaron a adoptar la que, a mi juicio, era la solución más sensata tal como estaban las cosas. Así que, tras volver a estudiar con sumo detenimiento el manuscrito y contrastar las notas teosóficas y antropológicas con el relato de Legrasse, me trasladé a Providence para ver al joven escultor y hacerle los reproches que creía merecer por haber embaucado de tal manera a un hombre anciano y cultivado como era mi tío.

Wilcox seguía viviendo solo en el edificio Fleur-de-Lys, sito en Thomas Street, una horrible imitación victoriana de la arquitectura bretona del siglo XVII, con una ostentosa fachada de estuco que se levantaba en medio de preciosas casas coloniales construidas sobre la antigua colina, a la sombra misma de la torre georgiana más esbelta de América. Lo encontré trabajando en su estudio, y nada más ver las obras que le rodeaban hube de admitir que se trataba de un artista de verdadero y profundo talento. En mi opinión, con el tiempo se oirá hablar de él como uno de los grandes artistas de la perversión, pues ha cristalizado en barro, y lo hará un día en mármol, las pesadillas y fantasías que Arthur Machen evoca en prosa y Clark Ashton Smith nos plasma en poesía y pintura.

Delgado, de tez morena y de aspecto algo descuidado, se volvió lánguidamente al oír mis golpes y, sin levantarse, me preguntó qué era lo que me traía allí. Al decirle quién era yo mostró cierto interés por mi presencia, pues si bien mi tío le había despertado la curiosidad al inquirirle por sus extraños sueños, nunca le había explicado los motivos por los que llevaba a cabo su estudio. Bien poco más pudo enterarse por mí, pero, valiéndome de sutiles procedimientos, intenté sonsacarle algo.

No tardé mucho en convencerme de su absoluta sinceridad, pues al referirse a sus sueños lo hacía de manera tal que a nadie podía engañar. Su arte se había visto influido en gran medida por sus sueños y por la impronta que ellos dejaron en su subconsciente, y para demostrármelo me enseñó una horrenda estatua cuyos perfiles casi me hicieron estremecer ante su tremendo y tenebroso poder de evocación. No recordaba haber visto el original de aquella figura a no ser en el bajorrelieve que soñó, pero eran sus manos las que, insensiblemente, habían moldeado sus líneas. Aquella debía ser, sin duda, la gigantesca efigie que se le había aparecido en su delirio. Pronto quedó claro que no sabía lo más mínimo del culto secreto fuera de lo que hubiera podido averiguar durante el exhaustivo interrogatorio a que le sometió mi tío. De nuevo, me esforzaba por imaginarme cómo habría podido llegar a experimentar tan extrañas sensaciones.

Al hablar de sus sueños lo hacía de un modo extraordinariamente poético, hasta el punto de hacerme ver con impresionante nitidez la rezumante ciudad ciclópea de verdes piedras cubiertas de cieno –cuya geometría, dijo sorprendentemente, estaba *totalmente distorsionada*–, y hacerme oír, en medio de una estremecida expectación, la incesante y cuasi mental llamada de las profundidades de la tierra: «*Cthulhu fhtagn*», «*Cthulhu fhtagn*».

Tales palabras formaban parte del espeluznante ritual que se refería a la vigilia soñadora del difunto Cthulhu en su cripta de piedra en R'lyeh, produciéndome una gran conmoción pese al racionalismo de que hacía gala. Estaba convencido de que Wilcox había oído, de forma casual, algo sobre el infernal culto, pero al poco debió olvidarlo entre la vorágine de sus no menos extrañas lecturas e imaginaciones. Posteriormente, y en virtud de su predisposición a impresionarse, había hallado expresión subconsciente en sus sueños, en el bajorrelieve y en la terrible estatuilla que ahora tenía ante mí. En consecuencia, no podía en justicia culpársele de tratar de embaucar a mi tío. El joven escultor era un tipo a la vez algo amanerado y de no muy buenos modales, por lo que difícilmente podía caerme bien; pero, en cambio, me vi obligado a reconocer de buena gana su talento y su honradez. Me despedí de él en tono amistoso, deseándole el éxito que su genio prometía.

El objeto del culto en cuestión seguía fascinándome, y a veces llegaba a imaginarme que mi nombre se hacía famoso por las investigaciones efectuadas sobre su origen y vinculaciones. Fui a Nueva Orleans, en donde hablé con Legrasse y otros integrantes de aquella ya vieja batida por los pantanos, vi la espantosa efigie y hasta interrogué a algunos de los mestizos presos que aún vivían. Por desgracia, el viejo Castro hacía varios años que había muerto. Lo que ahora oía con tan gráficas descripciones y de primera mano me hizo tomar renovado interés por el tema, pues, aun cuando en realidad no pasaba de una detallada confirmación de cuanto mi tío había escrito, no tenía la menor duda de que me hallaba sobre la pista de una extraordinaria, auténticamente arcana y antiquísima religión cuyo descubrimiento podría hacer de mí un antropólogo de fama mundial. Mi actitud seguía siendo, no obstante, de un racionalismo absoluto *como desearía que siguiese siendo,* y desestimaba con perversidad harto inexplicable la coincidencia de las notas sobre los sueños y los inusitados recortes de prensa recopilados por el profesor Angell.

Algo que empecé a sospechar por entonces, y que ahora temo *saber,* es que la muerte de mi tío distó mucho de ser natural. Se cayó en un angosto y empinado callejón de una cuesta que sube desde los antiguos muelles atestados de mestizos extranjeros, tras darle un imprevisto empellón un marinero de piel negra. No podía olvidar la mezcla de sangre y la persecución por las marismas pantanosas de los sectarios del culto en Luisiana, y no me sorprendería nada enterarme un día de la existencia de métodos secretos y agujas venenosas tan despiadados y tan de antiguo conocidos como los ritos y creencias esotéricas. Es cierto que ni Legrasse ni sus hombres han sufrido el menor daño, pero en Noruega ha muerto un marinero que fue testigo de algo extraordinario. ¿Habrían llegado las investigaciones de mi tío, tras hacerse con la información del joven escultor, a oídos de algún siniestro ser? Creo que el profesor Angell murió porque sabía demasiado o porque, cuando menos, daba la impresión de saber demasiado. Si desapareceré al igual que él es algo que está por verse... porque ahora yo sé mucho.

3. La locura que llegó del mar

Si alguna vez los cielos quieren hacerme obsequio de una merced, les pediré que borren para siempre las consecuencias que se derivaron de aquella ocasión en que, casualmente, fijé la mirada en un trozo suelto de papel que habían utilizado para cubrir un estante. Se trataba de algo con lo que muy difícilmente me habría tropezado en mi rutina cotidiana, pues era un antiguo número de un periódico australiano, en concreto del *Sydney Bulletin* del 18 de abril de 1925. Había pasado inadvertido incluso a la agencia de recortes de prensa que, justo por aquellas fechas, se entregaba afanosamente a recopilar material informativo para la investigación en curso de mi tío.

Hacía tiempo que había abandonado prácticamente mis indagaciones sobre lo que el profesor Angell había dado en llamar el «culto de Cthulhu», y me encontraba de visita en casa de un amigo mío que vivía en Paterson, Nueva Jersey. Mi amigo, hombre de gran preparación y cultura, era el conservador de un museo local y un mineralogista de reconocido prestigio. Examinando en cierta ocasión las muestras de reserva descuidadamente amontonadas en las estanterías de un cuarto que había en la parte trasera del museo, mis ojos se detuvieron en una extraña fotografía que podía verse en uno de los viejos periódicos colocados bajo las piedras. Como he dicho, se trataba de un número atrasado del *Sydney Bulletin,* pues mi amigo mantenía relaciones con gente de todos los rincones del mundo, y la foto en cuestión era un grabado de medio tono de una horrible efigie de piedra casi idéntica a la que Legrasse había encontrado en los pantanos.

Tras despejar afanosamente la hoja de su precioso contenido, me apresuré a examinar el artículo con detalle, pero me desilusioné un tanto al ver su reducida extensión. Lo que dejaba entrever, no obstante, era de una importancia trascendental para mis investigaciones, que por entonces languidecían. El artículo, que rasgué con sumo cuidado esperando poder sacarle provecho, decía lo siguiente:

BARCO ABANDONADO HALLADO EN EL MAR

Llegada del *Vigilant* remolcando yate neozelandés armado y desarbolado. Un superviviente y un muerto encontrados a bordo. Encarnizada batalla y muertes en alta mar. Marinero rescatado se niega a dar detalles sobre extraño acontecimiento. Encontrado en posesión de misterioso ídolo. Prosiguen las investigaciones.

El carguero *Vigilant* de la naviera Morrison y Cía., procedente de Valparaíso, atracó esta mañana en el muelle de Darling Harbour, remolcando al desarbolado y averiado, si bien fuertemente armado, yate de vapor *Alert* con matrícula de Dunedin (Nueva Zelanda), que fue avistado el 12 de abril a la altura del punto 34°21' de latitud sur y 152°17' de longitud oeste, llevando a bordo un hombre vivo y otro muerto.

El *Vigilant* zarpó de Valparaíso el 25 de marzo, y el 2 de abril se desvió considerablemente de su ruta, viéndose arrastrado hacia el sur por una violentísima tempestad que levantó gigantescas olas en el mar. El 12 de abril fue avistado el barco a la deriva, y aun cuando a primera vista parecía abandonado, al abordarlo se encontró en su interior un superviviente en estado de semidelirio y un hombre que debía llevar muerto más de una semana.

El superviviente tenía aferrado entre las manos un horrible ídolo de piedra de origen desconocido, de un pie de altura aproximadamente, acerca de cuya naturaleza las autoridades en la materia de la Universidad de Sidney, Royal Society y Museo de College Street se muestran absolutamente perplejas. El superviviente, por su parte, dice haberlo encontrado en la cabina del yate, en un pequeño relicario de ordinaria talla.

El superviviente, tras recobrar el sentido, refirió una historia increíblemente extraña, en la que se mezclaban actos de piratería y una sangrienta masacre. Se trata de Gustaf Johansen, marino noruego con cierto grado de educación, segundo piloto de la goleta de dos velas *Emma,* con base en Auckland, que zarpó de El Callao el 20 de febrero con una tripulación de once hombres.

Según sus propias palabras, el *Emma* vio retrasada su marcha desviándose considerablemente de su rumbo en dirección sur debido a la fuerte tormenta del primero de marzo y el 22 del mismo mes avistó al *Alert* a la altura del punto 49° 51' de latitud sur y 128° 34' de longitud oeste, llevando por toda tripulación el mencionado yate una extraña caterva de feroz aspecto de canacas y mestizos. Al ordenársele en tono perentorio dar media vuelta, el capitán Collins se negó a obedecer, a raíz de lo cual la misteriosa tripulación se lanzó a disparar, con brutal saña y sin previo aviso, sobre la goleta con una batería tremendamente pesada dotada de un cañón de bronce que formaba parte del armamento del yate.

Siempre según el superviviente, los hombres del *Emma* hicieron frente al ataque y, aunque la goleta comenzó a hundirse como consecuencia de los disparos recibidos bajo la línea de flotación, sus tripulantes consiguieron poner la nave a la altura del barco enemigo y abordarlo, entablando una feroz lucha cuerpo a cuerpo con la salvaje tripulación atacante en la cubierta del yate. Finalmente, se vieron forzados a matar a todos los tripulantes del *Alert* –ligeramente superiores en número–, por su brutal y absolutamente desesperada, aunque bastante rudimentaria, forma de luchar.

En la refriega murieron tres de los hombres del *Emma,* incluido el capitán Collins y el primer piloto, de nombre Green. Los ocho miembros restantes de la tripulación, bajo el mando del segundo piloto Johansen, se pusieron al frente del yate capturado manteniendo el rumbo que llevaban con objeto de comprobar si existía alguna razón tras aquella orden de dar media vuelta.

Al parecer, al día siguiente divisaron y desembarcaron en una pequeña isla, aun cuando no se sabe que exista ninguna isla en aquella parte del océano. Seis de los tripulantes murieron en tierra, si bien Johansen se muestra singularmente reticente al llegar a esta altura de los hechos y se limita a decir que cayeron por un precipicio rocoso.

Posteriormente, Johansen junto con otro superviviente regresaron a bordo del yate y trataron de tripularlo, pero se vieron sorprendidos por la tormenta del 2 de los corrientes.

Desde esa fecha hasta la de su rescate, que tuvo lugar el pasado día 12, Johansen apenas recuerda nada, ni siquiera cuándo murió su compañero, William Briden. La muerte de éste no parece deberse a ringuna causa aparente, por lo que cabe achacarla a la extrema excitación a que se vieron sometidos o a la continua exposición a los elementos.

Noticias llegadas por cable desde Dunedin señalan que el *Alert* era un mercante de cabotaje muy conocido en la localidad y gozaba de mala reputación entre las gentes del mar. Era propiedad de un extraño grupo de mestizos cuyas frecuentes reuniones e incursiones nocturnas en los bosques despertaban no poca curiosidad. El *Alert* se hizo apresuradamente a la mar inmediatamente después de sobrevenir la tormenta y los temblores de tierra del primero de marzo.

Nuestro corresponsal en Auckland señala que tanto el *Emma* como su tripulación gozaban de excelente consideración en los medios marinos, y califica a Johansen de hombre sensato y cumplidor.

El Almirantazgo ha ordenado abrir una investigación sobre el caso que comenzará mañana; en ella se tomarán todas las medidas necesarias para que Johansen pueda hablar con mayor libertad de lo que lo ha hecho hasta el momento.

Eso, junto con la fotografía de la infernal efigie, era todo lo que decía el artículo, pero tras su lectura ¡qué torrente de ideas se me vino a la cabeza! Un nuevo tesoro de datos sobre el culto de Cthulhu se ofrecía ante mí, y además podía comprobar que sus extraños intereses se extendían tanto a los dominios del mar como a los de la tierra. ¿Qué razones impulsaron a la mestiza tripulación del *Alert* a ordenar alterar el rumbo del *Emma* mientras navegaban con su horripilante ídolo? ¿Cuál era la ignota isla en la que perecieron seis tripulantes del *Emma* y de la que el piloto Johansen guardaba tan celoso secreto? ¿Qué resultados habría producido la investigación conducida por el Almirantazgo y qué se sabía del maléfico culto en Dunedin? Y lo más sorprendente de todo, ¿qué relación tan profunda y natural de fechas era aquella que hacía que tomaran una innegable y malévola significación los diversos giros del suceso tan minuciosamente anotado por mi tío?

El primero de marzo –es decir, nuestro 28 de febrero según la hora del meridiano de Greenwich– fue cuando se dejaron sentir el terremoto y la tormenta. Desde Dunedin, el *Alert* y su depravada tripulación zarparon apresuradamente como si obedecieran a una imperiosa llamada, y en el extremo opuesto de la tierra, poetas y artistas empezaron de repente a sufrir alucinaciones en las que aparecía una misteriosa y rezumante ciudad ciclópea, mientras un joven escultor moldeaba en sueños la forma del temible Cthulhu. El 23 de marzo la tripulación del *Emma* desembarcó en una isla desconocida, dejando tras de sí seis hombres muertos; justo en aquella misma fecha los sueños de hombres dotados de sensibilidad artística alcanzaron una intensidad insospechada y se tiñeron de matices tenebrosos por la persecución de que eran objeto por parte de un maléfico monstruo de dimensiones gigantescas, al tiempo que un arquitecto se volvía loco y un escultor caía súbitamente en estado delirante. ¿Y qué decir de la tormenta del 2 de abril, justo la fecha en que los artistas dejaron de soñar con la rezumante ciudad ciclópea y Wilcox se vio finalmente libre del suplicio de su misteriosa fiebre? ¿Qué deducir de todo ello? ¿Y qué de las alusiones del viejo Castro sobre los Primigenios que, nacidos en las estrellas siderales y sumergidos en el fondo de los océanos, esperan la llegada de su reino, mientras sigue activo su ferviente culto y su *dominio de los sueños?* ¿No estaría tambaleándome al borde de un precipicio de horrores cósmicos que sobrepasaban todo intento de comprensión humana? En tal caso, debía tratarse sólo de horrores de la mente, pues lo cierto es que la fecha del 2 de abril puso fin súbitamente a aquella monstruosa amenaza que había empezado a cernerse sobre el espíritu humano.

Aquella tarde, tras un agitado día en que no hice sino telegrafiar y preparar las cosas, me despedí de mi amigo y tomé el tren para San Francisco. No había pasado un mes cuando ya estaba en Dunedin, en donde, empero, comprobé que apenas se sabía nada de los extraños fieles del satánico culto que solían pasar sus ratos de ocio en las viejas tabernas del puerto. De las nimiedades que oí en los muelles no vale la pena hablar, aunque corrían rumores de un viaje que aquellos mestizos habían hecho tierra adentro, durante el cual pudo apreciarse en las lejanas montañas un débil redoble de tambores y un resplandor rojizo.

En Auckland me enteré de que la rubia cabellera de Johansen se había vuelto blanca tras un rutinario interrogatorio del que no se había sacado nada en limpio, y de que al poco tiempo había vendido la casita que tenía en West Street y había regresado, en compañía de su mujer, a su viejo hogar en Oslo. De su pavorosa experiencia no contó a sus amigos más de lo que había dicho a los oficiales del Almirantazgo, y apenas si pudieron hacer otra cosa que darme su dirección en la capital noruega.

Seguidamente, me fui a Sidney donde inútilmente hablé a marinos y magistrados del tribunal del Vicealmirantazgo. Pude ver el *Alert* –que había sido vendido y era utilizado con fines comerciales– en Circular Quay, en Sydney Cove, pero nada me dijo su reservada tripulación. En cuanto a la figura en cuclillas con cabeza de cefalópodo, cuerpo de dragón, alas cubiertas de escamas y pedestal con inscripciones jeroglíficas, se encontraba en el museo de Hyde Park. Durante algún tiempo la estuve estudiando con detenimiento, advirtiendo en ella el mismo misterio abismal, la misma impresionante antigüedad y el horrible material desconocido que caracterizaban al ejemplar algo más pequeño de Legrasse. Según me dijo el conservador del museo, los geólogos no salían de su asombro al examinarla, sosteniendo que en todo el mundo no había otra piedra igual. Al oír aquello me estremecí pensando en lo que el viejo Castro había dicho a Legrasse sobre los Primigenios: «Vienen de las estrellas y traen sus imágenes consigo...».

Estremecido por una confusión mental como nunca jamás había conocido, decidí que lo mejor sería ir a Oslo a ver al piloto Johansen. Así que me hice a la mar con destino a Londres, donde sin perder un instante volví a embarcar en otro navío en dirección a la capital noruega, desembarcando un día de otoño en sus bien cuidados muelles a la sombra del Egeberg.

Una vez allí pude comprobar que la casa de Johansen se encontraba en la vieja ciudad del rey Harold Haardrada, que conservó el nombre de Oslo durante los muchos siglos que la capital se disfrazó con el de «Cristianía». Tras hacer el breve recorrido en taxi, llamé con el corazón palpitante en la puerta de un antiguo y pulcro edificio con fachada de estuco. Una mujer de semblante triste y vestida de negro respondió a mi llamada, quedándome consternado y estupefacto al oír de sus labios en entrecortado inglés que Gustaf Johansen había fallecido.

La viuda de Johansen me dijo que su marido no había vivido mucho tras su regreso, pues todos los padecimientos que había sufrido en el mar en 1925 le habían quebrantado la salud. A ella no le había contado más de lo que había confesado en público, pero había dejado un largo documento manuscrito –sobre «asuntos técnicos», según dijo él– en inglés, sin duda para salvar a su mujer del peligro de leerlo. En el curso de un paseo por un angosto callejón en las cercanías del puerto de Goteburg, un fardo de periódicos arrojado desde la ventana de una buhardilla le había hecho tambalearse y caer al suelo violentamente. Dos marineros de Lascar le habían ayudado a levantarse al instante, pero antes de que la ambulancia llegase en socorro suyo ya había fallecido. Los médicos no supieron a qué atribuir su muerte, dictaminando que se debía a un fallo cardíaco y a su débil constitución.

Ahora sentía royéndome las entrañas aquel terror siniestro que nunca ya me abandonará hasta el día en que también yo descanse para siempre... ya sea «accidentalmente» o por cualquier otra causa. Tras persuadir a la viuda de que mi relación con los «asuntos técnicos» de su marido me autorizaba a tomar posesión del manuscrito, me llevé el documento y me puse a leerlo ávidamente en el viaje de regreso a Londres.

Se trataba de un relato sencillo, sin pretensiones –el esfuerzo de un ingenuo marinero por escribir un diario *a posteriori* de los hechos–, en el que Johansen se afanaba por recordar día tras día aquel último y espantoso viaje.

No es lugar este para intentar transcribirlo al pie de la letra, con todos los pasajes oscuros y redundantes que pueden apreciarse en él, pero trataré de ofrecer lo esencial de su contenido para que se comprenda por qué el ruido de las olas chocando contra el casco del barco se me hizo tan insufrible que acabé optando por taparme los oídos con algodón.

Johansen, a Dios gracias, no lo sabía todo, aun cuando llegó a ver la ciudad y el Ser, pero jamás podré volver a conciliar tranquilamente el sueño al pensar en los horrores que acechan incesantemente a la vida, tanto en el tiempo como en el espacio, y en aquellas satánicas monstruosidades procedentes de extinguidas estrellas que sueñan en las profundidades marinas y son objeto de adoración por parte de un culto de pesadilla que está presto y decidido a soltarlas en la superficie de la tierra cuando un nuevo terremoto vuelva a levantar hacia los cielos y el aire su monstruosa ciudad de piedra.

El viaje de Johansen comenzó tal como había contado en el Vicealmirantazgo. El *Emma,* con carga de lastre, levó anclas de Auckland el 20 de febrero, sufriendo en toda su intensidad la tempestad suscitada por el terremoto, que debió desatar en el fondo del mar los más alucinantes horrores que recuerdan los sueños de los hombres. Una vez que amainó el temporal, el barco siguió navegando a buen ritmo hasta que el *Alert* le obligó a detenerse el 22 de marzo, y pude claramente percibir el hondo pesar que sentía Johansen al describir el cañoneo y hundimiento del *Emma*. Al referirse a los sectarios de tez prieta del *Alert* lo hace con evidente horror. Creía percibir una nota especialmente abominable entre aquellos hombres, que hacía que su exterminio fuera casi un deber –y aquí Johansen muestra una ingenua extrañeza ante la acusación de crueldad esgrimida contra la tripulación del *Emma* durante los interrogatorios a que fue sometida por el tribunal a cargo de la investigación–. Movidos por la curiosidad, siguieron el rumbo que llevaban, ahora bajo el mando de Johansen, hasta que al poco tiempo avistaron una gran columna de piedra que sobresalía del mar, y a la altura del punto 47° 9' de latitud sur y 126° 43' de longitud oeste llegaron frente a un litoral de cieno, fango y ciclópeos sillares cubiertos de hierbas que no podía ser otra cosa que la sustancia tangible del supremo terror de la tierra: la fantasmagórica y cadavérica ciudad de R'lyeh, erigida en la noche infinita anterior a los tiempos históricos por aquellas gigantescas y siniestras figuras procedentes de las estrellas sin luz. Allí yacían el gran Cthulhu y sus hordas, ocultos en verdes y fangosas criptas, y emitiendo, por fin, tras incalculables ciclos temporales, las vibraciones que inundaban de pánico los sueños de los más sensibles, a la vez que convocaban imperiosamente a sus fieles a lanzarse en peregrinación por su liberación y por la restauración de su imperio. Johansen no sospechaba lo más mínimo de todo ello, ¡pero bien sabe Dios que vio bastante!

Supongo que, en realidad, lo que sobresalía de las aguas no era sino la cima de una montaña: la horrible ciudadela coronada por un monolito donde yacía enterrado el gran Cthulhu. Cuando pienso en *cuánto* debe seguir gestándose allí casi me dan ganas de poner fin a mi vida sin mayor dilación. Johansen y sus hombres se quedaron atónitos ante la majestad cósmica de aquella rezumante Babilonia de ancianos demonios, y debieron intuir por su cuenta que aquel lugar no pertenecía a éste ni a ningún otro saludable planeta. Su estupefacción ante el increíble tamaño de los verdosos sillares de piedra, ante la vertiginosa altura del imponente monolito esculpido y ante la desconcertante identidad de las colosales estatuas y bajorrelieves con la misteriosa efigie encontrada en el relicario del *Alert,* se reflejaba nítidamente en cada línea de la escalofriante descripción del piloto noruego.

Sin saber lo más mínimo de futurismo, Johansen se aproximaba mucho a los seguidores de este movimiento al referirse a la ciudad, pues en lugar de describir estructuras o edificios de perfiles bien definidos, se limitó a ofrecer las impresiones que le sugirieron los amplios ángulos y superficies de piedra... superficies demasiado inmensas para que pudiesen pertenecer a nada normal o propio de la tierra, y abominables por sus horribles imágenes y jeroglíficos. Si menciono lo que Johansen dice sobre los *ángulos* es sobre todo porque me trae a la memoria algo que Wilcox dijo haber visto en sus espantosos sueños. Según el joven escultor la *geometría* del lugar soñado era anormal, antieuclideana y alucinante y sugería esferas y dimensiones distintas de las nuestras. Ahora un marinero, sin especial cultura, sentía idéntica impresión mientras contemplaba aquella abominable realidad.

Johansen y sus hombres desembarcaron en el empinado y enfangado litoral de aquella monstruosa acrópolis, y, gateando, lograron encaramarse sobre los imponentes bloques de cieno que ningún parecido guardaban con una escalera humana. Hasta el mismo sol daba impresión de estar deformado al contemplarlo a través del miasma polarizador que emanaba de aquella monstruosidad empapada por las aguas del mar, y una serpenteante amenaza e inquietud se cernía maléficamente sobre aquellos ángulos tremendamente escurridizos de roca esculpida, en que una segunda mirada dejaba ver una superficie cóncava allí donde antes habían creído ver una convexa.

Algo que podría muy bien denominarse terror se apoderó de los exploradores antes de llegar a ver otra cosa que no fuese roca, cieno o algas marinas. Todos habrían salido corriendo de allí si no hubieran temido las burlas de los demás, y sin el menor entusiasmo prosiguieron su ascenso, tratando de encontrar –inútilmente, como luego se demostró– algún pequeño recuerdo que llevarse de aquel lugar.

Rodrigues, el portugués, fue el primero en llegar al pie del monolito, profiriendo un estridente grito ante lo que allí vio. Los demás le siguieron, mirando con curiosidad la inmensa puerta labrada en la que se veía el ya familiar bajorrelieve con forma de cefalópodo y dragón. Según Johansen, se asemejaba a una inmensa puerta de granero, y todos los demás estuvieron de acuerdo en que se trataba de una puerta por el ornamentado dintel, umbral y jambas que se apreciaban en ella, aunque no sabrían decir si estaba plana a nivel del suelo como una trampa, o estaba inclinada, como la puerta de un sótano. Como Wilcox había dicho, la geometría de aquel lugar estaba totalmente distorsionada. No podría afirmarse si el mar y la tierra estaban en posición horizontal, de ahí que la posición relativa del resto de las cosas pareciese fantasmagóricamente variable.

Briden trató de mover la piedra por varios sitios pero sin resultado. Donovan tanteó con sumo cuidado los bordes, apretando cada punto a medida que lo hacía. Trepó interminablemente por aquella grotesca piedra tallada –claro que aquello sólo podría considerarse una escalada en el supuesto de que no se tratase de una superficie horizontal–, y los hombres del *Emma* se preguntaban cómo podría haber una puerta de tan inmensas proporciones en todo el universo. Luego, con mucha lentitud y suavidad, el imponente panel de media hectárea de superficie comenzó a ceder por la parte superior, y entonces pudieron comprobar que se balanceaba.

Donovan se deslizó o, de alguna forma, se las arregló para propulsarse hacia abajo o a lo largo de la jamba, reincorporándose al resto del grupo, y todos se quedaron estupefactos al ver cómo aquel portal abominablemente esculpido retrocedía. En medio de semejante fantasía de distorsión prismática la puerta se desplazaba anómalamente en sentido diagonal, de forma que parecía no respetarse ninguna de las reglas que gobiernan la materia y la perspectiva.

El resquicio que quedó al descubierto era oscuro, de una oscuridad que casi podía palparse. No obstante, aquella oscuridad tenía una *calidad positiva,* pues ocultaba una parte de la muralla interior –que de lo contrario se habría puesto al descubierto y ascendió como humo de su confinamiento de infinitos siglos, eclipsando visiblemente el sol mientras se escurría por el encogido y contrahecho cielo agitando sus membranosas alas–. El hedor que manaba de los abismos recién abiertos era insoportable. Al cabo de un rato, Hawkins, que alardeaba de tener un oído muy fino, creyó escuchar un horrendo chapoteo en aquellas siniestras tinieblas. Todos agudizaron el oído y aún seguían escuchando cuando, en medio de un fenomenal estruendo, apareció aquel rezumante Ser y, a tientas, introdujo su gelatinosa y verdosa inmensidad corporal por entre la oscura puerta saliendo al aire infestado de aquella mefítica ciudad infernal.

La letra denotaba que el pulso le había fallado al desventurado Johansen al llegar a esta parte. De los seis hombres que nunca regresaron a bordo, dos a su entender murieron de puro terror en aquel demencial instante. No puede describirse el Ser que vieron, no hay palabras para expresar semejantes abismos de pavor e inmemorial demencia, tan abominables contradicciones de la materia, la fuerza y el orden cósmico. ¡Una montaña andando o dando tumbos! ¡Dios del cielo! ¡Qué prodigio que en puntos extremos de la tierra, un famoso arquitecto se volviese loco y en ese mismo telepático instante el pobre Wilcox delirase febrilmente! El Ser supremo de los ídolos, el verdoso y pringoso engendro de las estrellas siderales, se levantaba de su tumba para reclamar lo que le correspondía. Las estrellas volvían a ser favorables, y lo que todo un culto milenario no había logrado conseguir por más voluntad que pusieron sus idólatras, lo acababa de lograr, casualmente, un pequeño grupo de despavoridos marineros. ¡Tras millones de millones de años el gran Cthulhu volvía a la vida, ávido de placeres!

Antes de poder siquiera emprender la huida, tres hombres habían caído presa de las macilentas garras de aquel monstruoso Ser. Que Dios les otorgue el descanso eterno, si es que al universo le es dado descansar. Las víctimas eran Donovan, Guerrera y Angstrom. Parker resbaló, mientras los tres marinos que quedaban con vida se arrojaron desesperadamente sobre interminables masas de roca recubierta de musgosidad verde, y Johansen jura que a él se lo tragó un ángulo de aquella mampostería que no debería encontrarse donde estaba, un ángulo que si bien era de perfiles agudos se comportaba como si fuera obtuso. Sólo Briden y Johansen lograron llegar al bote y se lanzaron a remar frenéticamente en un intento desesperado por llegar al *Alert,* mientras la imponente monstruosidad se deslizaba por las rezumantes rocas y vacilaba, avanzando torpemente, al llegar al borde de las aguas.

Pese a que no había quedado ni un solo tripulante sobre cubierta aún seguía saliendo vapor del barco, así que tan sólo fue cuestión de unos momentos de febriles carreras de un lado para otro, de timones a motores, volver a poner en marcha el *Alert*. Lentamente, entre los impresionantes horrores de aquel indescriptible e infernal escenario, el barco comenzó a remover las letales aguas, mientras en la mampostería de aquella sepulcral playa, que no guardaba ningún parecido con nada de este mundo, el titánico Ser procedente de las estrellas siderales lanzaba espumarajos y atroces improperios por la boca, cual si de Polifemo maldiciendo el barco en que huía Ulises se tratara. Pero más decidido que el cíclope épico, el gran Cthulhu se deslizó dejando un untuoso reguero en el agua y salió en persecución de los fugitivos nadando con unas brazadas de tal potencia cósmica que levantaban auténticas olas. Briden volvió la cabeza y acto seguido sufrió un ataque de locura, rompiendo a carcajadas a intervalos hasta que una noche la muerte le sorprendió en el camarote mientras Johansen no cesaba de delirar.

Pero Johansen no se rindió. Consciente de que el monstruoso Ser alcanzaría sin problemas al *Alert* antes de que éste pudiese alcanzar la máxima velocidad, tomó una decisión a la desesperada, y, poniendo los motores a toda máquina, corrió como una centella sobre cubierta y dio un brusco giro al timón. Al instante, se formó un imponente remolino y una corriente de espuma en aquellas insalubres aguas, y mientras subía por momentos la presión del motor el audaz piloto noruego enderezó el barco en la dirección en que venía tras de ellos el abominable Ser gelatinoso que sobresalía sobre la mefítica espuma de las olas como si fuese la popa de un galeón salido del averno. La horrible cabeza de cefalópodo con sus retorcidos tentáculos se encontraba ya casi a la altura del bauprés del porfiado yate, pero Johansen siguió enfilando la proa implacablemente hacia su objetivo.

Al instante, se produjo un estallido semejante al reventón de una vejiga, una cenagosa fetidez como cuando se rajan las tripas de un pez luna, un hedor insoportable cual si un millar de tumbas se abrieran de golpe y un sonido tal que el cronista ni se atrevió a describir. Por unos segundos el barco se vio sumido en una acre y cegadora nube verdosa, y al salir de ella sólo se apreciaba un ponzoñoso remolino a babor. Allí, mientras el *Alert* ganaba ímpetu aumentando su velocidad por segundos y alejándose del escenario de los hechos, los gelatinosos restos dispersos de aquel indescriptible engendro sideral volvían nebulosamente a *recompo-*

nerse hasta adquirir su abominable forma original. ¡Que Dios proteja a la humanidad!

Y así acabó todo. Tras aquel inolvidable día Johansen no hizo sino meditar sobre qué sería aquel ídolo que había en el camarote y proveer mínimamente a su sustento y al de su enloquecido compañero que no cesaba de reír. No trató de seguir un rumbo determinado tras aquella primera y temeraria hazaña, pues a raíz de ella se había quedado sin fuerzas ni ánimos. Luego les sorprendió la tormenta del 2 de abril, y su conciencia se fue sumiendo en un mar poblado de negros nubarrones. Sintió un espectral torbellino a través de rezumantes abismos de infinidad, de vertiginosas carreras por universos giratorios montado en la cola de un cometa, y de histéricos saltos desde el fondo del averno a la luna y desde la luna al fondo del averno, todo ello animado por un histriónico coro integrado por ancianos dioses jocosos y deformes y joviales trasgos de color verde y con alas de murciélago venidos del Tártaro.

Tras el sueño vino el rescate, y con él el *Vigilant,* el tribunal del Vicealmirantazgo, las calles de Dunedin y el largo viaje de regreso al viejo hogar al pie del Egeberg. No podía decir nada, pues pensarían que estaba loco. Lo pondría todo por escrito antes de que le sorprendiera la muerte, pero su mujer no debía enterarse de nada. La muerte sería una bendita dicha con tal de que se borrasen para siempre tan infernales recuerdos.

Tales cosas decía el documento que tuve ocasión de leer y que he puesto en una caja de latón, junto con el bajorrelieve y los papeles del profesor Angell. Les hará compañía este testimonio mío, la prueba fidedigna de mi sano juicio, en el que trato de reconstruir lo que espero no vuelva a reconstruirse en la vida. He podido ver todo el horror que se cierne sobre nuestro planeta, y en lo sucesivo hasta los primaverales cielos y las florecillas que brotan en el verano serán veneno para mí. Pero no creo que se prolongue mucho mi vida. Lo mismo que se fue mi tío, lo mismo que se fue el pobre Johansen, un día me iré yo para siempre. Sé demasiado, y el culto aún pervive.

Y supongo que también sigue viviendo Cthulhu, supongo que sigue en esa abismal sima de piedra en donde se oculta desde la infancia del astro solar. Su infernal ciudad ha vuelto a hundirse bajo el mar, lo sé porque el *Vigilant* volvió a surcar aquellas aguas tras la tormenta que las azotó en abril, pero los oficiantes que mantienen vivo su culto en el mundo siguen dando alaridos y haciendo extrañas contorsiones y ofrendando sacrificios en torno a monolitos rematados por un ídolo en apartados lugares. Seguramente Cthulhu debió quedar atrapado por el hundimiento mientras permanecía en su tenebroso abismo, o de lo contrario la tierra entera estaría ahora gritando en medio de un frenesí y un espanto indescriptibles. ¿Quién sabe cuál será el final? Lo que emerge puede hundirse, y lo que se hunde puede volver a emerger. La más estremecedora repulsividad aguarda y sueña en el fondo de los abismos en espera de que llegue su hora, y la podredumbre se extiende por las tambaleantes ciudades levantadas por el hombre. El día llegará, ¡no puedo ni quiero pensarlo! Sólo pido que, si no sobrevivo a este manuscrito, mis albaceas antepongan la prudencia a la audacia y hagan lo imposible para que no lo vean otros ojos.

Aire frío*

Me piden que explique por qué temo las corrientes de aire frío, por qué tirito más que otros al entrar en una habitación fría y parece como si sintiera náuseas y repulsión cuando el fresco viento del anochecer empieza a deslizarse por entre la calurosa atmósfera de un apacible día otoñal. Según algunos, reacciono frente al frío como otros lo hacen frente a los malos olores, impresión ésta que no negaré. Lo que haré es referir el caso más espeluznante que me ha sucedido, para que ustedes juzguen en consecuencia si constituye o no una razonada explicación de esta peculiaridad mía.

Es una equivocación creer que el horror se asocia inextricablemente con la oscuridad, el silencio y la soledad. Yo me di de bruces con él en plena tarde, en pleno ajetreo de la gran urbe y en medio del bullicio propio de una

* Título original: *Cool Air*, 1926.

destartalada y modesta pensión, en compañía de una prosaica patrona y dos fornidos hombres. En la primavera de 1923 había conseguido un trabajo bastante monótono y mal remunerado en una revista de la ciudad de Nueva York; y viéndome imposibilitado de pagar un sustancioso alquiler, empecé a mudarme de una pensión barata a otra en busca de una habitación que reuniera las cualidades de una cierta limpieza, un mobiliario que pudiera pasar y un precio lo más razonable posible. Pronto comprobé que no me quedaba más remedio que elegir entre soluciones malas, pero tras algún tiempo recalé en una casa situada en la calle Catorce Oeste que me desagradó bastante menos que las otras en que me había alojado hasta entonces.

El lugar en cuestión era una mansión de piedra rojiza de cuatro pisos, que debía datar de finales de la década de 1840, y provista de mármol y obra de marquetería cuyo herrumbroso y descolorido esplendor era muestra de la exquisita opulencia que debió tener en otras épocas. En las habitaciones, amplias y de techo alto, empapeladas con el peor gusto y ridículamente adornadas con artesonado de escayola, había un persistente olor a humedad y a dudosa cocina. Pero los suelos estaban limpios, la ropa de cama podía pasar y el agua caliente apenas se cortaba o enfriaba, de forma que llegué a considerarlo como un lugar cuando menos soportable para hibernar hasta el día en que pudiera volver realmente a vivir. La patrona, una desaliñada y casi barbuda mujer española apellidada Herrero, no me importunaba con habladurías ni se quejaba cuando dejaba encendida la luz hasta altas horas en el vestíbulo de mi tercer piso; y mis compañeros de pensión eran tan pacíficos y poco comunicativos como desearía, tipos toscos, españoles en su mayoría, apenas con el menor grado de educación. Sólo el estrépito de los coches que circulaban por la calle constituía una auténtica molestia.

Llevaría allí unas tres semanas cuando se produjo el primer extraño incidente. Una noche, a eso de las ocho, oí como si cayeran gotas en el suelo y de repente advertí que llevaba un rato respirando el acre olor característico del amoníaco. Tras echar una mirada a mi alrededor, vi que el techo estaba húmedo y goteaba; la humedad procedía, al parecer, de un ángulo de la fachada que daba a la calle. Deseoso de cortarla en su origen, me dirigí apresuradamente a la planta baja para decírselo a la patrona, quien me aseguró que el problema se solucionaría de inmediato.

–El doctor Muñoz –dijo en voz alta mientras corría escaleras arriba delante de mí– ha debido derramar algún producto químico. Está demasiado enfermo para cuidar de sí mismo; cada día que pasa está más enfermo, pero no quiere que nadie le atienda. Tiene una enfermedad muy extraña. Todo el día se lo pasa tomando baños de un olor la mar de raro y no puede excitarse ni acalorarse. Él mismo se hace la limpieza; su pequeña habitación está llena de botellas y de máquinas, y no ejerce de médico. Pero en otros tiempos fue famoso; mi padre oyó hablar de él en Barcelona, y no hace mucho le curó al fontanero un brazo que se había herido en un accidente. Jamás sale. Todo lo más se le ve de vez en cuando en la terraza, y mi hijo Esteban le lleva a la habitación la comida, la ropa limpia, las medicinas y los preparados químicos.

¡Dios mío, hay que ver la sal de amoníaco que gasta ese hombre para estar siempre fresco!

Mrs. Herrero desapareció por el hueco de la escalera en dirección al cuarto piso, y yo volví a mi habitación. El amoníaco dejó de gotear y, mientras recogía el que se había vertido y abría la ventana para que entrase aire, oí arriba los macilentos pasos de la patrona. Nunca había oído hablar al doctor Muñoz, a excepción de ciertos sonidos que parecían más bien propios de un motor de gasolina. Su andar era calmo y apenas perceptible. Por unos instantes me inquirí qué extraña dolencia podía tener aquel hombre, y si su obstinada negativa a cualquier auxilio proveniente del exterior no sería sino el resultado de una extravagancia sin fundamento aparente. Hay, se me ocurrió pensar, un tremendo *pathos* en el estado de aquellas personas que en algún momento de su vida han ocupado una posición alta y posteriormente la han perdido.

Tal vez no hubiera conocido nunca al doctor Muñoz, de no haber sido por el ataque al corazón que de repente sufrí una mañana mientras escribía en mi habitación. Los médicos me habían advertido del peligro que corría si me sobrevenían tales accesos, y sabía que no había tiempo que perder. Así pues, recordando lo que la patrona había dicho acerca de los cuidados prestados por aquel enfermo al obrero herido, me arrastré como pude hasta el piso superior y llamé débilmente a la puerta justo encima de la mía. Mis golpes fueron contestados en buen inglés por una extraña voz, situada a cierta distancia a la derecha de la puerta, que preguntó cuál era mi nombre y el objeto de mi visita; aclarados ambos puntos, se abrió la puerta contigua a la que yo había llamado.

Un soplo de aire frío salió a recibirme a manera de saludo, y aunque era uno de esos días calurosos de finales de junio, me puse a tiritar al traspasar el umbral de una amplia estancia, cuya elegante y suntuosa decoración me sorprendió en tan destartalado y mugriento nido. Una cama plegable desempeñaba ahora su diurno papel de sofá, y los muebles de caoba, lujosas cortinas, antiguos cuadros y añejas estanterías hacían pensar más en el estudio de un señor de buena crianza que en la habitación de una casa de huéspedes. Pude ver que el vestíbulo que había encima del mío –la «pequeña habitación» llena de botellas y máquinas a la que se había referido Mrs. Herrero– no era sino el laboratorio del doctor, y que la principal habitación era la espaciosa pieza contigua a éste cuyos confortables nichos y amplio cuarto de baño le permitían ocultar todos los aparadores y engorrosos ingenios utilitarios. El doctor Muñoz, no cabía duda, era todo un caballero culto y refinado.

La figura que tenía ante mí era de estatura baja pero extraordinariamente bien proporcionada, y llevaba un traje un tanto formal de excelente corte. Una cara de nobles facciones, de expresión firme aunque no arrogante, adornada por una recortada barba de color gris metálico, y unos anticuados quevedos que protegían unos oscuros y grandes ojos coronando una nariz aguileña, conferían un toque moruno a una fisonomía por lo demás predominante celtibérica. El abundante y bien cortado pelo, que era prueba de puntuales visitas al barbero, estaba partido con gracia por una raya encima de su respetable frente. Su aspecto general sugería una inteligencia fuera de lo corriente y una crianza y educación excelente.

No obstante, al ver al doctor Muñoz en medio de aquel chorro de aire frío, experimenté una repugnancia que nada en su aspecto parecía justificar. Sólo la palidez de su tez y la extrema frialdad de su tacto podrían haber proporcionado un fundamento físico para semejante sensación, e incluso ambos defectos eran excusables habida cuenta de la enfermedad que padecía aquel hombre. Mi desagradable impresión pudo también deberse a aquel extraño frío, pues no tenía nada de normal en tan caluroso día, y lo anormal suscita siempre aversión, desconfianza y miedo.

Pero la repugnancia cedió pronto paso a la admiración, pues las extraordinarias dotes de aquel singular médico se pusieron al punto de manifiesto a pesar de aquellas heladas y temblorosas manos por las que parecía no circular la sangre. Le bastó una mirada para saber lo que me pasaba, siendo sus auxilios de una destreza magistral. Al tiempo, me tranquilizaba con una voz finamente modulada, aunque extrañamente hueca y carente de todo timbre, diciéndome que él era el más implacable enemigo de la muerte, y que había gastado su fortuna personal y perdido a todos sus amigos por dedicarse toda su vida a extraños experimentos para hallar la forma de detener y extirpar la muerte. Algo de benevolente fanatismo parecía advertirse en aquel hombre mientras seguía hablando en un tono casi locuaz al tiempo que me auscultaba el pecho y mezclaba las drogas que había cogido de la pequeña habitación destinada a laboratorio hasta conseguir la dosis debida. Evidentemente, la compañía de un hombre educado debió parecerle una rara novedad en aquel miserable antro, de ahí que se lanzara a hablar más de lo acostumbrado a medida que rememoraba tiempos mejores.

Su voz, aunque algo rara, tenía al menos un efecto sedante; y ni siquiera pude percibir su respiración mientras las fluidas frases salían con exquisito esmero de su boca. Trató de distraerme de mis preocupaciones hablándome de sus teorías y experimentos, y recuerdo con qué tacto me consoló acerca de mi frágil corazón insistiendo en que la voluntad y la conciencia son más fuertes que la vida orgánica misma. Decía que si lograba mantenerse saludable y en buen estado el cuerpo, se podía, mediante el reforzamiento científico de la voluntad y la conciencia, conservar una especie de vida nerviosa, cualesquiera que fuesen los graves defectos, disminuciones o incluso ausencias de órganos específicos que se sufrieran. Algún día, me dijo medio en broma, me enseñaría cómo vivir –o, al menos, llevar una cierta existencia consciente– ¡sin corazón! Por su parte, sufría de una serie de dolencias que le obligaban a seguir un régimen muy estricto, que incluía la necesidad de estar expuesto constantemente al frío. Cualquier aumento apreciable de la temperatura podía, caso de prolongarse, afectarle fatalmente; y había logrado mantener el frío que reinaba en su estancia –de unos 11 a 12 grados– gracias a un sistema absorbente de enfriamiento por amoníaco, cuyas bombas eran accionadas por el motor de gasolina que con tanta frecuencia oía desde mi habitación situada justo debajo.

Recuperado del ataque en un tiempo extraordinariamente breve, salí de aquel lugar helado convertido en ferviente discípulo y devoto del genial recluso. A partir de ese día, le hice frecuentes visitas siempre con el abrigo puesto. Le escuchaba atentamente mientras hablaba de secretas investigaciones y resultados casi escalofriantes, y un estremecimiento se apoderó de mí al examinar los singulares y sorprendentes volúmenes antiguos que se alineaban en las estanterías de su biblioteca. Debo añadir que me encontraba ya casi completamente curado de mi dolencia, gracias a sus acertados remedios. Al parecer, el doctor Muñoz no desdeñaba los conjuros de los medievalistas, pues creía que aquellas fórmulas crípticas contenían raros estímulos psicológicos que bien podrían tener efectos indecibles sobre la sustancia de un sistema nervioso en el que ya no se dieran pulsaciones orgánicas. Me impresionó grandemente lo que me contó del anciano doctor Torres, de Valencia, con quien realizó sus primeros experimentos y que le atendió a él en el curso de la grave enfermedad que padeció 18 años atrás, y de la que procedían sus actuales trastornos. Al poco de salvar a su colega, el anciano médico sucumbió víctima de la gran tensión nerviosa a que se vio sometido, pues el doctor Muñoz me susurró claramente al oído –aunque no con detalle– que los métodos de curación empleados habían sido de todo punto excepcionales, con terapéuticas que no serían seguramente del agrado de los galenos de cuño tradicional y conservador.

A medida que transcurrían las semanas, observé con dolor que el aspecto físico de mi nuevo amigo iba desmejorándose, lenta pero irreversiblemente, tal como me había dicho Mrs. Herrero. Se intensificó el lívido aspecto de su semblante, su voz se hizo más hueca e indistinta, sus movimientos musculares perdían coordinación de día en día y su cerebro y voluntad desplegaban menos flexibilidad e iniciativa. El doctor Muñoz parecía darse perfecta cuenta de tan lamentable empeoramiento, y poco a poco su expresión y conversación fueron adquiriendo un matiz de horrible ironía que me hizo recobrar algo de la indefinida repugnancia que experimenté al conocerle.

El doctor Muñoz adquirió con el tiempo extraños caprichos, aficionándose a las especias exóticas y al incienso egipcio, hasta el punto de que su habitación se impregnó de un olor semejante al de la tumba de un faraón enterrado en el Valle de los Reyes. Al mismo tiempo, su necesidad de aire frío fue en aumento, y, con mi ayuda, amplió los conductos de amoníaco de su habitación y transformó las bombas y sistemas de alimentación de la máquina de refrigeración hasta lograr que la temperatura descendiera a un punto entre uno y cuatro grados, y, finalmente, incluso a dos bajo cero; el cuarto de baño y el laboratorio conservaban una temperatura algo más alta, a fin de que el agua no se helara y pudieran darse los procesos químicos. El huésped que habitaba en la habitación contigua se quejó del aire glacial que se filtraba a través de la puerta de comunicación, así que tuve que ayudar al doctor a poner unos tupidos cortinajes para solucionar el problema. Una especie de creciente horror, desmedido y morboso, pareció apoderarse de él. No cesaba de hablar de la muerte, pero estallaba en sordas risas cuando, en el curso de la conversación, se aludía con suma delicadeza a cosas como los preparativos para el entierro o los funerales.

Con el tiempo, el doctor Muñoz acabó convirtiéndose en una desconcertante y hasta desagradable compañía. Pero, en mi gratitud por haberme curado, no podía abandonarle en manos de los extraños que le rodeaban; así que tuve buen cuidado de limpiar su habitación y atenderle en sus necesidades cotidianas, embutido en un grueso gabán que me compré especialmente para tal fin. Asimismo, le hacía el grueso de sus compras, aunque no salía de mi estupor ante algunos de los artículos que me encargaba comprar en las farmacias y almacenes de productos químicos.

Una creciente e indefinible atmósfera de pánico parecía desprenderse de su estancia. La casa entera, como ya he dicho, despedía un olor a humedad; pero el olor de las habitaciones del doctor Muñoz era aún peor, y, no obstante las especias, el incienso y el acre perfume de los productos químicos de los ahora incesantes baños –que insistía en tomar sin ayuda alguna–, comprendí que aquel olor debía guardar relación con su enfermedad, y me estremecí al pensar cuál podría ser. Mrs. Herrero se santiguaba cada vez que se cruzaba con él, y finalmente lo abandonó por entero en mis manos, no dejando siquiera que su hijo Esteban siguiese haciéndole los recados. Cuando yo le sugería la conveniencia de avisar a otro médico, el paciente montaba en el máximo estado de cólera que parecía atreverse a alcanzar. Temía sin duda el efecto físico de una violenta emoción, pero su voluntad y coraje crecían en lugar de menguar, negándose a meterse en la cama. La lasitud de los primeros días de su enfermedad dio paso a un retorno de su vehemente ánimo, hasta el punto de que parecía desafiar a gritos al demonio de la muerte aun cuando corriese el riesgo de que el tradicional enemigo se apoderase de él. Dejó prácticamente de comer, algo que curiosamente siempre dio la impresión de ser una formalidad en él, y sólo la energía mental que le restaba parecía librarle del colapso definitivo.

Adquirió la costumbre de escribir largos documentos, que sellaba con cuidado y llenaba de instrucciones para que a su muerte los remitiera yo a sus destinatarios. Éstos eran en su mayoría de las Indias Occidentales, pero entre ellos se encontraba un médico francés famoso en otro tiempo y al que ahora se daba por muerto, y del que se decían las cosas más increíbles. Pero lo que hice en realidad, fue quemar todos los documentos antes de enviarlos o abrirlos. El aspecto y la voz del doctor Muñoz se volvieron absolutamente espantosos y su presencia casi insoportable. Un día de septiembre, una inesperada mirada suya suscitó una crisis epiléptica en un hombre que había venido a reparar la lámpara eléctrica de su mesa de trabajo, ataque este del que se recuperó gracias a las indicaciones del doctor mientras se mantenía lejos de su vista. Aquel hombre, harto sorprendentemente, había vivido los horrores de la Gran Guerra sin sufrir tamaña sensación de terror.

Un día, a mediados de octubre, sobrevino el horror de los horrores de forma pasmosamente repentina. Una noche, a eso de las once, se rompió la bomba de la máquina de refrigeración, por lo que pasadas tres horas resultó imposible mantener el proceso de enfriamiento del amoníaco. El doctor Muñoz me avisó dando golpes en el suelo, y yo hice lo imposible por reparar la avería, mientras mi vecino no cesaba de lanzar imprecaciones en una voz tan exánime y espeluznantemente hueca que excede toda posible descripción. Mis esfuerzos de aficionado, empero, resultaron inútiles; y cuando al cabo de un rato me presenté con un mecánico de un garaje nocturno cercano, comprobamos que nada podía hacerse hasta la mañana siguiente, pues hacía falta un nuevo pistón. La rabia y el pánico del moribundo ermitaño adquirieron proporciones grotescas, dando la impresión de que fuera a quebrarse lo que quedaba de su debilitado físico, hasta que en un momento dado un espasmo le obligó a llevarse las manos a los ojos y precipitarse hacia el cuarto de baño. Salió de allí a tientas con el rostro fuertemente vendado y ya no volví a ver sus ojos.

El frío reinante en la estancia empezó a disminuir de forma harto apreciable y a eso de las cinco de la mañana el doctor se retiró al cuarto de baño, al tiempo que me encargaba le procurase todo el hielo que pudiera conseguir en las tiendas y cafeterías abiertas durante la noche. Cada vez que regresaba de alguna de mis desalentadoras correrías y dejaba el botín delante de la puerta cerrada del baño, podía oír un incansable chapoteo dentro y una voz ronca que gritaba «¡Más! ¡Más!». Finalmente, amaneció un caluroso día, y las tiendas fueron abriendo una tras otra. Le pedí a Esteban que me ayudara en la búsqueda del hielo mientras yo me encargaba de conseguir el pistón. Pero, siguiendo las órdenes de su madre, el muchacho se negó en redondo.

En última instancia, contraté los servicios de un haragán de aspecto zarrapastroso a quien encontré en la esquina de la Octava Avenida, a fin de que le subiera al paciente hielo de una pequeña tienda en que le presenté, mientras yo me entregaba con la mayor diligencia a la tarea de encontrar un pistón para la bomba y conseguir los servicios de unos obreros competentes que lo instalaran. La tarea parecía interminable, y casi llegué a montar tan en cólera como mi ermitaño vecino al ver cómo transcurrían las horas yendo de acá para allá sin aliento y sin ingerir alimento alguno, tras mucho telefonear en vano e ir de un lado para otro en metro y automóvil. Serían las doce cuando muy lejos del centro encontré un almacén de repuestos donde tenían lo que buscaba, y aproximadamente hora y media después llegaba a la pensión con el instrumental necesario y dos fornidos y avezados mecánicos. Había hecho todo lo que estaba en mi mano, y sólo me quedaba esperar que llegase a tiempo.

Sin embargo, un indecible terror me había precedido. La casa estaba totalmente alborotada, y por encima del incesante parloteo de las atemorizadas voces pude oír a un hombre que rezaba con profunda voz de bajo. Algo diabólico flotaba en el ambiente, y los huéspedes pasaban las cuentas de sus rosarios al llegar hasta ellos el olor que salía por debajo de la atrancada puerta del doctor. Al parecer, el tipo que había contratado salió precipitadamente dando histéricos alaridos al poco de regresar de su segundo viaje en busca de hielo: quizá se debiera todo a un exceso de curiosidad. En la precipitada huida no pudo, desde luego, cerrar la puerta tras de sí; pero lo cierto es que estaba cerrada y, a lo que parecía, desde el interior. Dentro no se oía el menor ruido, salvo un indefinible goteo lento y espeso.

Tras consultar brevemente con Mrs. Herrero y los obreros, no obstante el miedo que me tenía atenazado, opiné que lo mejor sería forzar la puerta; pero la patrona halló el modo de hacer girar la llave desde el exterior sirviéndose de un artilugio de alambre. Con anterioridad, habíamos abierto las puertas del resto de las habitaciones de aquel ala del edificio, y otro tanto hicimos con todas las ventanas. A continuación, y protegidas las narices con pañuelos, penetramos temblando de miedo en la hedionda habitación del doctor que, orientada al mediodía, abrasaba con el caluroso sol de primeras horas de la tarde.

Una especie de rastro oscuro y viscoso llevaba desde la puerta abierta del cuarto de baño a la puerta del vestíbulo, y desde aquí al escritorio, donde se había formado un horrible charco. Encima de la mesa había un trozo de papel, garrapateado a lápiz por una repulsiva y ciega mano, terriblemente manchado, también, al parecer, por las mismas garras que trazaron apresuradamente las últimas palabras. El rastro llevaba hasta el sofá en donde finalizaba inexplicablemente.

Lo que había, o hubo, en el sofá es algo que no puedo ni me atrevo a decir aquí. Pero esto es lo que, en medio de un estremecimiento general, descifré del pringoso y embadurnado papel, antes de sacar una cerilla y prenderle fuego hasta quedar sólo una pavesa, lo que conseguí descifrar aterrorizado mientras la patrona y los dos mecánicos salían disparados de aquel infernal lugar hacia la comisaría más próxima para balbucear sus incoherentes historias. Las nauseabundas palabras resultaban poco menos que increíbles en aquella amarillenta luz solar, con el estruendo de los coches y camiones que subían tumultuosamente de la abigarrada calle Catorce..., pero debo confesar que en aquel momento creí lo que decían. Si las creo ahora es algo que sinceramente ignoro. Hay cosas acerca de las cuales es mejor no especular, y todo lo que puedo decir es que no soporto lo más mínimo el olor a amoníaco y que me siento desfallecer ante una corriente de aire excesivamente frío.

Ha llegado el final –rezaban aquellos hediondos garrapatos–. No queda hielo... El hombre ha lanzado una mirada y ha salido corriendo. El calor aumenta por momentos, y los tejidos no pueden resistir. Me imagino que lo sabe... lo que dije sobre la voluntad, los nervios y la conservación del cuerpo una vez que han dejado de funcionar los órganos. Como teoría era buena, pero no podía mantenerse indefinidamente. No conté con el deterioro gradual. El doctor Torres lo sabía, pero murió de la impresión. No fue capaz de soportar lo que hubo de hacer: tuvo que introducirme en un lugar extraño y oscuro, cuando hizo caso a lo que le pedía en mi carta, y logró curarme. Los órganos no volvieron a funcionar. Tenía que hacerse a mi manera –conservación artificial– *pues, ¿comprende?, yo fallecí en aquel entonces, hace ya dieciocho años.*

El ser en el umbral*

Uno

Es cierto que he atravesado con seis balas la cabeza de mi mejor amigo, pero, admitido esto, confío poder demostrar que no puede culpárseme de su asesinato. Al principio dirán que estoy loco, más loco que el hombre a quien maté en aquella celda del manicomio de Arkham. Más adelante, espero que algunos de mis lectores sopesen las cosas que digo, las contrasten con los datos conocidos y se pregunten si es que podría haber reaccionado de forma distinta a como lo hice tras verme frente a semejante horror, frente a semejante ser en el umbral.

Hasta entonces yo tampoco advertí sino locura en las increíbles historias en que me vi metido de lleno. Aún hoy me pregunto si estaba equivocado o si, después de

---

* Título original: *The Thing on the Doorstep*, 1933.

todo, no estaré loco. A decir verdad no lo sé; pero otros tienen cosas bien raras que contar acerca de Edward y Asenath Derby, y hasta los impasibles policías no saben cómo explicar aquella última visita de infausta memoria. Han tratado de urdir la insostenible teoría de un espantoso escarnio o advertencia por parte de unos criados puestos en la calle, pero de sobra saben que la verdad es algo infinitamente más terrible e increíble.

Así pues, sostengo que no he matado a Edward Derby. Al contrario, le he vengado, y al hacerlo libré al mundo de un horror que, de sobrevivir, podría haber desatado insospechados terrores sobre la humanidad entera. Próximas a nuestros trillados senderos cotidianos hay zonas oscuras de sombra, y de cuando en cuando algún alma maléfica se abre paso por entre ellas. Cuando ello sucede, el hombre que lo ve debe golpear sin piedad si no quiere verse obligado a admitir posteriormente las consecuencias.

Conozco de toda la vida a Edward Pickman Derby. Ocho años menor que yo, era tal su precocidad que cuando Edward tenía ocho años y yo dieciséis ya teníamos mucho en común. Era el estudiante más fenomenal que he conocido, y a los siete años ya escribía versos de un tono lúgubre, fantástico y casi patológico, que sorprendían a sus preceptores. Posiblemente haya de buscarse la causa de su prematuro desarrollo en la educación privada que tuvo y en la reclusión llena de mimos en que vivía. Hijo único, tenía debilidades orgánicas que preocupaban a sus amantes padres llevándoles a no dejarle en ningún momento de su lado. Jamás se le consintió salir sin la compañía de su niñera, y rara vez tuvo oportunidad de jugar a sus anchas con otros niños. Todo ello contribuyó, sin duda, a forjar en el joven Derby una vida interior extraña y celosamente reservada, siendo la imaginación su forma de escape de aquella realidad.

En todo caso, sus estudios juveniles fueron prodigiosos y sorprendentes, y la facilidad con que escribía llegó a fascinarme pese a aventajarle en edad. Por aquella época tenía yo inquietudes artísticas un tanto grotescas, y en aquel adolescente encontré un raro espíritu afín. Lo que subyacía a nuestro común entusiasmo por lo tenebroso y lo prodigioso era, indudablemente, la antigua, ruinosa y un tanto temible ciudad en que vivíamos: la encantada y legendaria Arkham, cuyos apiñados y hundidos tejados de estilo holandés y derruidas balaustradas georgianas rumiaban el paso del tiempo a orillas de las susurrantes y oscuras aguas del Miskatonic.

A la larga, acabé por orientarme hacia la arquitectura y abandoné el proyecto de ilustrar un libro de los poemas demoníacos de Edward, pero no por ello nuestra amistad se vio quebrantada lo más mínimo. El increíble talento del joven Derby siguió desarrollándose de forma prodigiosa, y ya a los dieciocho años una recopilación de sus poemas oníricos publicada bajo el titulo de *Azathoth and Other Horrors* causó una tremenda sensación entre la crítica. Mantenía estrecha correspondencia con el famoso poeta baudeleriano Justin Geoffrey, que escribió *The People of the Monolith* y murió profiriendo espantosos gritos en un manicomio en 1926 tras visitar un siniestro pueblo de Hungría de infausto recuerdo.

En autoestimación y cuestiones prácticas, sin embargo, Derby experimentaba un tremendo atraso debido precisamente a la consentida existencia que llevaba. Su salud mejoró con el tiempo, pero sus hábitos de dependencia infantil se vieron fomentados por unos padres superprotectores, de ahí que nunca se atreviese a viajar solo, ni a tomar decisiones ni a asumir la menor responsabilidad. Pronto se vio claramente que no podría abrirse camino en el mundo de los negocios o en el terreno profesional, pero la fortuna familiar era tan cuantiosa que ello no constituía ningún problema. Al alcanzar la madurez siguió conservando una engañosa apariencia juvenil. Rubio y de ojos azules, tenía el delicado cutis propio de un niño y sólo con harta dificultad podían apreciarse sus intentos de dejarse crecer los bigotes. Tenía una voz suave y clara, y la apacible vida que llevaba le daba un rechoncho aspecto juvenil en lugar de la panza característica de la prematura madurez. Era de buena estatura, y sus hermosas facciones habrían hecho de él un apuesto galán de no haber sido porque su timidez le llevó a recluirse en el mundo de los libros.

Los padres de Derby viajaban con él a Europa todos los veranos, y no tardó mucho en captar los aspectos superficiales del pensamiento y expresión artística del viejo continente. Su talento a lo Poe fue desplazándose cada vez más hacia lo degradado, y otros anhelos e inquietudes artísticas se despertaron en él. Por aquellos días sosteníamos interminables discusiones. Yo me había licenciado en Harvard, había hecho prácticas en un estudio de arquitectura en Boston, me había casado y, en último término, había regresado a Arkham para ejercer mi profesión, instalándome en casa de mi familia en Saltonstall Street, aprovechando que mi padre se había mudado a Florida a causa de su precaria salud. Edward solía visitarme casi todas las tardes, hasta el punto de que llegué a considerarle uno más de la casa. Tenía una forma peculiar de llamar al timbre y de golpear con el llamador, lo que con el tiempo acabaría convirtiéndose en una verdadera contraseña, así que todos los días después de la cena estaba atento a los tres familiares golpes secos seguidos de otros dos tras una breve pausa. Con menos frecuencia iba yo a visitarle a su casa, en donde miraba con envidia los oscuros volúmenes de su biblioteca en continuo aumento.

Derby se licenció en la Universidad de Miskatonic, en Arkham, ya que sus padres no le dejaban vivir lejos de su lado. Ingresó a los dieciséis y acabó sus estudios tres años más tarde, licenciándose en literatura inglesa y francesa con excelentes notas en todas las asignaturas excepto en matemáticas y ciencias. Apenas se mezcló para nada con los demás estudiantes, aun cuando de siempre sintió cierta simpatía hacia el grupo de los «audaces» o «bohemios» cuyo lenguaje aparentemente «ingenioso» y pose absurdamente irónica remedaba y cuya dudosa conducta hubiera querido poder adoptar.

Lo que sí hizo fue convertirse en casi un fanático estudioso de los saberes mágicos esotéricos, especialidad por la que la biblioteca de Miskatonic era, y sigue siendo, famosa. Interesado de siempre en los temas de fantasía y de misterio, ahondó ahora en las actuales adivinanzas y acertijos legados por un fabuloso pasado para orientación o desconcierto de la posteridad. Leía cosas como el horripilante *Book of Eibon,* el *Unaussprechlichen Kulten* de Von Junzt y el arcano *Necronomicón* del enloquecido árabe Abdul Alhazred, aunque a escondidas de sus padres. Edward tenía veinte años cuando nació mi primer y único hijo, y pareció encantado cuando le puse por nombre Edward Derby Upton, en honor suyo.

A los veinticinco, Edward Derby era hombre de una prodigiosa cultura, poeta y autor de relatos bastante conocidos, aunque su falta de relaciones y de responsabilidades era un gran freno para su evolución literaria pues hacía que sus obras fuesen manidas y librescas en exceso. Yo era, con toda probabilidad, su amigo más íntimo; para mí Derby era una mina inagotable de temas teóricos, mientras que él buscaba en mí consejo sobre aquellas cuestiones que no quería llegasen a oídos de sus padres. Seguía soltero –más por timidez, inercia y proteccionismo de sus padres que por verdadera inclinación hacia tal estado–, y sus relaciones sociales se reducían al mínimo, no pasando de lo rutinario. Cuando estalló la guerra, su salud e innata timidez le hicieron quedarse en casa. Yo fui destinado a Plattsburg, pero nunca llegué a cruzar el Atlántico.

Y los años fueron pasando. La madre de Edward murió cuando él tenía treinta y cuatro años, y durante meses estuvo absolutamente inactivo a causa de una extraña dolencia de origen psicológico. Su padre decidió llevarle a Europa, donde parece que consiguió curarse de su mal sin que le quedaran secuelas visibles. Después, creyó experimentar una especie de grotesco alborozo, como si hasta cierto punto se librase de un invisible cautiverio. Por entonces, comenzó a vérsele con el grupo universitario más «avanzado» pese a su ya madura edad, y participó en ciertos actos de carácter sumamente turbulento –en cierta ocasión se vio obligado a pagar un crecido chantaje (dinero que hube de prestarle yo) para que no llegara a oídos de su padre su participación en cierto asunto nada limpio–. Algunos de los rumores que circulaban sobre la violenta pandilla de Miskatonic eran de lo más increíble. Incluso llegó a hablarse de magia negra y de participación en sucesos que iban más allá de todo lo imaginable.

Dos

Edward tenía treinta y ocho años cuando conoció a Asenath Waite. Ella debía contar, a mi juicio, unos veintitrés por aquel entonces, y seguía un curso especial sobre metafísica medieval en Miskatonic. La hija de un amigo mío la conocía de la infancia –habían estudiado juntas en la escuela Hall de Kingsport–, rehuyendo su trato a causa de la mala fama que tenía. Era de tez morena, pequeñita y muy atractiva exceptuando sus ojos saltones, pero algo había en su expresión que llevaba a la gente sensible a evitar el contacto con ella. Con todo, eran especialmente su origen y conversación lo que hacía que la gente normal la eludiera. Procedía de la rama de los Waite de Innsmouth y multitud de tenebrosas leyendas habían ido tejiéndose, generación tras generación, sobre la derruida y semidespoblada localidad de Innsmouth y sus habitantes. Corren historias de horribles pactos firmados allá por 1850 y de un extraño elemento «no del todo humano» que pasó a incorporarse a las antiguas familias del casi paralizado puerto pesquero, historias que sólo un yanqui de los de antaño puede inventar y repetir con el debido temor.

El caso de Asenath estaba agravado por el hecho de ser hija de Ephraim Waite y haber nacido de las relaciones mantenidas por éste ya en su senectud con una desconocida que siempre llevaba un velo sobre la cara. Ephraim vivía en una mansión medio en ruinas de Washington Street, Innsmouth, y quienes conocían el lugar (la gente de Arkham evita por todos los medios ir a Innsmouth) afirmaban que las ventanas de la buhardilla estaban siempre cubiertas con tablones y que al anochecer se oían a veces extraños sonidos en el interior del edificio. Al anciano Waite se le conocía por haber sido en su día un excelente estudioso de los temas de magia, y la leyenda afirmaba que podía provocar o sofocar temporales en el mar a su antojo. Yo le había visto una o dos veces en mi juventud cuando vino a Arkham a consultar tomos de saberes arcanos en la biblioteca de la Universidad, no pudiendo soportar su feroz y taciturno rostro con aquellas oscuras greñas barbudas que le cubrían la cara. Murió loco —en circunstancias harto extrañas— poco antes de que su hija (en el testamento nombraba tutor nominal al director del colegio) ingresara en la escuela Hall, pero ella había salido avezada discípula suya y a veces sus diabólicas miradas se parecían a las de su padre.

El amigo mío cuya hija había sido compañera de Asenath Waite repitió muchas cosas curiosas cuando comenzó a divulgarse la noticia de las relaciones de Edward con ella. Asenath, al parecer, se hacía pasar por maga en la escuela, dando la impresión de poder realizar algunos prodigios auténticamente deslumbradores. Afirmaba ser capaz de suscitar tormentas, aunque su aparente éxito se atribuía por lo general a un misterioso don a la hora de predecir. Todos los animales la rehuían y bastaban unos movimientos de su mano derecha para hacer aullar a cualquier perro. En ocasiones demostraba estar en posesión de conocimientos asombrosos y hablar lenguas nada corrientes para una adolescente; en otras, atemorizaba a sus compañeros con inexplicables guiños y miradas de reojo, y parecía inferir un oscuro e irónico regocijo de su situación.

Aún más insólitos eran los casos perfectamente probados de su influencia sobre otras personas. No podía negarse que poseía dotes hipnóticas. Al quedarse mirando fijamente a una compañera a menudo ésta tenía una clara sensación de *transmutación de personalidad,* como si el sujeto hipnotizado pasase momentáneamente al cuerpo de la maga y pudiese mirar del otro lado de la habitación a su verdadero cuerpo, cuyos ojos resplandecían y sobresalían con una expresión ajena. Asenath hacía frecuentes afirmaciones disparatadas sobre la naturaleza de la conciencia y su independencia de la estructura física, o al menos de los procesos vitales de la estructura física. Con todo, si había algo que no llevara bien Asenath era no haber nacido varón, pues creía que el cerebro del hombre se hallaba dotado de facultades cósmicas únicas y de ilimitado alcance. Con el cerebro de un hombre, afirmaba, no sólo igualaría sino hasta sobrepasaría a su padre en el dominio de las fuerzas cósmicas.

Edward conoció a Asenath en una reunión de la «intelligentsia» universitaria celebrada en una habitación estudiantil, y no supo hablar de otra cosa cuando vino a verme al día siguiente. Según decía, Asenath tenía los mismos intereses e inquietudes intelectuales que absorbían la atención de él y, por si fuera poco, le fascinaba su aspecto físico. Jamás había visto yo a la joven, y sólo ligeramente recordaba alguna que otra referencia a ella, pero sabía de quién se trataba. Me parecía bastante lamentable que Derby llegara a perder de tal modo la cabeza por semejante mujer, pero no hice nada por quitarle la ilusión pues el encaprichamiento se crece con las críticas. Por lo visto, no pensaba hablarle de ella a su padre.

En las semanas que siguieron, Derby apenas me habló de otra cosa que de Asenath. Por el pueblo se comentaban los amores otoñales de Edward, aunque se admitía que no aparentaba ni remotamente la edad que tenía y que no desdecía como acompañante de tan grotesca divinidad. Tan sólo tenía una pizca de barriga a pesar de su desidia y de lo poco que se cuidaba físicamente, y su rostro carecía totalmente de arrugas. Asenath, por otro lado, tenía las prematuras patas de gallo que se forman como consecuencia de la tensión constante a que se ve sometida una voluntad fuerte.

Por entonces, Edward vino a verme un día en compañía de Asenath, y en seguida pude observar que su interés no era en absoluto unilateral. Ella le miraba continuamente con actitud casi voraz, y comprendí perfectamente que sus relaciones vencerían cualquier oposición que se les hiciera. Al poco, un día acudió a visitarme el anciano Mr. Derby, por quien siempre había sentido el mayor respeto y veneración. Había oído lo que se decía de la nueva amistad de su hijo y había conseguido sonsacarle toda la verdad «al chico». Edward se proponía casarse con Asenath, e incluso se había puesto ya a buscar casa en la zona residencial. Conocedor de la gran influencia que habitualmente ejercía yo sobre su hijo, el viejo Derby se preguntaba si podría hacer algo para evitar que se llevara a la práctica tan desatinado proyecto, a lo que, desgraciadamente, sólo pude responderle expresándole mis fundadas dudas. Esta vez no era cuestión de la débil voluntad de Edward, sino que se tropezaba con la firmeza de carácter de Asenath. El eterno niño había transferido su dependencia de la imagen paterna a una nueva y más vigorosa imagen, y nada cabía hacer al respecto.

La boda tuvo lugar un mes después ante un juez de paz, conforme a los deseos de la novia. Mr. Derby, a instancias mías no se opuso a su celebración, y él, mi mujer, mi hijo y yo asistimos a la breve ceremonia. El resto de los invitados eran exaltados estudiantes universitarios. Asenath había comprado la antigua finca de Crowninshield, que se encontraba en pleno campo al final de High Street, en la que pensaba instalarse la pareja de recién casados tras un breve viaje a Innsmouth, de donde regresarían con tres criados, unos cuantos libros y algunos artículos y utensilios para el nuevo hogar. Lo que le llevó a Asenath a instalarse en Arkham en lugar de volver a su casa, no parece que obedeciera tanto a una consideración hacia Edward y su padre como a su deseo personal de estar cerca de la Universidad, la biblioteca y su pandilla de «jóvenes mundanos».

Cuando Edward vino a visitarme tras la luna de miel me pareció algo cambiado. Asenath le había hecho quitarse el rudimentario bigote, pero los cambios no paraban ahí. Parecía más adusto y pensativo, su habitual ceño de rebeldía infantil se había transformado en una expresión de profunda tristeza. No sabría exactamente decir si me gustaba o no el cambio operado en él. Eso sí, de momento parecía más adulto. Quizá le sentase bien el matrimonio después de todo. ¿No constituiría el *cambio* de dependencia un punto de partida hacia la *neutralización* presente, que en última instancia podría llevarle a una independencia responsable? Vino solo, pues Asenath se hallaba muy atareada. Se había traído un ingente montón de libros e instrumentos de Innsmouth (Derby se estremeció al pronunciar el nombre), y estaba acabando de arreglar la casa y los terrenos de Crowninshield.

La casa de Asenath –en la mencionada ciudad– era un lugar bastante desagradable, pero había podido aprender cosas más que sorprendentes de ciertos objetos que en ella había. Ahora que contaba con el asesoramiento de Asenath progresaba de prisa en saberes esotéricos. Algunos de los experimentos que ella proponía eran tremendamente drásticos y extremados –de ahí que no se atreviera a describirlos–, pero tenía confianza en las facultades e intenciones de ella. Los tres criados eran de lo más extraño: una pareja increíblemente anciana que había atendido al viejo Ephraim, y que de vez en cuando aludían a él y a la difunta madre de Asenath de forma enigmática, y una joven sirvienta de tez trigueña y facciones notoriamente anómalas y que parecía despedir un continuo olor a pescado.

Tres

En el curso de los años siguientes fui viendo a Derby cada vez con menos frecuencia. A veces pasaban dos semanas enteras sin que oyeran los familiares tres golpes seguidos de otros dos en la puerta, y cuando venía a verme —o cuando, como sucedía cada vez con menor frecuencia, iba yo a su casa— apenas mostraba interés por hablar de temas de interés común. Se había vuelto reservado al referirse a aquellos estudios esotéricos que con tanta minuciosidad solía describir y sobre los que tanto gustaba discutir, y prefería no hablar para nada de su mujer. Asenath había envejecido tremendamente desde la boda, hasta el punto de que —por extraño que parezca— parecía con mucho el mayor de los dos. Su cara tenía la expresión más resuelta que he visto, y todo su semblante daba la impresión de ir adquiriendo un indefinido e incomprensible aire repulsivo. Mi mujer y mi hijo lo advirtieron igualmente, y poco a poco dejamos de ir a visitarles, cosa que ella —según admitió Edward con esa falta infantil de tacto tan característica suya—, agradecía profundamente. De vez en cuando los Derby partían para algún largo viaje; a Europa según parecía, aunque Edward daba a entender a veces destinos mucho más tenebrosos.

Tras el primer año de matrimonio la gente empezó a hablar de la transformación que se apreciaba en Edward Derby. Aunque el cambio era meramente psicológico, en las conversaciones salían a relucir ciertos datos de interés. Alguna que otra vez pudo observarse que Edward adoptaba expresiones y hacía cosas de todo punto incompatibles con su débil naturaleza. Por ejemplo, aunque antes de casarse jamás condujo un coche, ahora era frecuente vérsele entrar y salir a toda velocidad del camino de la vieja finca de Crowninshield al volante del potente Packard de Asenath, conduciéndolo cual consumado maestro y metiéndose por entre la maraña del tráfico con una habilidad y una decisión ajenas por completa a su habitual forma de ser. En tales ocasiones daba siempre la impresión de acabar de regresar de algún sitio o de partir para un viaje, pero nadie sabría decir exactamente a dónde iba, aunque la mayoría de las veces se le veía enfilar la carretera de Innsmouth.

Sorprendentemente, la metamorfosis no pareció caer bien. La gente decía que en tales momentos se asemejaba demasiado a su mujer o incluso al viejo Ephraim Waite, si bien es posible que semejantes ocasiones pareciesen anormales por lo infrecuentes que eran. A veces, horas después de ponerse en camino, se le veía regresar con aire distraído y arrellanado en el asiento trasero del coche mientras al volante iba un chófer o mecánico, cuyos servicios evidentemente había contratado. Asimismo, lo que más resaltaba de su aspecto a ojos de la gente, en la época en que redujo drásticamente su vida social (incluidas, puedo decirlo, las visitas que me hacía), era esa indecisión que le caracterizaba desde antiguo: su pusilánime infantilismo, aún más apreciable ahora. Mientras la cara de Asenath envejecía a pasos agigantados, la de Edward –aparte esos excepcionales momentos– se distendía en una especie de exagerada inmadurez, salvo cuando dejaba adivinarse en ella una huella de la nueva tristeza o sensibilidad que le invadía. Realmente, no había quien entendiera aquello. Entre tanto, los Derby casi abandonaron los círculos universitarios de vida alegre y licenciosa, pero no porque estuvieran hastiados de semejante vida sino porque algunos de sus estudios en curso escandalizaban incluso a los jóvenes más insensibles del grupo.

Pero hasta el tercer año del matrimonio Edward no comenzó a insinuarme abiertamente cierto temor y descontento. Ocasionalmente dejaba caer una que otra observación sobre cosas «que iban demasiado lejos», y hablaba vagamente sobre la necesidad de «recobrar su identidad». Al principio hice caso omiso a tales referencias, pero con el tiempo empecé a formularle preguntas con suma precaución, recordando lo que la hija de mi amigo había dicho acerca de la influencia hipnótica que Asenath ejercía sobre sus compañeras de la escuela... los casos en que las estudiantes creían estar dentro del cuerpo de ella mirándose a sí mismas desde el otro extremo de la habitación. Mis preguntas parecieron alarmarle a la vez que reconfortarle, y en una ocasión masculló algo acerca de hablar en serio conmigo más adelante.

Por entonces murió el anciano Mr. Derby, algo de lo que a la larga habría de alegrarme. A Edward le afectó mucho su muerte, pero no hasta el punto de trastornarle. Apenas había visto alguna que otra vez a su padre desde la fecha en que contrajo matrimonio, pues Asenath le había hecho centrar en ella cuanto podía esperar de los vínculos y sentimientos familiares. Hasta algunos se atrevieron a decir que no sintió la pérdida, en especial desde que empezaron a ir en aumento aquellos desenvueltos y engreídos modales de conducir. Derby hubiera preferido mudarse a vivir a la vieja mansión familiar, pero Asenath no quería moverse de la casa de Crowninshield en la que se encontraba perfectamente a gusto.

No mucho después mi mujer oyó algo curioso de labios de una amiga, una de las pocas relaciones que aún mantenían los Derby. Había ido hasta el final de High Street para visitar a la pareja, cuando de pronto vio salir disparado de la finca un coche en el que se veía al volante Edward, con aire de tremenda suficiencia y expresión casi burlona. Acto seguido llamó al timbre, saliendo la repulsiva doméstica para decirle que tampoco se encontraba Asenath en casa. Pero al irse pudo echar una mirada al interior, y allí, en una de las ventanas de la biblioteca de Edward, vislumbró un rostro que desapareció casi al instante, un rostro cuya expresión de dolor, frustración y añorante desesperanza escapaba a toda posible descripción. Era –por increíble que parezca a la vista de su habitual aspecto de suficiencia– la cara de Asenath, pero aquella mujer juraba que en ese instante sus ojos eran los ojos tristes y ojerosos del pobre Edward.

Las visitas de Edward fueron haciéndose algo más frecuentes, y sus insinuaciones llegaron a concretarse en alguna que otra ocasión. Lo que decía no resultaba fácil de creer, ni siquiera en la centenaria y legendaria localidad de Arkham, pero vertió sus saberes esotéricos con tal sinceridad y tono tan convincente que hacían temer a uno por su sano juicio. Hablaba de alucinantes reuniones en solitarios lugares, de ruinas ciclópeas en el corazón de los bosques de Maine bajo las cuales interminables escaleras conducían a insondables abismos nocturnales, de intrincados ángulos que llevaban a través de invisibles muros hasta otras regiones del espacio y el tiempo, y de horribles cambios de personalidad que posibilitaban exploraciones en lugares remotos y prohibidos, en otros mundos y en diferentes continuos de espacio-tiempo.

De vez en cuando, y para probar la veracidad de ciertas increíbles insinuaciones, me mostraba objetos que me sumían en la más absoluta perplejidad: objetos de colores difusos y de desconcertante textura de los que jamás se había oído hablar en la tierra, cuyas demenciales curvas y superficies no respondían a ningún plan definido ni seguían ninguna geometría plausible. Según decía, todo ello procedía «del exterior», y Asenath sabía cómo conseguirlo. A veces –pero siempre en forma de atemorizados y ambiguos susurros– decía algo sobre el viejo Ephraim Waite, con quien antaño coincidió una que otra vez en la biblioteca de la universidad. Sus presentimientos no llegaban nunca a concretarse, pero parecían girar en torno a ciertas dudas indeciblemente horribles sobre si el viejo mago estaba realmente muerto, tanto en sentido corporal como espiritual.

A veces Derby interrumpía bruscamente sus confesiones, y yo me preguntaba si Asenath habría adivinado sus palabras en la lejanía y le habría cortado el hilo de su discurso mediante una especie de desconocido mesmerismo telepático, esto es, echando mano de una de esas facultades de que hacía alarde en la escuela. Sin duda, debió sospechar que Derby me había dicho algo, pues al cabo de unas semanas trató de interrumpir sus visitas con palabras y miradas de una ferocidad absolutamente inexplicable. Sólo tras vencer muchas dificultades Derby conseguía venir a verme a casa, pues, aunque aparentase ir a otro sitio, una fuerza invisible le impedía por lo general cualquier movimiento o hacía que de repente se le olvidara por completo a dónde iba. Solía venir a visitarme cuando Asenath se encontraba lejos —«lejos y en su propio cuerpo», como para mi mayor sorpresa dijo en cierta ocasión–. En todo caso, ella siempre se las arreglaba para enterarse después, ya que los criados vigilaban las idas y venidas de Derby, pero sin duda debía parecerle improcedente adoptar medidas drásticas.

Cuatro

Derby llevaba más de tres años casado aquel día de agosto en que recibí un telegrama enviado desde Maine. Hacía ya dos meses que no le veía, pero según me habían dicho estaba fuera «por asuntos de negocios». Se suponía que Asenath estaba con él, aunque corría el rumor de que había alguien en el piso de arriba de la casa tras las ventanas ocultas por una doble cortina. Habían, asimismo, observado las compras que hacían los criados. Y ahora el alguacil de Ghesuncook me enviaba un telegrama hablándome de un loco con la ropa hecha jirones que, tras salir dando tumbos del bosque y ponerse a lanzar delirantes desvaríos, profería mi nombre a gritos en demanda de auxilio. Era Edward... y apenas recordaba otra cosa que su nombre y dirección.

Chesuncook está cerca del cinturón forestal más abrupto, más frondoso y menos explorado de Maine, y me llevó todo un día de febril traqueteo a través de impresionantes y fantásticos parajes llegar hasta allí en coche. Encontré a Derby en una celda de la granja que hacía las veces de prisión, a medio camino entre el delirante frenesí y la apatía. Me reconoció al instante, y se puso a lanzar un torrente de palabras sin sentido, casi incoherentes, en dirección mía.

–Dan ¡por el amor de Dios! ¡El averno de los shaggoths! Bajar los seis mil escalones... la más desenfrenada abominación que imaginarse cabe... nunca la hubiese dejado llevarme, pero de repente me encontré allí... ¡Iä! ¡Shub-Niggurath!... La figura se elevó del altar, y no menos de quinientos se pusieron a aullar... El Ser Encapuchado balaba «¡Kamog! ¡Kamog!»... Era el nombre secreto de Ephraim en el aquelarre... Y yo estaba allí, donde Asenath me prometió que no me llevaría jamás... Apenas un minuto antes estaba encerrado bajo llave en la biblioteca, y de repente me veía allí donde ella se había presentado con mi cuerpo... en el lugar más atrozmente infernal, en el implacable averno donde comienza el reino de las tinieblas y el cancerbero custodia la puerta... vi un shaggoth... cambió de forma... no puedo aguantar más... la mataré si se le ocurre volver a enviarme a aquel lugar... mataré a ese... él, ella, ello, lo que quiera que sea... ¡lo mataré! ¡lo mataré con mis propias manos!

Toda una hora me llevó conseguir calmarle, pero finalmente se serenó. Al día siguiente le compré ropa decente en el pueblo, y emprendimos el regreso a Arkham. Su furibunda histeria se le había pasado por completo y prefería guardar silencio, aunque se puso a mascullar ininteligiblemente para sus adentros cuando pasamos por Augusta, como si la mera vista de una ciudad le trajese desagradables recuerdos. Estaba claro que no quería volver a casa; y habida cuenta de los fantásticos delirios que parecía inspirarle su mujer –delirios que sin duda procedían de alguna penosa experiencia hipnótica a la que le habría sometido ella– pensé que lo más oportuno sería no ir allá. Resolví alojarle en mi casa por algún tiempo, con independencia de los problemas que ello podría ocasionarme con Asenath. Después, le ayudaría a conseguir el divorcio, pues creí poder apreciar una serie de factores que hacían de aquel matrimonio una solución suicida para Derby. Ya fuera de la ciudad, en pleno campo, mi acompañante cesó de murmurar incoherencias, y le dejé cabecear y dormitar en el asiento contiguo mientras yo conducía.

Cuando ya anochecido pasamos por Portland, Derby volvió a ponerse a rezongar, esta vez con mayor claridad, y atento a lo que decía pude oír toda una sarta de improperios dedicados a Asenath. El grado en que aquella mujer había hecho presa en los nervios de Edward era evidente, pues mi amigo había tejido toda una maraña de alucinaciones en torno a ella. La difícil situación en que se encontraba en aquellos momentos, balbuceó en voz baja, no era sino una más de una larga serie. Asenath empezaba a tejer sus redes sobre él, y Edward sabía que llegaría el día en que no le dejaría escapar de su lado. Y si ahora lo soltaba era probablemente porque no tenía otro remedio, porque no podía retenerlo largo tiempo de una sola vez. Constantemente se posesionaba de su cuerpo e iba a infinidad de lugares para participar en otros tantos rituales, dejándole a él dentro de su cuerpo de mujer y encerrado en el piso de arriba. Pero a veces no conseguía retenerlo a su antojo y, de repente, Edward volvía a encontrarse dentro de su propio cuerpo en algún remoto, horrible y hasta posiblemente desconocido lugar. A veces Asenath lograba volver a hacerse con él, pero no siempre lo conseguía. Con relativa frecuencia, Edward se encontraba solo y perdido en algún lugar como le sucedía en aquella ocasión. No era la primera vez que tenía que emprender el regreso a casa desde tremendas distancias, entregándole el coche a alguien tras encontrarlo para que lo condujera durante el viaje de vuelta.

Lo peor de todo era que cada vez hacía presa de su cuerpo durante más y más tiempo. Asenath quería ser hombre –un ser humano entero y verdadero–, de ahí sus continuos intentos por apoderarse de él. Había percibido en Edward una inteligencia bien forjada aliada a una débil voluntad. Algún día lo quitaría de en medio y desaparecería con su cuerpo... desaparecería para convertirse en un gran mago como su padre y le dejaría a él abandonado a su suerte dentro de aquel armazón femenino que ni siquiera podía considerarse suficientemente humano. ¡Sí, ahora sabía acerca de la sangre de Innsmouth! Habían mantenido relaciones con seres originarios del mar... era realmente horrible... ¿Y el viejo Ephraim? Estaba al corriente del secreto, y cuando envejeció hizo algo espantoso para seguir vivo... quería vivir eternamente... Asenath lo conseguirá... y ya había hecho una concluyente demostración en tal sentido.

Mientras Derby seguía su alucinante perorata, me volví para mirarle de cerca, verificando la impresión de cambio que una previa mirada escrutadora me había producido. Paradójicamente, parecía hallarse en mejores condiciones físicas que nunca: más robusto, con un desarrollo más normal y sin la menor huella de la enfermiza flaccidez causada por sus indolentes hábitos. Parecía como si por vez primera en su regalada existencia se mostrara realmente activo y en forma física, de lo que deduje que la fuerza de Asenath debió conducirle a través de inusitados senderos de dinamismo y agudeza mental. Pero en aquellos precisos momentos su mente se encontraba en deplorable estado, pues no dejaba de balbucear espantosas incoherencias acerca de su mujer, de la magia negra, del viejo Ephraim y de cierta revelación que incluso llegaría a convencerme a mí. Repetía nombres que yo reconocía de ya lejanos escarceos en volúmenes de saberes arcanos, y a veces me hacía estremecer con un cierto hilo de mitológica consistencia –o de convincente coherencia, si se prefiere– que discurría por entre sus desvaríos. De vez en cuando se interrumpía, como si intentase recuperar fuerzas para desvelar una definitiva y terrible revelación.

–Dan, Dan, ¿no te acuerdas de él, de sus temibles ojos y de la desgreñada barba que nunca encaneció? En cierta ocasión me lanzó una feroz mirada, jamás lo olvidaré. Ahora los ojos *de ella* fulguran con idéntica intensidad. *¡Y sé muy bien por qué!* Fue en el *Necronomicón,* allí encontró el viejo Ephraim la fórmula. Aún no me atrevo a decirte en qué página, pero cuando te lo diga podrás leerlo y comprenderlo. Entonces sabrás por qué me encuentro sumido en tan deplorable estado. De, de, de, de... un cuerpo a otro cuerpo y luego a otro... de esa forma no morirá jamás. La chispa de la vida... él sabe cómo romper el eslabón... puede seguir reluciendo incluso tras morir el cuerpo. Te daré alguna pista para ver si adivinas. Escucha, Dan, ¿sabes por qué mi mujer se esfuerza tanto por no escribir de esa forma inclinada a la izquierda?

¿Has visto alguna vez un manuscrito del viejo Ephraim? ¿Quieres saber por qué un escalofrío me subió por todo el cuerpo cuando vi algunas de las apresuradas notas que Asenath garrapateó?

»Asenath... pero *¿realmente existe tal persona?* ¿Por qué dieron a entender que se había encontrado veneno en el estómago del viejo Ephraim? ¿A qué vienen esos rumores que han dejado correr los Gilman sobre cómo gritaba él –igual que si fuera un niño asustadizo– cuando se volvió loco y Asenath le encerró en el acolchado cuarto de la buhardilla donde había estado el otro? *¿No sería el alma del viejo Ephraim lo que estaba encerrado allí? ¿Quién encerró a quién?* ¿Por qué llevaba Ephraim meses y meses buscando a alguien dotado de una buena inteligencia y una débil voluntad? ¿Por qué no cesaba de maldecir porque su hija no hubiese sido un varón? Dime, Daniel Upton, *¿qué diabólico cambio se perpetró en aquella casa del horror donde ese implacable monstruo tenía a aquella confiada, débil de voluntad y semihumana criatura a merced suya?* ¿Acaso no hizo ese cambio permanente, como ella acabará haciendo conmigo? Dime por qué ese ser que dice llamarse Asenath escribe de forma diferente cuando nadie la observa, *de forma que no puede diferenciarse su escritura de...*

Entonces ocurrió aquello. La voz de Derby fue creciendo hasta lanzar un estridente y agudo grito como si delirase, para apagarse de repente tras oírse un chasquido casi mecánico. Entonces reflexioné sobre aquellas otras ocasiones en mi casa en las que, mientras Derby me hacía partícipe de sus confidencias, se interrumpió como si obedeciera órdenes, y medio imaginé que alguna tenebrosa onda telepática procedente de la fuerza mental de Asenath intervenía bruscamente para acallarle. Pero esta vez la situación era totalmente diferente, al tiempo que infinitamente más horrible a mi juicio. La cara que tenía a mi lado se retorció hasta hacerse casi irreconocible por unos instantes, mientras que todo el cuerpo de Edward se vio sometido a estremecedoras convulsiones... como si todos los huesos, órganos, músculos, nervios y glándulas trataran de reajustarse a una postura, tensión emocional y personalidad radicalmente diferentes.

No sabría decir qué fue lo que más me horrorizó de todo aquello. Lo cierto es que se apoderó de mí tal sensación de malestar y repugnancia –tal sensación de parálisis y torpeza, de rematada enajenación y anormalidad que mis manos dejaron de sujetar el volante y comenzaron a temblar–. La figura que tenía junto a mí parecía menos la de un amigo de toda la vida que la de una monstruosa criatura procedente de los espacios siderales, aquel ser era un foco maldito e infernal que irradiaba desconocidas y malignas fuerzas cósmicas.

Apenas vacilé unos instantes, pero sí lo suficiente para que mi compañero de asiento agarrase el volante y me obligara a cambiarle el sitio. La noche era cerrada y las luces de Portland quedaban ya muy lejos a nuestras espaldas, así que apenas pude verle el rostro. No obstante, sus ojos despedían un fulgor impresionante, por lo que comprendí enseguida que debía encontrarse en aquel estado de extrema agitación –tan opuesto, por lo demás, a su habitual carácter– que tanta gente había advertido en él. Parecía sorprendente e increíble que el apático Edward Derby –un hombre que nunca supo imponerse y que jamás aprendió a conducir– estuviera dándome órdenes y se pusiera al volante de mi coche, pero eso exactamente, y no otra cosa, era lo que sucedía. Durante algún tiempo no abrió la boca, cosa que agradecí en medio de mi indecible horror.

A la luz que iluminaba las calles de Biddeford y Saco pude ver cómo tenía la boca apretada con fuerza y me estremecí ante el fulgor que despedían sus ojos. La gente tenía razón: en ese estado se parecía muchísimo a su mujer y al viejo Ephraim. No me extrañaba nada que no gustaran aquellos gestos; algo había en ellos que no era natural, y aquel siniestro semblante me impresionó aún más si cabe por las barbaridades que había oído sobre él. Aquel hombre, a quien de toda la vida había conocido como Edward Pickman Derby, era un perfecto extraño, un ser procedente de algún tenebroso abismo sideral.

No despegó los labios hasta que llegamos a un tramo oscuro de carretera, y cuando lo hizo, su voz me pareció absolutamente desconocida. Era más profunda, más recia y más tajante que la que estaba acostumbrado a oírle, en tanto que su acento y pronunciación eran radicalmente distintos, aunque al oírle creía recordar difusa, remota y harto inquietantemente algo que no lograba identificar. Me dio la impresión de que el timbre de su voz encerraba un matiz de ironía muy profunda y muy genuina, no la deslumbrante, gratuita y desenfadada pseudoironía del inexperto «hombre de mundo» que Edward solía adoptar, sino una ironía de un tinte siniestro, fundamental, sutil y potencialmente malévolo. Y yo me asombré al ver el aplomo de que hizo gala tras soltar toda aquella abominable retahíla.

—Confío que no le des mayor importancia al ataque que sufrí hace un rato, Upton —dijo Derby—. Ya sabes lo alterados que tengo los nervios. Espero que perdones mis impertinencias. No sabes cuánto te agradezco que me lleves a casa. Y confío que olvides también todas las tonterías que haya podido decir de mi mujer... y, en general, cualquier otra tontería que haya dicho. Eso es lo que sucede por estudiar en exceso en una materia como la mía. Mi filosofía está plagada de extraños conceptos y cuando mi cerebro no da más de sí, fragua toda clase de imaginarias aplicaciones concretas. Trataré de tomarme una temporada de descanso. Es probable que no me veas durante algún tiempo, pero no pienses que es culpa de Asenath.

»Este viaje ha sido algo raro quizá, pero tiene una explicación muy sencilla. En los bosques que hay al norte de aquí hay unas ruinas indias —piedras en posición vertical y otras cosas por el estilo— que guardan un gran significado para el folklore, y tanto Asenath como yo estamos estudiándolas. Ha sido una búsqueda agotadora, hasta pienso si no habré perdido algo la cabeza. Una vez en casa enviaré a alguien en busca del coche. Un mes de descanso me pondrá como nuevo.

No recuerdo qué pude decir yo en el curso de aquella conversación, pues la sorprendente enajenación de mi compañero de viaje me tenía completamente anonadado. Cada momento que pasaba aumentaba mi sensación de un inaprehensible horror cósmico, hasta casi delirar al cabo de un rato porque concluyera lo antes posible aquel viaje. Derby no quiso dejar el volante, y yo me alegré al ver a la velocidad con que dejábamos atrás Portsmouth y Newburyport.

Al llegar al cruce donde la carretera principal se desvía hacia el interior y evita el paso por Innsmouth, temí que mi conductor se metiera por la desierta carretera costera que pasa por aquel lugar de infausta memoria. Pero no lo hizo, sino que atravesamos rápidamente Rowley e Ipswich y seguimos sin parar hacia nuestro destino. Antes de la medianoche llegamos a Arkham y nos encontramos con que la luz seguía encendida en la vieja casa de Crowninshield. Derby se bajó del coche y, apresuradamente, volvió a darme las gracias, tras lo cual regresé a casa con una extraña sensación de alivio. Fue un viaje terrible –lo más tremendo de todo es que no sabría decir exactamente por qué–, y no lamentaba nada la predicción de Derby de que no volveríamos a vernos durante algún tiempo.

Los dos meses siguientes estuvieron plagados de rumores. La gente hablaba de que Derby aparecía cada vez más en su nuevo estado dinámico y de que rara vez podía encontrarse a Asenath en casa. Edward sólo me visitó en una ocasión, en que vino un momento en el coche de Asenath –oportunamente reclamado de donde quiera que lo dejase en Maine– para recoger unos libros que me había prestado. Se encontraba en su nuevo estado, y apenas se detuvo el tiempo suficiente para intercambiar unas evasivas palabras de cortesía. Era evidente que no tenía nada que decirme cuando se encontraba en semejante condición, y advertí que ni siquiera se molestó en hacer la vieja señal de tres golpes seguidos de otros dos al llamar a la puerta. Al igual que la tarde que hube de acompañarle en el coche, experimenté un tenue horror infinitamente profundo que no logré explicarme, de ahí que su inmediata partida me produjera un gran alivio.

A mediados de septiembre, Derby estuvo fuera una semana y cierto miembro del decadente grupo universitario habló con conocimiento de causa de su ausencia, sugiriendo la posibilidad de que hubiera ido a reunirse con el conocido dirigente de un culto, hombre recientemente expulsado de Inglaterra y que había establecido su cuartel general en Nueva York. Por lo que a mí respecta, no se me iba de la cabeza aquel extraño viaje que hicimos desde Maine. La transformación que hube de presenciar me había afectado mucho, y continuamente trataba de encontrar una explicación a todo aquello y al tremendo horror que me había inspirado.

Pero los rumores más extraños eran los que versaban sobre los sollozos que se oían en la vieja casa de Crowninshield. Daba la impresión de que se trataba de una voz de mujer, y algunos jóvenes creían que se asemejaba a la de Asenath. Sólo se la oía muy de vez en cuando y a veces parecía como si la sofocaran a la fuerza. Se hablaba de abrir una investigación, pero la idea acabó desechándose tras verse un día a Asenath por la calle charlando en tono vivaz con un numeroso grupo de conocidos: se disculpaba por su reciente ausencia, refiriéndose de pasada al ataque de histeria y crisis nerviosa que había sufrido alguien que vino a verla de Boston. Lo cierto es que nadie vio a la persona en cuestión, pero la presencia de Asenath bastó para acallar todos los rumores. Sin embargo, alguien vino a complicarlo todo al indicar que en una o dos ocasiones los sollozos procedían, sin lugar a dudas, de un hombre.

Una tarde de mediados de octubre, oí el familiar sonido de los tres timbrazos seguidos de otros dos en la puerta. Al salir a abrir yo mismo me encontré a Edward en la escalinata, y al instante advertí que su personalidad era la de los viejos tiempos, aquella que no había vuelto a ver desde el día en que se puso a desvariar durante el horrible viaje de vuelta desde Chesuncook. Su rostro se hallaba crispado, pudiendo apreciarse en él una mezcla de contrapuestas emociones en las que el temor y el triunfo parecían finalmente imponerse, y echó una mirada de soslayo por encima del hombro mientras yo cerraba la puerta tras él.

Torpemente, me siguió hasta el estudio y me pidió algo de whisky para calmar los nervios. No quise preguntarle nada, en espera de ver por dónde quería empezar. Al cabo de un rato se puso a hablar con voz sofocada.

—Asenath se ha ido, Dan. Anoche estuvimos hablando un buen rato aprovechando que los criados no estaban en casa, y le hice prometerme que dejaría de acosarme. Naturalmente, cuento con ciertas... con ciertas ocultas defensas de las que nunca te he hablado. No tuvo más remedio que ceder, pero sólo tras poner el grito en el cielo. Así que hizo las maletas y salió hacia Nueva York... llegó justo a tiempo de coger el tren de las ocho y veinte para Boston. Supongo que empezarán a correr toda clase de rumores, pero me trae sin cuidado. No tienes por qué mencionar para nada que tuvimos un enfrentamiento, bastará que digas que Asenath se fue a un largo viaje de estudio.

»Es muy probable que se quede con uno de esos horribles grupos de fanáticos. ¡Ojalá se vaya a la costa Oeste y pida el divorcio! En todo caso, la hice prometerme que se mantendría lejos de mí y me dejaría en paz. Era espantoso, Dan... estaba robándome el cuerpo... me estaba suplantando... había hecho un prisionero de mí. Me quedé quieto e hice como si la dejara llevar la iniciativa, pero tenía que estar continuamente en guardia. Si obraba con cuidado podía conseguirlo, pues ella no puede leer ni imaginar mis pensamientos, o cuando menos en detalle. Todo lo más que podía conocer de mis planes era que se estaba gestando una rebelión, pero de siempre creyó que yo era un pobre ser indefenso. Nunca imaginé que podría llegar a dominarla... pero tenía en reserva uno o dos conjuros que funcionaron.

Derby echó una mirada por encima del hombro y, tras beber algo de whisky, prosiguió su relato.

–Esta mañana despedí a esos malditos criados cuando volvieron. Protestaron airadamente tras inquirir el por qué de semejante decisión, pero finalmente se fueron. Son como Asenath –gente de Innsmouth a la postre–, y eran como uña y carne con ella. Espero que me dejen en paz, pues no me gustó nada la forma en que se echaron a reír al irse. Trataré de que regresen conmigo los antiguos criados de mi padre, pues pienso mudarme a casa inmediatamente.

»Pensarás que estoy loco, Dan, pero la historia de Arkham da pie para pensar en cosas que respaldan lo que acabo de decirte... y lo que oirás a continuación. Tú mismo presenciaste una de esas mutaciones... ¿recuerdas? Fue en tu coche, tras hablarte de Asenath aquel día al regreso de Maine. En un momento dado se apoderó de mí... me obligó a salir de mi cuerpo. Lo único que recuerdo es que en aquel instante iba a decirte qué clase de criatura infernal es Asenath. No pasó ni un segundo cuando ya se había apoderado de mí, y en un abrir y cerrar de ojos me encontraba de vuelta en casa —en la biblioteca, donde aquellos malditos criados me encerraron bajo llave— y en el interior de aquel diabólico cuerpo... que ni siquiera es humano... Era ella y no yo quien te acompañaba en el camino de vuelta... con ese lobo de presa en el interior de mi cuerpo... ¡Debiste advertir la diferencia!

Sentí un escalofrío mientras Derby se interrumpía un momento para cobrar aliento. ¡Claro que *advertí* la diferencia! ¿Cómo no hacerlo? Pero ¿podía admitir tan demencial explicación? Mi perturbado interlocutor prosiguió su cada vez más increíble perorata.

—Tenía que salvarme, ¡tenía que hacerlo, Dan! Asenath tenía intención de apoderarse de mí de una vez el día de Todos los Santos; en esa fecha celebran un aquelarre algo más allá de Chesuncook, y el sacrificio habría puesto fin a todo. Se habría apoderado de mí para siempre... ella habría sido yo y yo habría sido ella... para siempre jamás... demasiado tarde... Mi cuerpo habría sido suyo de una vez por todas... Y ella habría sido un hombre, un hombre de carne y hueso, exactamente lo que ansiaba ser... Imagino que se habría desembarazado de mí... habría dado muerte a su ex cuerpo conmigo en su interior, ¡condenada mujer! *igual que hizo en la anterior ocasión...* igual que él, ella o lo que quiera que fuese hizo anteriormente... —En ese momento el rostro de Edward tenía una expresión atrozmente descompuesta, e inclinándose hasta adoptar una incómoda postura su cara casi rozó la mía mientras su voz bajaba, no pasando de un tenue susurro.

»Debes saber lo que me vino a la cabeza en el coche: *que ella no es ni mucho menos Asenath, sino el viejo Ephraim en persona*. Lo sospeché hace año y medio y estoy convencido ahora. Puede verse en su caligrafía cuando no está atenta –a veces escribe cosas con una caligrafía exactamente igual que la de los manuscritos de su padre, trazo por trazo–, y a veces dice cosas que no se le ocurriría decir a nadie sino a un anciano como Ephraim. Éste adquirió la forma de su hija cuando sintió la muerte próxima –ella era la única persona que pudo encontrar con el cerebro que buscaba y una voluntad lo suficientemente débil– posesionándose de su cuerpo de modo permanente, al igual que estuvo a punto de hacer ella conmigo, y luego envenenó el anciano cuerpo en el que la había metido. ¿No has visto relucir docenas de veces el alma del viejo Ephraim a través de los diabólicos ojos de Asenath, e incluso de los míos en las ocasiones en que ella se apodera de mi cuerpo?

Derby, jadeante, se detuvo unos momentos para cobrar aliento. Ni siquiera me atreví a despegar los labios. Al reanudar el relato, el tono de su voz era casi normal. Pensé que mi interlocutor estaba loco de atar, pero no sería yo quien le enviase a un manicomio. Quizá todo volviese a su cauce con el paso del tiempo, una vez desembarazado de Asenath. Podía ver muy bien que no deseaba por nada del mundo volver a meterse en horribles prácticas de ocultismo.

–Más adelante te contaré otras cosas que no sabes. Ahora necesito descansar. Te diré algo sobre los tremendos horrores en que me vi metido por culpa de Asenath, algo sobre seculares horrores que aún siguen al acecho en los más recónditos lugares y que unos cuantos fanáticos sacerdotes se encargan de mantener vivos. Hay gentes que saben cosas que nadie debería poder hacer. He estado metido hasta el cuello, pero todo se acabó para mí. Si fuese el bibliotecario de Miskatonic quemaría hoy mismo ese maldito *Necronomicón* y todos los libros de su calaña.

»Pero ahora Asenath ya no podrá atraparme. Voy a salir de esa maldita casa en cuanto pueda y regresaré a mi antiguo hogar. Sé que me echarás una mano si te lo pido. Ya sabes lo que pasa con esos endiablados criados... sobre todo si la gente no para de hacer preguntas acerca del paradero de Asenath. Pues, ¿comprendes?, no puedo darles la dirección de ella... Luego están esas gentes que se ponen a indagar –ciertos cultos, ya sabes– y que podrían malinterpretar nuestra separación... algunos de esos tipos tienen unas ideas y métodos realmente de lo más extraño. Sé que estarás de mi lado si ocurre algo... aun en el caso de que me vea obligado a decirte muchas cosas que te causarán una gran impresión...

Edward se quedó en mi casa y durmió aquella noche en una de las habitaciones de huéspedes, y al levantarse por la mañana parecía encontrarse más tranquilo. Estuvimos discutiendo los planes para su regreso a la mansión de los Derby, y lo único que deseaba yo es que no perdiera tiempo en trasladarse. No vino a verme la tarde siguiente, pero tuve ocasión de encontrarle con relativa frecuencia durante las semanas posteriores. Apenas hablábamos de cosas extrañas y desagradables, sino que discutíamos sobre las obras de restauración que habrían de hacerse en la vieja casa de los Derby y sobre los viajes que Edward pensaba hacer conmigo y con mi hijo el verano siguiente.

A Asenath casi no la mencionábamos, pues comprobé que el tema no era del especial agrado de Derby. Naturalmente, no cesaban de correr rumores por la localidad en relación con la extraña pareja que habitaba en la vieja casa de Crowninshield, pero eso no era ninguna novedad. Algo que no me gustó fue lo que el banquero de Derby dejó escapar un día, en tono jocoso, en el Club de Miskatonic: Edward enviaba periódicamente cheques a ciertos vecinos de Innsmouth llamados Moses y Abigail Sargent y Eunice Babson. Todo inducía a suponer que aquellos malévolos criados estaban aprovechándose de él y le hacían pagar un chantaje, pero fuera lo que fuese Derby no me lo había mencionado para nada.

Tenía ganas de que llegase el verano –y, con él, las vacaciones de mi hijo que estudiaba en Harvard– para irnos con Edward a Europa. Pronto pude comprobar que la salud de mi amigo no mejoraba con la rapidez que hubiera deseado. Algo había de histerismo en sus raros momentos de alegría, mientras que sus estados de depresión y temor se sucedían con harta frecuencia. Para diciembre la casa de los Derby ya estaba en condiciones de habitarse, pero Edward demoraba constantemente su traslado a ella. Aunque detestaba y parecía temer la finca de Crowninshield, algo le hacía sentirse extrañamente ligado a ella. No parecía tener intenciones de empezar a trasladar sus cosas al antiguo hogar familiar e inventaba toda clase de excusas para retrasar la mudanza. Cuando se lo hice observar pareció inexplicablemente asustado. El anciano mayordomo de su padre –que se encontraba entre los criados readmitidos– me dijo un día que los merodeos de Edward por la casa, y sobre todo por el sótano, no le sugerían nada bueno. Pregunté si había recibido alguna carta de Asenath que pudiera haberle inquietado, a lo que el criado me respondió que últimamente no había visto ninguna carta de ella en el correo.

Sería hacia la Navidad cuando una tarde Derby sufrió un ataque mientras se encontraba de visita en mi casa. Yo dirigía la conversación hacia el viaje que proyectábamos hacer durante el verano cuando, de repente, Derby lanzó un grito y saltó de la silla en que estaba sentado, adquiriendo su rostro un aire de espantoso e irrefrenable temor; su expresión reflejaba un pánico y aversión tales como sólo las más infernales pesadillas pueden producir en una mente sana.

–¡Mi cerebro! ¡Mi cerebro! ¡Dios mío, Dan!... tira con fuerza... desde la lejanía... golpea... desgarra... esa bruja... ahora mismo... Ephraim... ¡Kamog! ¡Kamog!... ¡El averno de los shaggoths!... ¡Iä! ¡Shub-Niggurath! ¡El Chivo con las Mil Crías!... La llama ...la llama... más allá del cuerpo, más allá de la vida... en las profundidades de la tierra... ¡Oh, Dios mío!...

Volví a sentarle en la silla y le obligué a beber un vaso de vino, mientras su agitación daba paso a una mortecina apatía. No opuso la menor resistencia, pero sus labios no cesaban de moverse como si estuviera hablándose a sí mismo. Al instante advertí que era a mí a quien trataba de hablar, y pegué el oído a su boca en un intento de captar sus débiles palabras.

–Otra vez, otra vez... trata de volver a hacerlo... debía suponerlo... nada puede detener esa fuerza, ni la lejanía, ni los conjuros, ni la muerte... se abalanza una y otra vez, sobre todo por la noche... no puedo escapar... es horrible... ¡Oh, Dios mío! Dan, *si te hicieras una mínima idea de lo horrible que es todo esto...*

Luego cayó en una especie de sopor, le coloqué unos almohadones debajo del cuerpo y dejé que el sueño se apoderase de él. No llamé al médico, pues sabía muy bien lo que iba a decir sobre su estado mental y quería dejar obrar a la naturaleza... si es que aún podía albergarse alguna esperanza. Edward se despertó a medianoche y entonces le acosté en el piso de arriba, pero al despertarme a la mañana siguiente se había ido ya. Había salido sin hacer ruido, y cuando le llamé por teléfono en su casa el mayordomo me dijo que se encontraba dando vueltas por la biblioteca.

La salud de Edward se agravó mucho a partir de aquella noche. Ya no venía a visitarme, si bien ahora yo iba a verle todos los días. Siempre me lo encontraba sentado en la biblioteca, con la mirada perdida en el vacío como si *estuviese escuchando* algo fuera de lo normal. A veces hablaba razonando, pero siempre sobre temas intrascendentes. La menor mención de su enfermedad, de futuros planes o de Asenath le hacía montar en cólera. Su mayordomo dijo que sufría espantosos ataques por la noche, en el curso de los cuales llegaba a producirse lesiones.

Tras consultar detenidamente con su médico de cabecera, su banquero y su abogado, me decidí finalmente a que fuera a verle su médico junto con dos especialistas. A las primeras preguntas que le formularon Edward sufrió unos violentos espasmos que le hicieron digno de la mayor compasión, y aquella misma tarde se lo llevaron forcejeando, en un coche cubierto, al sanatorio de Arkham. Hube de hacerme cargo de su curatela y le visitaba dos veces por semana. Sus gritos estridentes, sus pavorosos murmullos y su terrible e insaciable repetición de frases como «Tenía que hacerlo... tenía que hacerlo... se apoderará de mí... se apoderará de mí... allá abajo... allá abajo en las tinieblas... ¡Madre! ¡Madre! ¡Dan! ¡Salvadme!... ¡Salvadme!», casi me hacían saltar las lágrimas.

Si había posibilidades de que se recuperase es algo que nadie se atrevía a vaticinar, pero en todo caso me esforcé por no perder el optimismo. Si lograba salir de aquélla, Edward iba a necesitar una casa, por lo que mandé trasladar a toda su servidumbre a la mansión de los Derby que, a no dudar, sería el lugar elegido por él de conservar el sano juicio. No supe qué hacer con la finca de Crowninshield, con su ingente mobiliario y todas aquellas colecciones de las más inexplicables cosas. Así que, de momento, opté por no hacer nada en ella limitándome a decirles a los criados de Derby que fuesen por allí una vez por semana a limpiar el polvo de las habitaciones principales y a ordenar al encargado de la calefacción que encendiera la caldera en tales días.

La contrariedad definitiva tuvo lugar unas fechas antes de la Candelaria y, para cruel ironía, vino precedida de un falso destello de esperanza. A últimas horas de una mañana de enero, telefonearon del sanatorio para decir que Edward había recobrado repentinamente la razón. Según decían, su memoria se había resentido mucho, pero no cabía duda de que se hallaba en su sano juicio. Naturalmente, durante algún tiempo debía seguir en observación, pero apenas podían albergarse dudas sobre cuál sería el desenlace. Si todo iba bien, en una semana le darían de alta.

Loco de contento por la noticia que acababan de darme, me dirigí rápidamente al hospital, pero me quedé anonadado al entrar tras una enfermera en la habitación de Edward. El paciente se levantó para saludarme, alargándome la mano con una cordial sonrisa, mas al instante advertí que se encontraba en aquel estado extrañamente sobreexcitado tan opuesto a su natural forma de ser, tenía aquella engreída personalidad que tan indeciblemente horrible me había parecido y de la que el mismo Edward dijo en cierta ocasión que no era sino el alma intrusa de su mujer. Era exactamente la misma mirada abrasadora –la misma de Asenath y del viejo Ephraim– y la misma expresión firme de la boca, y cuando hablaba pude notar la misma lúgubre y aguda ironía en su voz, aquella profunda ironía que tanto hacía pensar en la inminencia de un mal. De nuevo me encontraba ante la persona que había conducido mi coche aquella noche cinco meses atrás, la persona que no había vuelto a ver desde aquella breve visita en que olvidó la vieja señal del timbre y suscitó temores harto difusos en mí, y ahora me producía la misma tenebrosa sensación de espantosa demencia e inefable horror cósmico.

Me estuvo hablando en tono afable de los trámites que debía hacer para salir de allí, ante lo cual sólo me quedó asentir a pesar de sus fallos de memoria sobre hechos bien recientes. Pero me dio la impresión de que le sucedía algo terrible, inexplicable, erróneo y anormal. Aquella criatura encerraba horrores que no podía discernir. Sin duda, estaba en su sano juicio, pero ¿era el mismo Edward Derby que había conocido? De lo contrario, ¿quién o qué era, y dónde estaba el verdadero Edward? ¿Estaría en libertad o confinado en algún lugar? ¿O quizás habría desaparecido de la faz de la tierra? Se percibía una sensación de abominable sarcasmo en todo cuanto aquella criatura decía; sus ojos, muy parecidos a los de Asenath, reflejaban una ironía harto desconcertante al aludir a ciertas palabras sobre la libertad ganada años atrás gracias a un *confinamiento de lo más estricto*. Debí comportarme con suma torpeza, pero lo cierto es que me alegré al salir de allí.

Aquel día y el siguiente no cesé de devanarme los sesos reflexionando sobre el problema. ¿Qué había sucedido? ¿Qué inteligencia miraba a través de aquellos ojos ajenos a la cara de Edward? Apenas podía pensar en otra cosa que en tan terrible y complejo enigma, hasta el punto de que hube de dejar a un lado mi trabajo cotidiano. Al día siguiente por la mañana llamaron del hospital para decir que el estado del paciente seguía igual, y ya avanzada la tarde estuve a punto de sufrir una crisis nerviosa –un estado pasajero que admito, aunque otros dirán que tiñó de color la visión que tuve después–. No tengo nada que decir al respecto, salvo que ninguna locura mía puede llegar a explicar toda la evidencia.

Cinco

Fue por la noche –tras aquella segunda tarde– cuando el más espantoso horror se abatió sobre mí, sumiéndome en un pánico atroz y atenazador del que jamás lograré verme libre. Todo comenzó por una llamada de teléfono al filo de la medianoche. Yo era la única persona levantada en toda la casa y, somnoliento, descolgué el auricular que había en la biblioteca. No parecía haber nadie al aparato, y ya estaba a punto de colgar e irme a la cama cuando mi oído creyó captar un tenue sonido al otro extremo de la línea. ¿Sería acaso alguien que tenía grandes dificultades para hablar? Escuché atentamente y me pareció oír una especie de chapoteo semilíquido –un «glub... glub... glub...»– que daba extrañamente la impresión de evocar una palabra inarticulada e ininteligible o una sucesión de sílabas entrecortadas. Seguidamente, pregunté «¿Quién es?», pero por toda respuesta volví a oír aquel «glub... glub... glub... glub». No me quedó más remedio que suponer se trataba de un ruido automático; pero imaginando que quizá se debiese a que el aparato estaba estropeado y sólo podía escucharse desde él pero no hablar, añadí «No puedo oírle. Cuelgue, por favor, y llame a información». Al instante oí cómo colgaban el auricular al otro extremo del hilo.

Esto, como decía, sería sobre la medianoche poco más o menos. Cuando más tarde se investigó la procedencia de la llamada pudo averiguarse que fue hecha desde la vieja casa de Crowninshield, pese a que aún faltaba media semana hasta el día en que le correspondía a la criada ir por allí. Me limitaré a dar una idea aproximada de lo que se encontró al entrar en la casa: una barahúnda en el trastero más recóndito del sótano, huellas, tierra, un armario desvalijado apresuradamente, huellas enigmáticas en el teléfono, papel de escribir desmañadamente utilizado y un detestable hedor que impregnaba todos los rincones de la casa. Estos idiotas de policías se han forjado sus harto manidas teorías y andan tras los criados despedidos, los cuales han desaparecido de la vista ante el actual estado de cosas. La policía habla de una horrible venganza por lo que se les hizo, y dicen que me incluyeron a mí en ella por ser el mejor amigo y consejero de Edward.

¡Serán majaderos! ¿Cómo pueden pensar que esos mamarrachos supieron imitar aquella escritura? ¿Acaso se figuran que fueron ellos los culpables de lo que más tarde sucedería? ¿Pero tan ciegos están que no ven los cambios operados en el cuerpo que fue de Edward? Por lo que a mí se refiere, *ahora creo cuanto Edward Derby me dijo*. Hay horrores que rebasan los confines mismos de la vida y que ni siquiera sospechamos, y sólo de vez en cuando la maligna curiosidad humana pone a nuestro alcance. Ephraim... Asenath... el diablo los atrapó en sus redes, y ellos acabaron con Edward y ahora tratan de hacer otro tanto conmigo.

¿Acaso tengo garantías de estar a salvo? Esos poderes sobreviven a la vida corpórea. Al día siguiente –por la tarde, tras recuperarme del estado de postración en que me encontraba y lograr ponerme en pie y articular algunas palabras coherentemente– fui al manicomio y le maté de varios tiros por el bien de Edward y de la humanidad entera, pero ¿cómo estar seguro hasta tanto no le incineren? Conservan el cuerpo para que varios médicos efectúen en él una absurda autopsia, pero sostengo que deben incinerarlo. *Deben incinerar a aquel que no era Edward Derby cuando le disparé*. Me volveré loco si no lo hacen, pues es muy probable que yo sea la siguiente víctima. Pero no me falta coraje, y no dejaré que se apoderen de mí los monstruosos terrores que están continuamente al acecho. Ephraim, Asenath, Edward, ¿quién de los tres vive? Pero a mí no me *arrebatarán* mi cuerpo... ¡No dejaré que me *cambien* por ese cadáver acribillado a balazos que hay en el manicomio!

Pero trataré de contar coherentemente el horror final y definitivo. No hablaré de lo que la policía se empeña en ignorar, de las historias que corren sobre ese ser raquítico, grotesco y maloliente con el que al menos tres transeúntes que pasaban por High Street se tropezaron al filo de las dos de la madrugada y de las huellas que se han encontrado en ciertos lugares. Sólo diré que serían las dos cuando el timbre y la aldaba me despertaron; timbre y aldaba, los dos, uno detrás de otro y con un repique vacilante, como una sofocada desesperación, *y en ambos casos tratando de imitar la antigua señal de Edward de tres llamadas seguidas de otras dos.*

Tras despertar de un profundo sueño mi mente se vio sumida en un mar de confusión. Derby en la puerta... ¡y recordaba la vieja contraseña! En su nueva personalidad no parecía recordarla... ¿Habría vuelto Edward a su estado normal? ¿Le habrían soltado antes de lo previsto o se habría escapado? Posiblemente, pensé mientras me enfundaba en una bata y bajaba aprisa las escaleras, el hecho de recobrar su identidad le habría producido irritación y delirio, tras lo que le habrían anulado el alta forzándole a emprender una desesperada huida en pos de la libertad. Fuese lo que fuese, volvía a ser mi buen y viejo amigo Edward, ¡claro que podía contar con mi ayuda!

Al abrir la puerta a aquellas tinieblas arqueadas por la sombra de los olmos, una corriente de viento insoportablemente fétido casi me hizo rodar por los suelos. Sofocado por la náusea que invadió todo mi cuerpo, pude ver en el umbral una figura raquítica y jorobada. Los golpes en la puerta eran sin duda de Edward, pero ¿quién era aquel pestilente y canijo mamarracho? ¿Dónde podría haberse metido Edward en tan escaso tiempo? El último timbrazo que dio apenas había sonado un segundo antes de abrir yo la puerta.

Quien llamaba al timbre llevaba encima un abrigo de Edward, los bajos rozaban el suelo, y las mangas, si bien estaban vueltas, le cubrían por completo las manos. Sobre la cabeza llevaba un sombrero de ala plegada y una bufanda de seda negra le ocultaba el rostro. Al dirigirme hacia él con paso vacilante, aquella figura emitió un sonido semilíquido semejante al que había oído por teléfono —«glub... glub...»— y, espetado en la punta de un largo lápiz, me alargó un papel grande, escrito con apretujada letra. Aún bajo los efectos de aquel repugnante y extraño hedor, cogí el papel y traté de leerlo bajo la luz de la puerta.

No había la menor duda, aquella era la letra de Edward. Pero ¿por qué habría escrito la nota cuando podía perfectamente llamar al timbre? ¿y por qué era tan torpe, fea y temblorosa su escritura? Apenas podía descifrar nada en aquella semipenumbra, así que retrocedí unos pasos hacia el vestíbulo mientras el raquítico mensajero me seguía maquinalmente a duras penas, deteniéndose una vez traspuesto el umbral. El olor que despedía aquel extraño personaje era verdaderamente insoportable y rogué (no en vano, a Dios gracias) para que mi mujer no se despertara y se viese frente a semejante criatura.

Luego, a medida que leía el papel, sentí que mis piernas comenzaban a flaquear y mi vista se nublaba por completo. Cuando recobré el sentido me hallaba tendido en el suelo, todavía con aquella endiablada hoja de papel entre las manos, crispadas por el espanto que se había apoderado de mí. He aquí lo que decía:

Dan, ve al sanatorio y mátalo. ¡Aniquílalo! Ya no es Edward Derby. Asenath se apoderó de mí, *pero hace tres meses y medio que está muerta.* Mentí al decirte que se había ido. La maté. Me vi obligado a hacerlo. Ocurrió en un abrir y cerrar de ojos, pero en aquel momento estábamos solos y me encontraba en mi auténtico cuerpo. Vi un candelabro y le descargué un fuerte golpe con él en la cabeza. De haber seguido con vida se habría apoderado definitivamente de mí el día de Todos los Santos.

La enterré en el trastero más recóndito del sótano, bajo unas viejas cajas, y borré todas las huellas. A la mañana siguiente, los criados sospecharon lo que había sucedido, pero son tantos los secretos que esa gente oculta en sus entrañas que no se atrevieron a ir a contárselo a la policía. Los despedí, pero sólo Dios sabe qué intentarán hacer, al igual que otros sectarios de su culto.

Por unos instantes pensé que todo iba bien, pero al cabo de un rato sentí como si me desgarrasen el cerebro. Sabía perfectamente de qué se trataba, debía haberlo recordado. Un alma como la de Asenath —o la de Ephraim— se separa a medias pero sigue con vida hasta después de la muerte, en tanto dura el cuerpo. Asenath estaba apoderándose de mi

—intercambiaba su cuerpo con el mío—, *estaba usurpando mi cuerpo al tiempo que me introducía en su cadáver enterrado allá en el sótano*.

Sabía muy bien lo que me esperaba, por eso perdí el control y tuvieron que encerrarme en el manicomio. Luego lo que me temía sucedió. Me encontré asfixiado por las tinieblas dentro del cadáver putrefacto de Asenath y enterrado en el sótano bajo unas cajas. Ella debía estar ocupando mi cuerpo en el sanatorio para siempre, pues ya había pasado Todos los Santos y el sacrificio valdría aun cuando ella no estuviese presente... Ella estaría sana, recuperada y lista para cerner su amenaza sobre el mundo. Estaba desesperado, *y pese a todo me las arreglé para escapar de allí.*

Me encuentro demasiado débil para intentar hablar —ni siquiera pude hablar por teléfono, pero aún me quedan fuerzas para escribir—. Confío en que me recuperaré y en que sean escuchadas las siguientes palabras y recomendación que te hago: *mata a ese taimado demonio* si valoras en algo la paz y el bienestar del mundo. Y *asegúrate de que se incinera el cadáver.* Si no lo haces, seguirá viviendo, irá pasando de un cuerpo a otro eternamente, y huelga todo comentario sobre qué pueda hacer. No te dejes atrapar por la magia negra, Dan, es algo verdaderamente diabólico. Hasta siempre, has sido un excelente amigo. Cuenta a la policía cualquier patraña que creas que puedan tragarse. No sabes cuánto siento haberte metido en todo esto. A no tardar espero disfrutar de paz, pues la vida de este monstruo que me atenaza no puede prolongarse mucho más. Espero que esta nota llegue a tus manos. *¡Y mata a ese monstruo! ¡Mátalo!*

Tuyo, Ed.

Sólo al cabo de un buen rato acabé de leer la segunda mitad de tan desconcertante carta, pues al final del tercer párrafo caí desmayado al suelo. Volví a perder el sentido al ver y oler aquello que obstruía el umbral, por donde se filtraba el aire caliente. El mensajero no volverá a moverse ni a recobrar la conciencia.

El mayordomo, hombre bastante más duro que yo, no desfalleció ante el espectáculo que se ofreció a su vista en el vestíbulo a la mañana siguiente, sino que llamó a la policía. Cuando llegaron los agentes ya me habían metido en la cama, en la habitación de arriba; pero aquello otro, aquella informe masa, seguía yaciendo allí donde se había desplomado por la noche. Era tal el hedor que despedía que los policías hubieron de taparse la nariz con un pañuelo.

Lo que encontraron a la postre dentro de la extraña y variopinta indumentaria de Edward fue, esencialmente, una monstruosidad licuada. Encontraron también unos cuantos huesos... y un cráneo aplastado. Posteriormente y por una prótesis dental que llevaba, pudo identificarse aquel cráneo como el de Asenath.

El Terrible Anciano*

Fue idea de Angelo Ricci, Joe Czanek y Manuel Silva hacer una visita al Terrible Anciano. El anciano vive a solas en una casa muy antigua de Walter Street próxima al mar, y se le conoce por ser un hombre extraordinariamente rico a la vez que por tener una salud extremadamente delicada... lo cual constituye un atractivo señuelo para hombres de la profesión de los señores Ricci, Czanek y Silva, pues su profesión era nada menos digno que el latrocinio de lo ajeno.

Los vecinos de Kingsport dicen y piensan muchas cosas acerca del Terrible Anciano, cosas que, generalmente, le protegen de las atenciones de caballeros como Mr. Ricci y sus colegas, a pesar de la casi absoluta certidumbre de que oculta una fortuna de incierta magnitud en algún rincón de su enmohecida y venerable mansión. En

* Título original: *The Terrible Old Man,* 1920.

verdad, es una persona muy extraña, que al parecer fue capitán de *clipper* de las Indias Orientales en su día. Es tan viejo que nadie recuerda cuándo fue joven, y tan taciturno que pocos saben su verdadero nombre. Entre los nudosos árboles del jardín delantero de su vieja y nada cuidada residencia conserva una extraña colección de grandes piedras, singularmente agrupadas y pintadas de forma que semejan los ídolos de algún lóbrego templo oriental. Semejante colección ahuyenta a la mayoría de los chiquillos que gustan burlarse de su barba y cabello, largos y canosos, o romper las ventanas de pequeño marco de su vivienda con diabólicos proyectiles. Pero hay otras cosas que atemorizan a las gentes mayores y de talante curioso que en ocasiones se acercan a hurtadillas hasta la casa para escudriñar el interior a través de las vidrieras cubiertas de polvo. Estas gentes dicen que sobre la mesa de una desnuda habitación del piso bajo hay muchas botellas raras, cada una de las cuales tiene en su interior un trocito de plomo suspendido de una cuerda, como si fuese un péndulo. Y dicen que el Terrible Anciano habla a las botellas, llamándolas por nombres tales como Jack, Scar-Face, Long Tom, Spanish Joe, Peters y Mate Ellis, y que siempre que habla a una botella el pendulito de plomo que lleva dentro emite unas vibraciones precisas a modo de respuesta. A quienes han visto al alto y enjuto Terrible Anciano en una de estas singulares conversaciones no se les ocurre volver a verlo más. Pero Angelo Ricci, Joe Czanek y Manuel Silva no eran naturales de Kingsport. Pertenecían a esa nueva y heterogénea estirpe extranjera que queda al margen del atractivo círculo de la vida y tradiciones de Nueva Inglaterra, y no vieron en el Terrible Anciano otra cosa que un viejo achacoso y prácticamente indefenso, que no podía andar sin la ayuda de su nudoso cayado, y cuyas escuálidas y endebles manos temblaban de modo harto lastimoso. A su manera, se compadecían mucho del solitario e impopular anciano, a quien todos rehuían y a quien no había perro que no ladrase con especial virulencia. Pero los negocios son los negocios, y, para un ladrón entregado de lleno a su profesión, siempre es tentador y provocativo un anciano de salud enfermiza que no tiene cuenta abierta en el banco, y que para subvenir a sus escasas necesidades paga en la tienda del pueblo con oro y plata españoles acuñados dos siglos atrás.

Los señores Ricci, Czanek y Silva eligieron la noche del once de abril para efectuar su visita. Mr. Ricci y Mr. Silva se encargarían de hablar con el pobre y anciano caballero, mientras Mr. Czanek se quedaba esperándoles a los dos y a su presumible cargamento metálico en un coche cubierto, en Ship Street, junto a la verja del alto muro posterior de la finca de su anfitrión. El deseo de eludir explicaciones innecesarias en caso de una aparición inesperada de la policía aceleró los planes para una huida sin apuros y sin alharacas.

Tal como habían proyectado, los tres aventureros se pusieron manos a la obra por separado con objeto de evitar cualquier malintencionada sospecha *a posteriori*. Los señores Ricci y Silva se encontraron en Walter Street junto a la puerta de entrada de la casa del anciano, y aunque no les gustó cómo se reflejaba la luna en las piedras pintadas que se veían por entre las ramas en flor de los retorcidos árboles, tenían cosas en qué pensar más importantes que dejar volar su imaginación con manidas supersticiones. Temían que fuese una tarea desagradable hacerle soltar la lengua al Terrible Anciano para averiguar el paradero de su oro y plata, pues los viejos lobos marinos son particularmente testarudos y perversos. En cualquier caso, se trataba de alguien muy anciano y endeble, y ellos eran dos personas que iban a visitarle. Los señores Ricci y Silva eran expertos en el arte de volver volubles a los tercos, y los gritos de un débil y más que venerable anciano no son difíciles de sofocar. Así que se acercaron hasta la única ventana alumbrada y escucharon cómo el Terrible Anciano hablaba en tono infantil a sus botellas con péndulos. Se pusieron sendas máscaras y llamaron con delicadeza en la descolorida puerta de roble.

La espera le pareció muy larga a Mr. Czanek que se agitaba inquieto en el coche aparcado junto a la verja posterior de la casa del Terrible Anciano, en Ship Street. Era una persona más impresionable de lo normal, y no le gustaron nada los espantosos gritos que había oído en la mansión momentos antes de la hora fijada para iniciar la operación. ¿No les había dicho a sus compañeros que trataran con el mayor cuidado al pobre y viejo lobo de mar? Presa de los nervios observaba la estrecha puerta de roble en el alto muro de piedra cubierto de hiedra. No cesaba de consultar el reloj, y se preguntaba por los motivos del retraso. ¿Habría muerto el anciano antes de revelar dónde se ocultaba el tesoro, y habría sido necesario proceder a un registro completo? A Mr. Czanek no le gustaba esperar tanto a oscuras en semejante lugar. Al poco, llegó hasta él el ruido de unas ligeras pisadas o golpes en el paseo que había dentro de la finca, oyó cómo alguien manoseaba desmañadamente, aunque con suavidad, en el herrumbroso pestillo, y vio cómo se abría la pesada puerta. Y al pálido resplandor del único y mortecino farol que alumbraba la calle aguzó la vista en un intento por comprobar qué habían sacado sus compañeros de aquella siniestra mansión que se vislumbraba tan cerca. Pero no vio lo que esperaba. Allí no estaban ni por asomo sus compañeros, sino el Terrible Anciano que se apoyaba con aire tranquilo en su nudoso cayado y sonreía malignamente. Mr. Czanek no se había fijado hasta entonces en el color de los ojos de aquel hombre; ahora podía ver que eran amarillos.

Las pequeñas cosas producen grandes conmociones en las ciudades provincianas. Tal es el motivo de que los vecinos de Kingsport hablasen a lo largo de toda aquella primavera y el verano siguiente de los tres cuerpos sin identificar, horriblemente mutilados –como si hubieran recibido múltiples cuchilladas– y horriblemente triturados –como si hubieran sido objeto de las pisadas de muchas botas despiadadas–, que la marea arrojó a tierra. Y algunos hasta hablaron de cosas tan triviales como el coche abandonado que se encontró en Ship Street, o de ciertos gritos harto inhumanos, probablemente de un animal extraviado o de un pájaro inmigrante, escuchados durante la noche por los vecinos que no podían conciliar el sueño. Pero el Terrible Anciano no prestaba la menor atención a los chismes que corrían por el pacífico pueblo. Era reservado por naturaleza, y cuando se es anciano y se tiene una salud delicada la reserva es doblemente marcada. Además, un lobo marino tan anciano debe haber presenciado multitud de cosas mucho más emocionantes en los lejanos días de su ya casi olvidada juventud.